SHORT CLASSICS
短经典精选

CONTES SELECCIONATS DE MERCÈ RODOREDA
Mercè Rodoreda

未始之初

〔西班牙〕梅尔塞·罗多雷达 著　元柳 译

人民文学出版社
PEOPLE'S LITERATURE PUBLISHING HOUSE

著作权合同登记号　图字 01-2023-4156

Mercè Rodoreda
CONTES SELECCIONATS DE MERCÈ RODOREDA

Copyright © Institus d'Estudis Catalans
English title: The Selected Stories of Mercè Rodoreda
Stories collected here were originally published in three Catalan volumes:
Vint-i-dos contes, Semblava de seda i altres contes, La meva Cristina i altres contes
This edition published in arrangement with Casanovas & Lynch Literary Agency,
through The Grayhawk Agency.
All rights reserved.

图书在版编目(CIP)数据

未始之初/(西)梅尔塞·罗多雷达著；元柳译.
—北京：人民文学出版社，2024(2024.12 重印)
（短经典精选）
ISBN 978-7-02-018365-4

Ⅰ.①未… Ⅱ.①梅… ②元… Ⅲ.①短篇小说-小说集-西班牙-现代　Ⅳ.①I551.45

中国国家版本馆 CIP 数据核字(2023)第 235961 号

总 策 划	黄育海
责任编辑	朱卫净　欧雪勤
封面设计	好谢翔

出版发行	人民文学出版社
社　　址	北京市朝内大街 166 号
邮政编码	100705

印　　制	凸版艺彩(东莞)印刷有限公司
经　　销	全国新华书店等

开　　本	889 毫米×1194 毫米　1/32
印　　张	8.75
字　　数	180 千字
版　　次	2017 年 7 月北京第 1 版
印　　次	2024 年 12 月第 2 次印刷

书　　号	978-7-02-018365-4
定　　价	69.00 元

如有印装质量问题，请与本社图书销售中心调换。电话：010-65233595

SHORT CLASSICS
短经典精选

目录

001	血
014	线已入针
023	夏日
028	珍珠鸡
034	镜子
044	幸福
051	电影院里的下午
055	玫瑰冰淇淋
058	狂欢节
084	情侣
090	沉吟
093	残时
099	六月八号星期五
109	未始之初
114	夜曲
126	红衬衫
134	丽莎·施伯苓之死

139	洗澡
147	车中琐闻
154	人之将死
181	爱
185	蝾螈
194	一瓣白色天竺葵
202	阿姐·丽丝
213	黑夜中
222	夜与雾
230	千元钞票
234	奥尔良，三里路
247	瘫痪
262	宛若柔丝
271	译者致谢

血

"您瞧,"她对我说,"过去我丈夫每年都在这只空篮子里栽大丽菊。他用锥子往蓬松的土里钻一个坑,我把块根一个个地栽进坑里,他再一点儿一点儿地用土培好。到了晚上,他朝我唤一声'来!',让我把头靠在他的肩膀上,然后搂住我——因为他说身边没我就睡不着,尽管他洗过手,可还闻得到肥土的气味。他说大丽菊是我们的孩子。他人就是这样,您明白吗,满脑子奇思异想,爱说俏皮话,逗我发笑。我天天下午给大丽菊浇水,我丈夫下班回来,一进花园,就看到淋湿的花土,他一面给我一吻,一面说:'你给大丽菊浇水了?'恐怕您想不到,其实我年轻的时候并不喜欢大丽菊那一类花,因为闻起来发臭。可是,现如今,每当路过一处栽着大丽菊的花园或者花店的橱窗,我总是停下来细细地看,那感觉就好像,突然间,一只大而有力的手将我的心紧紧攥住,令我一阵头晕目眩。

"我跟您讲,我们结婚的时候,我父亲几乎要诅咒我,因为他不愿我嫁给我丈夫,因为他是私生子。但我爱得发疯,没听父亲的话。一年以后,父亲去世了。我本以为他是老去的,但随着时间推移,我才明白他的死是由于我不孝顺而心里不痛快。有时,当我丈夫在夜里对我说'来!',我会想哭。

"我们很幸福,恩恩爱爱,日子过得也不坏,因为我也工作,做些孩子们穿的小衣小衫,工厂对我评价很好。我们一直存些积蓄,防备一旦遭什么灾病。您这么看着我,可能以为事情就这样一成不变了,对吗?您是不知道我年轻的时候有多漂亮……谈恋爱的时候,我丈夫有时一言不发,用手指摩挲着我的脸,好像害羞似的,低声说:'真美!'我不是那种所谓抢眼的姑娘,不,但我的眼睛又明亮又甜美,好像天鹅绒……您别见怪,我这么说是因为我把那时的自己看作一个女儿,出世以后夭折了,您明不明白?我觉得坏就坏在自己早早就成了女人,明白吗,而当我一旦不再是女人,就什么事情都来了。以前,我只是每个月闹几天别扭。每当我不痛快,我丈夫总是笑着说:'我知道要出什么事了!'而且他从来不会错。差不多在我跟您讲的这段时间,我丈夫丢了工作。他老板破产了。我丈夫虽然嘴上叫我别担心,说我们有办法挨过这一关,但他在家里待了几个月,总是没精打采。后来一个朋友,是个做招待的,告诉他说这工作不错,而且相当容易,就把他带入了行,虽然我丈夫更适合坐办公室。

"我丈夫做了七八个月招待后,我赶上一场贫血病,因为我白天干活干得很多,晚上却睡得很少。告诉您吧,那是因为每次我丈夫晚回来,我总等着他,然后就睡不着。他睡眠挺好,可是喜欢翻来覆去,还常常把我的被子扯掉。我们卖了双人床,买了两张小床,从此两人就有了距离。您明不明白?每当满月,我从自己的床上注视着丈夫,觉得他很远、很远,因为谁也摸不到谁,所以我们对于彼此有点儿像是死了。我问:'睡了吗?'要是他回答'还没',我听到他的声音会觉得安心。可如果他睡着了不作声……折磨人的尽是些小事,不是吗?慢慢地,我觉得他不答应是在装睡,就一个人悄悄地哭起来。您不知道,我丈夫在兰布拉大街的一家咖啡馆上班,那里总有女人进进出出。一天晚上我想起父亲,想得哭了,因为他以为失去了我的爱,所以不得不孤零零地死去,就跟我现在对丈夫的感觉一样。我丈夫起身坐到我的床边,问道:'你怎么了?'我不但没冷静,反而哭得更痛心了。我丈夫躺到我身边,像以前那样搂住我,让我把头靠在他的肩膀上,说:'后天是星期天,我们来种大丽菊。你听到了吗?现在,睡吧。'可是我们睡不着,眼巴巴地看着天亮。第二天,下班回来以后,他说头疼,而且累得很,说都怪我。我给他煮了一杯椴树花茶,但他不想喝。最后,他吃了一片阿司匹林,脸色白得跟一面墙似的。

"过了几天,他对我说:'你认识隔两号门住的那个姑娘吗?''我不知道你在说谁!'我望着他,似乎当时他说的是'我爱上她了!'我忍不下去了,虽然不知道是哪个姑娘,也不知道丈夫为什么要谈起她。'两兄弟家里的那个姑娘……''啊,我知道是谁了,怎么了?''她在我店里工作,是收银员。'

"我们家旁边住着二男一女(收银员),在那儿住了只不到三年。他们搬来的时候,那姑娘还很年轻,像个小丫头。她夏天总是穿一身胸前绣花的白裙子。不知为什么,从那天开始,我觉得有必要站在院门口等候丈夫回家。他回来的时候差不多要夜里两点,我一见到他小小的身影在路口出现,就钻回屋去。有时我一边等,一边想起父亲：小时候，父亲让我去日化用品店买东西，然后靠着阳台的栏杆等我回去。我不喜欢他那么做。我几乎连路都不会走了，因为我知道在高处有父亲的目光，我的一举一动都逃不过。所以，趁我丈夫没看见，我就进屋钻到床上，要不就拿起针线。他见我在缝纫，我就说是件着急的活儿，只好连夜赶工。直到一天晚上，我见他和那姑娘一道回来，而且从此便总是二人做伴。当然，这不奇怪，毕竟我们是邻居。我没胡思乱想，没有。我丈夫和别的男人不一样，从结婚到现在，他一直只爱我一个人。他俩走得很慢，我从来没见他们挽过手，从来没有。哦，当然没有！都是我，您明白吗，我当时心里就放不下了。假若没见到他俩一同回来，就不会发生出在我身上的怪事。我觉得自己惹丈夫讨厌，觉得他有点儿变心了。我不露声色，开始同他疏远。我几乎不敢和他说话，生怕溜了嘴，把夜里在外面等他的事情说破。一天上午，我在面包店里碰到了那个姑娘。她看也没看我。我倒宁愿她认出我，向我问好，告诉我她和我丈夫是朋友。'您先生和我在同一个地方工作，我们上同一轮班，所以晚上一起回来……'萝塞尔，我多年的朋友，有时帮我做针线，她说：'你越为男人牺牲就越糟糕。一个女人老了不中用了，他们就去找年轻的。最好是别操这个心……'我想告诉她：'我丈夫和别人不一样，你懂吗？所以我才挑中了他。我们眼中的彼此不是现在的我们，而是过去的我们。'

"一天晚上我丈夫进家门的时候，似乎变了个人。'等玛丽亚知道了你天天晚上等我，她会怎么说？她一个兄弟从房间的窗户里看到你，今天告诉了我。他说你见我们来了，就躲进屋里。难道你觉得我不丢面子……'第二天,快中午了,我去了面包店,想再碰见那姑娘。可是一连三天都没遇上。她一头黑发,烫着卷儿,眼睛黑得像两潭水,买面包的时候,牙齿活像两串珍珠。我不再站在围栏边,而是黑着屋子,把脸贴在窗玻璃上等。当他打开院门,我就赶紧钻到床上。我一面等,一面寻思他不会回来而且我再也见不到他了,当然,那都是疯魔。看起来,当一个女人不再是女人,她就会满脑子疯魔。先前我去工厂交活儿,会从丈夫工作的咖啡店门前经过,如果看见他,我会招手说再见。但从那时起,我尽力忍着不从那里过。我对自己说:我们这成什么了?完全是两个陌生人,我弄不清他的想法。我觉得自己被抛弃了。可是,我告诉您出了什么事,不知不觉地,我从一言不发变得婆婆妈妈。跟您说,有天晚上,我心里苦,哭得很凶,而且我肯定,他没睡着却装作没听见,我眼睁睁地看着天色发亮,伤透了心却没人安慰。我成天地哭,做针线的时候两眼发疼,生活在一种无边的痛苦里。我瘦了许多,以至于医生劝我去郊外休养,于是我们去了布莱米亚海滨,在那儿租了一栋小屋。每天吃过午饭,我把晚餐准备好,然后带去沙滩。我不再想起那收银姑娘,所以很静心。不过我想家,您明白吗,想我的花园,当时丁香花正开,就是像满天星的那种。我丈夫心里也有牵挂,尽管他每天都去咖啡馆打牌,而且马上就交了很多朋友。

"一天下午,我丈夫比我提前一会儿去了海滩,我到的时候,见他躺在一个姑娘身边。那姑娘看到我,就起身到海里去了。我丈夫说不认识她,却故意躺在她身边,因为想知道我看见他和个姑娘在一起，会摆出什么表情。晚饭前我下海浸了一会儿，回到沙滩上坐下的时候，我发现自己的双腿已不再年轻，因为，您不知道，我以前一双小腿雪白圆润，度蜜月的时候……我丈夫时常一边亲吻我的小腿，一边说它们好像丝绸。那天下午，迎着夕阳，我伸直双腿，看到了小腿上的皱纹，膝盖两边都有。我意识到，我真正地意识到，自己已经青春不再了。因为，先前我看到老年人，就只看他们的外表。我是说，我不会想到他们也曾经年轻，而是生来就难看：皱皱巴巴，缺牙齿，少头发，仿佛来自另一个世界。在那一刹那，我怀念起了经血，那第一次来还让我大哭一场的经血：我以为那是什么病，而有了这个病，谁都不会娶我了。您懂不懂？我以前每个月都有几天不安生，可是过后却觉得自己像升入天堂一般焕然一新。可绝经以后，我总是一个样。就像我跟医生们说的，一直不好不坏。想到丈夫爱我已经不比从前，自己不再讨他的喜欢，我觉得对他的爱也少了，而且一切过错都在我自己，其实没出什么大不了的事情，都怪我自己。若在以前，一想到过错在我，我就心头一软，并且感到一种与二十年前相似的爱欲。可那一天，看着自己衰老的双腿，那种柔情消失了。我又是一晚没合眼，仰着脸，平躺在床上。当一个女人经历那种感觉，她盼着能有人握住她的手，轻声地说：'我懂你！'可是，像我这样的女人，谁会对我说我想听的贴心话呢？连我都不理解自己，您懂不懂？离家在外的最后几天，您说生活多么奇怪，我没有因为沙滩上的姑娘和丈夫一脸坏笑所说的话而难过，却开始因为想起女邻居而受罪。我觉得要是她和我丈夫之间有点儿什么，那就得怪我。我晚上不该忙着做针线，往小孩衣服上绣什么花啊叶啊小动物啊。自从第一次看到他们一块儿回来，我就该撂下所有的活儿，到他上班的地方去等他——很多女人都这么干。现在我告诉您，一天晚上，我真的去了。那天夜里，将近十二点，我梳理一番——那天下午我还提前洗过头、打过发卷，穿上一件多年没穿的白衬衫，还有一条百褶裙，然后去了兰布拉大街。我站在咖啡店对面的人行道上，远远地望着，虽然有桌边的顾客，特别是进进出出的人流阻挡视线，我还是一眼就看到了那个收银姑娘：那么年轻，老天，肩上披着头发，像个天使。我觉得时机已经错过，一切都为时已晚，又觉得身上的衬衫没洗好，裙子也是旧的，于是就回家了。然后我做了个梦……梦见我父亲正往家走，身后跟着一个小姑娘——我起初以为那是自己。我丈夫说：'他来就来吧。他挺有意思，胖成那样……'这时，丈夫和小姑娘突然不见了，只剩下我和父亲。我俩走下一段石头台阶，来到一片沙滩上。沙很细，插着几根木楔，方形的，不很高，每根楔子上都有一条死鱼。父亲一扬手把其中一条打落在地。那鱼看上去是死的，却还在呼吸，而我能听到它的呼吸。父亲说：'晚餐就吃它了。'于是我们开始爬一段马戏团的绳梯，就是直上直下、每级都是一截木头的那种。我两条胳膊下各夹着一个盛满水的瓶子，爬绳梯的时候，很怕它们会掉下去。父亲在前面，吩咐我：'上啊，上啊……'等爬完了梯子，我们得跳到一个房顶上。跳的时候，一只瓶子掉了下去，我吓得心跳都停了，心想：'我砸死人了。'这时父亲不见了，我发现自己在一个乡镇的集市里，在一个广场当中。'得给爸爸买水果。'我走到一个苹果摊位前面，卖货的迟迟不来招呼我。我心神不定，不敢多耽搁。我一转身，却见到我丈夫站在那儿，在发疯似的笑。'你看，'我对他说，'我跟你，交个朋友就够了……可我得把水果交给爸爸。要不然，咱俩还能逛一圈。'我们走过一座很矮的桥，而装苹果的袋子已经被我扔了。桥下是一片死水，透明得好像玻璃。河岸上有一排五颜六色、但色调十分苍白的鱼。一个男人说：'您看清楚，是死鱼。昨天晚上，它们一条接一条地全都死了。'最后，我进了一座房子，里面正有一场聚会。那好像是家旅馆，过道里有很多人忙活，还有招待端着装满餐点的托盘，挤得我挪不动脚步。我费尽气力总算到了餐厅，我的朋友萝塞尔正坐在餐桌前——就是前面提过、有时帮我做活儿的那个萝塞尔。我问她：'看到我爸爸了吗？'话没说完，我丈夫闪电一般从桌边经过。'没看见，他累得很，不知道他怎么了。'一个又响又急促的声音叫着我父亲的名字，叫了好一会儿。于是我看到一个身有残疾的大胖子，戴着一只硬纸壳做的鼻子，摇摇晃晃，朝这边走来。等他走近，我看到了他的双手，小小的，像小孩子的手，手上满是瘀紫，手指很短，而且肿得厉害。我看着那残疾人的手，不知为什么，却猜到他就是我父亲。我费劲全力把他的纸壳鼻子取了下来，然后像抱孩子一样地把他抱起来。他一点儿重量也没有。我就这么抱着他，沿着那间旅店的长廊向前走啊走，于是我醒了……那个梦谁也不会解，可它让我从心底感到不舒服。

"度假回来，院子里一片凄惨。萝塞尔不止一次来浇过水，但那些最娇弱、需要天天浇水的花儿都已经被晒枯了。我和丈夫开始一本正经地重新收拾花圃。虽然稍微错过了节气，但我们买了肥料，种上了大丽菊。没过半个月，我们的院子就变得像座大户人家的花园。那一年，最后那一年，大丽菊开得真美，每一朵都像是初生婴儿的脸蛋儿。什么颜色的都有，您见过吗？血红的、黄的、白的，还有粉色的，娇嫩得好像每片花瓣都是一条绸子穗儿。就在第一朵花开的那天——它的花苞原来像石头一样结实——我从面包店里听说邻居家的姑娘要嫁人了。出去打扫门前过道的时候，我恰巧看到了婚礼。新娘穿着海蓝色的礼服和白色的鞋子，拿着一束百合花，花上扎着长长的飘带。您别笑，我唱着歌回到了院子，高兴得把每朵大丽菊都摸了一遍，就好像它们是我的孩子。我欢喜了一整天，那种高兴劲儿简直没话说。我针线也做不成，在各个房间走来走去，拾掇东拾掇西。我把已经铺好的床弄乱，换了床单，又蒙上一条绸布床罩。然后我做了些饭菜，预备丈夫下班回来。我给窗前的小圆几铺了一条绣花桌布，还做了一道蛋奶羹。

"我丈夫回来的时候，家里灯火通明，而我也忙活累了。我一看见他，心就从天上掉到了地下。他走进屋，关上房门，那垂头丧气的模样让我以为他病了。他走向卧室，我悄没声地跟在后面，好像他的影子似的。他脱下外套，搁在床上，走到窗户边，木木地呆站在那里，而我不敢开口。我拿起外套，把它挂在门后的衣钩上。我记得自己当时踮着脚尖儿，就跟在众人赞颂上帝的时候走进教堂一样。我丈夫呆呆地站着，一声不响，脸朝院子，背朝我。我走过去，还没来得及张口问出了什么事，他转过身一把将我搂住。您猜怎么着，他哭了……哭得伤心欲绝，跟我晚上难过的时候一样。他一声不吭，一字不提。我问他为什么哭，可他不愿回答。

后来他总算平静下来,说:'睡吧……'就像个小孩子,让我很不忍心……

"过了些天,我一直猜不透是怎么回事。您不知道,我一问他那天晚上为什么哭,他就会翻脸,大发脾气。后来的许多天里,我有时会忍不住问他哭的理由,而他总是拒绝回答。我因此感到绝望,结果反倒成了想哭的人。世界好像一片漆黑……我们几乎不说话,除了'告诉我''不告诉''告诉我''不告诉'……我当时的感觉就像个要淹死的人一样。您不知道,其实我心里明白,我丈夫爱上了邻家的姑娘,她嫁人了,所以伤心。我在家里担惊受怕,而他却果真移情别恋,一想到这里,我就要发疯。'你是因为晚上一个人回家才难过的吗?'我忍不住问他,'想让我去接你吗?'他像被马蜂蜇了一样:'你要是还嫌我脸丢得不够……'于是我们争吵起来。我说妻子去接丈夫下班不丢脸,他说丢脸,我说不丢脸,就这样直到天亮。

"然后我们半个月没搭理对方。等到我们重新说话,说出的蠢话已经收不回了。我打量丈夫,却只看到他的外表。真是好笑……他缺了三颗槽牙,只能用一边嚼东西,吃饭的时候脸会走样,半边瘪着,半边鼓着,非常滑稽。他吃饭很快,像只小动物,而且胳膊肘儿擎在半空。他走路时身子有点儿歪,就像是在咖啡馆里,胳膊上还搭着餐巾呢。他两眼发红,吊着眼袋,因为总得对客人强作欢颜,所以一笑起来,嘴巴就咧出一副怪相。

"那年冬天我丈夫病倒了,得了严重的流感,险些发展成肺炎。他很害怕,像个婴儿一样从我这儿求助。他那时的样子到现在还让我心软呢。可是，等到病好以后，没错，好戏就开始了。他开始折磨我，对，他做事情来折磨我。我没法告诉您是些什么事，因为一讲就得没完没了。全是小事，您明白吗，每次都不怀好意，为了叫我活受罪。

"那年夏末雨水很多。大丽菊全都蔫了，我不得不用木棒把它们撑住。秋天慢慢地到来，白天短了，空气新鲜了。每次在饭桌前，我给丈夫盛上饭菜，然后一面看他狼吞虎咽一面出神，而且常常忍不住哼笑几声。后来，到底被他注意到了。我记得，被发现的第二天，他带了一卷电线回来。我也没问他做什么用。到了星期天，他在卧室里装了一个开关。他说：'这样，用不着走到大门就能点亮院子里的灯。打开，打开……看见了吧？怎么样？要是我夜里回来晚了，而你认为我和哪个女人同路，你就按开关，不用麻烦走到门口就能照见我们。你觉得怎么样？'我答道：'不错。'

"和往年一样，我按时把大丽菊拔掉，再把花蒂保存在阁楼储藏室里的一座架子上。那年十月二十八号，我记得清清楚楚，就跟今天一样。我丈夫静静地躺下，熄灯睡着了。我也睡了。不知过了多久，我觉得，这儿，胸口当间儿很重很重，好像有什么压着我。我渐渐地醒过来，却还在梦醒之间，就像正从一个很远的地方回来。我明明白白地听到丈夫的声音，但像是从一团雾里传过来的，说：'起来，快，起来……'我吓得跳了起来，而我丈夫，简直是把我推到了窗户边。'看见了吗？''没。''没看见？等着。'于是他点亮了院子里的灯，而我看到……起初，以为是映在橘树上的一道影子，可当我的眼睛能看得更清楚一些，原来是个姑娘。'是谁?''是个姑娘。你总以为我和姑娘们来往,对吗?那么看好,我把她们全带到院子里来了。'我说:'这简直是在做梦。'这时,丈夫敲了敲窗户,那姑娘开始慢慢地向院门挪去。她走得极慢,似乎不属于这个世界。我没听到门轴响,还以为一切都是幻觉。我丈夫捧着肚子笑了起来,那笑声您没法想象。第二天,他问我夜里怎么了,因为我睡着睡着,就开始嚷嚷院子里有个姑娘。他的话让我很疑心。'不,不是我在做梦,是你早就计算好的恶作剧,自从你在卧室里装上开关开始。'我丈夫上班以后,我跑到院子里的橘子树下,想找到点儿什么,我不知道,什么实实在在的东西,鸟飞还会掉羽毛呢。可什么也没有,因为橘子树下都是硬土,所以连脚印也没有一个。我一整天都着魔似的寻思,昨晚看到的情景究竟是梦还是真。我前面跟您讲的有我父亲的梦,那不一样,的确是梦;而昨天晚上的事情,是我丈夫的玩笑,他想让我发疯。天黑以后,我把自己锁在家里,吓得浑身打战。为了克服发抖,我漫无目的地翻箱倒柜。直到看到它,才知道自己要找什么:是我父亲的相片。要知道,我不是那种喜欢在墙上挂满家人肖像的女人。那张照片的相纸很厚,时间久了,加上潮湿,褪了颜色。我把它从抽屉里拿出来,然后跪到地上,捧圣器似的用双手捧着。天长日久,脸的上半截已经消磨没了,但我还能清楚地看到他的眼睛,那么慈爱,令我满眼泪水。我走进卧室,把相片竖在床头桌上,让他陪我……打那天起,我和父亲活到了一起。我跟照片说话:'我去买东西,别担心,马上回来。'我能感到父亲一边注视我,一边答道:'去吧,去吧。'那一年,我跟丈夫分居了。这件事还费了我很大的劲,因为他不愿意。他说都这把年纪了，还发什么疯。可是您看，事情已成定局，因为我一看见他就心口发酸，得等到他走开才平静得下来。他如今住在几个侄子家里。我们要是在街上遇见，就互相握握手，他问我：'你可好啊？'我回答他：'好。你呢？'

"您瞧，这些篮子里再也没种过大丽菊。有时候，草太长了，我就把它们拔掉，翻翻泥土，免得搁坏了。如果在哪扇橱窗里看到大丽菊，您别见怪，我就觉得头晕，而且想吐。"

线已入针

玛丽亚·路易莎深吸一口气，坐下身来，从桌上拿起新娘的礼服。在一盏落地灯下——某个异想天开的画家在羊皮灯罩上画了几座金字塔，周围绕着一片棕黄的棕榈树——白色的绸缎如同被阳光刺伤的水面一般闪闪发亮。布缘上印有一行金字，标示着制造商和面料的品质：GERMAIN ET FILS, CARESSANT①。

玛丽亚·路易莎纫上针，咬断线，打上结，然后把纫好的针别在睡袍的前胸上。"新娘长什么样儿呢？"她从来见不到顾客。店长阿德里亚娜小姐负责选材备料，一待裁剪牵线完毕，便把活儿发到雇员手里。"会是个什么样的人呢？金发？还是黑发？"玛丽亚·路易莎只知道她穿四十八号。"会像一捆布口袋。"

她笑了笑，举高两手，展开礼服。衣服左侧有段皱成一团的饰带。"可别是她们故意弄成这样来耽误我工夫的吧。"她把礼服披在模特上，将饰带拆开，用大头针钉住。她干活全神贯注：嘴巴半张，牙齿咬舌头尖儿。她算了算缝制花样儿要用的时间：如果不怎么歇息，三十六个钟头。到了店里，她会说四十二个。她干活麻利

---

① 法语：杰尔曼父子（制布），轻拂（天鹅绒等级之一，极言其柔软）。

不假，却用不着白白让人家占便宜。每缝一朵花要六个钟头，得逐叶逐瓣地绣制图案；然后再裁面纱，把它做得"像飞一样"。这工作是个细致活儿，要求手艺和耐心。四十二个小时，十八法郎。

她把礼服从模特身上取下，戴上顶针，拿起针线。她喜欢当裁缝有几个原因，不过最主要的是她可以从中一窥奢华的世界，而且在两手自动穿针走线的同时，她可以梦想。因此，她更喜欢晚上在家里工作。每次从店里拿回一份新活儿，她总是慢悠悠地拆开包裹，然后抚摸那些绸缎和花边儿。如果邻居上来见识她的手艺，她就带着傲气向人家展示，似乎那些薄纱和蕾丝是她的一部分。蓝色的，粉色的，偶尔还会有件紫色的，礼服会给予她这老姑娘疲惫的心灵几分甜蜜。

她缝得很快，下针非常准，抽线又快又狠。她不时地拾起滑向地面的布料，将它不偏不倚地重新搭上膝头。她有一头浅栗色的直发，其中闪着几根银丝；她嘴巴很小，两旁有两道深深的皱纹，使她那张由于中风而充血的面孔显得很僵硬。

"不出三四年，"她想，"我就会自立门户。我要在门上挂一块金属铭牌：玛丽亚·路易莎，女装裁缝。店里那些人会嫉妒死的，特别是阿德里亚娜小姐。"她们一起干了十年了，打心眼儿里厌恶彼此。两个人都为猜不透对方赚到了多少钱而气恼。有时，阿德里亚娜小姐从试衣间拿上一个包裹，一声不吭、喜鹊①似的把它藏到桌子底下。路易莎见她拿着包裹进门，气就不打一处来，接着，一

---

① 西人认为喜鹊天性善偷。

阵血浪直涌到头发根儿,再慢慢退去,同时在她的脸颊和鼻尖上留下几块又红又亮的色斑。"我会有听我使唤的雇员,自己设计款式,店头提着我的名字,女主顾们会给我送礼。开店比嫁人好。给男人做饭洗衣,从白到黑地担待他……到头来却是你老了以后,让他去瞅哪个大姑娘……"她微微一笑,一脸体谅地把新娘的礼服打量了一遍。

但是在梦圆以前……

他明摆着不会长寿。路易莎半个月前看见他,他已是这副模样:头发花白,眼神燥热不安,脸颊塌陷;身体微微颤动,让人难以察觉;身上裹着一件斑驳的旧长袍,胳膊肘已经磨掉了色,袖口也起了线球。她第一天去诊所为他守夜的时候,听见护士们嘀咕:"她是神父的表妹。"她出门以前还特意戴了一顶深色的帽子,右边有一只翅膀宽大的黑鸟。鸟的一只眼由于天长日久已经脱落,空眼眶里积满了灰。她不敢给鸟梳毛,担心会梳掉。她打算来年春天再作理会:"我会叫人把鸟拿掉,换上一束美丽的花。"

路易莎打了个哈欠,把针插在衣服上,揉了揉眼睛。她已经一连六晚没睡好了:在一张扶手椅上半坐半卧地看护了六个晚上。他表兄得知要住院的时候,给她捎了个信:"我会在你名下存一万法郎,我生病期间你会用得着。手术很贵,希望由你来打理一切。"路易莎向其他亲戚隐瞒了表兄的病况,以免到了最后一刻,他在身心虚弱的时候忘了旧怨而给他们留下什么。最初几个夜晚,一直是她独自守候。若非店里委给她这件着急的活儿,她今天还会在床头边的扶手椅上坐着过夜,而他会和每天晚上一样,露出一副筋疲力尽的微笑迎接她："幸好我有你，玛丽亚·路易莎。"这时，她会和每天晚上一样，凝神注视那张蜡色的脸，脸上印着模糊的阴影，眼中燃烧着他全部的生命。

路易莎摘下顶针，拿起剪刀，开始裁剪多余的纱网。这时可不能走神，因为一眨眼就能在布料上留下无可补救的一剪。阿德里亚娜检查她做的活儿总是极其细心，无论是哪里稍稍缝歪了，还是某个针脚太长，都逃不过她的眼。"玛丽亚·路易莎，这条百褶裙我不喜欢。"她一只眼斜，为了检查，几乎得把鼻子凑到布料上去，但可以说，拜魔鬼所赐，却因此得到了一种神奇的双倍眼力。

那年冬天，玛丽亚·路易莎为了不在家里生火，下午都去店里工作。有一天她到得稍晚，别人正在议论她。她站在楼梯间，听到："……我进去的时候，神父正在餐厅里坐着……"

这是熨衣工杜兰德太太的声音：一个老太婆，高个子，白皮肤，总是怒气冲冲地过日子。其他人都在笑，会怎么想她呢……！

如今她们可说不出坏话来了。表兄出院以后，会和她同住。他们会雇个女佣。他是个受过手术、插着导管才能小便的人，一个在祈祷中度日、甘心等死的圣人。

路易莎又缝好了一朵花。她就是这么变老的：弓腰驼背地做针线。

"玛丽亚·路易莎，"小时候，表哥对她说，"你想去捉青蛙吗？"

"等我扫完鸡窝就去。"

如果他的父母不曾逼他去读书当神父，他们俩或许会结婚。可是他生在一个家境最差的姑妈家里,当时还没继承来自达喀尔的叔叔的遗产。他是个体弱多病的年轻人,脖子上总围一条用别针别紧的围巾。

厨房里的一声脆响清空了所有的幻象。她把礼服放在桌上,去看个究竟。

皮卡罗儿原本在一个角落里睡觉,大概被灯光惊醒了。它站起身,伸直前爪,弓了弓腰。

"别怕,皮卡罗儿。"

她瞪着发烧的双眼,绕厨房转了一圈儿。在炉灶的一端放着六只玻璃罐。

"西红柿应该已经发酵好了。"

她从小煤气烤炉里找出一个盖子。盖上以前,她先闻了闻。又多了一升备好待用的西红柿。她打开橱柜,心满意足地将储备的食品打量了一遍。有巧克力、饼干、一满筒咖啡、一筒茶、五公斤糖、一排装满油浸鹅肉和鸡肉的陶罐;上面一层放着果酱,还有两瓶朗姆酒,对,两瓶。大战①正酣,她竟拥有这一切。"或许他想每天喝一小杯朗姆酒,而朗姆酒……"

她走出厨房,满心悲哀。这些食品费了她许多金钱和周折,没少在人后乞求、人前出力。她掌管它们如同珍宝。等表兄来了,两人将一同分享。半夜时分,她会喝一杯热巧克力,但只在那些最冷

---

① 指"二战"。

的晚上，纯粹为了能够通宵干活儿。或许表兄也喜欢热巧克力。

"进来。"

有人叫过门。门开了一半，现出一个脑袋和一对快活的小蓝眼睛。

"能进来吗？"

帕尔米拉住在楼下。自从表兄住进诊所，做饭由她负责，并且每天晚上给路易莎送上来两瓶热水。

"十一点了已经？时间过得真快……"

"飞快！飞快！您干活太多了。别起来，用不着。我自己把水放上床去。得马上去，趁热。"

帕尔米拉进卧室去了。"我得送她一副围领，"玛丽亚·路易莎想道，"我把花边托给西蒙娜做，她手脚比我快。"

"您表兄怎么样？"

帕尔米拉从卧室里出来，一个劲儿地搓着手。她右手没有食指：在一小截废指的末端，有个由皱皮聚成的小旋涡。

"好点儿了。可能再过两个星期，他们会把他送回家来。不过，他现在身子虚得很……！"

"可怜的人！不过至少有医可救！我想象不出您家里还能容下别人……家里有个病人……"

帕尔米拉站到她跟前，愕然地看着那件礼服。玛丽亚·路易莎继续缝着。

"假如您不用为了生活而工作，倒是件好事，简直说得上是件好事。但是……"

"她真啰唆！"玛丽亚·路易莎暗想，"就不能赶快走吗？"

"还有药品，现在应该贵得很吧……"

帕尔米拉盯着那堆闪闪发光的雪缎，移不开眼，却又不敢碰。"我要是给她看礼服，她还会再待上一个钟点。"

"好了，帕尔米拉，睡觉去！您该上床了，该上床了，明天还得早起呢。"

帕尔米拉叹了口气，恋恋不舍地走到门口。

"晚安，您别熬得太晚了。"

没错，药品很贵。诊所，医生，现在是药费。一万法郎能剩几个呢？那堆钞票会一点儿一点儿地没了踪影。"或许一次手术不够。可能效果不够好，得再做一次。"诊所里的医生这么对她说，一边用一块发亮的手绢擦眼睛，一边满脸担忧地瞧着她。如果一次手术不够，而他最后又想把钱分给其他亲戚……那可就麻烦了！当然有可能……那样才圆满呢。怎么做才能让他们谁也不注意，什么也猜不到呢？她不会是第一个，也不会是最后一个。增加剂量，一点儿一点儿地。他身子已经很弱了，谁都认为他要完了。也许只能再活一个月……西蒙医生给她看病好多年了，是个好心肠的小老头儿，总那么心不在焉，结果只保留得住几个老病人。他不会注意的。他每次来，与其说是问诊，不如说是个常年多病的老亲戚来串门。二十五滴，三十滴，三十五滴。可能一两个月他就完了。可怎么才能拿得准呢？去药房开药的时候，找个没人的时机，等拿到药瓶、付清药费、手扶门框正要出门,这时回过身去:"彭斯先生,这药不危险,对吧?如果哪天我数错了,不会害了他吧?"彭斯先生可能会说:"哦,对,您得仔细!只能滴二十滴。"应当问得自然而然,或许露出点儿不放心:"这种事最好问清楚,对吧?"彭斯先生心地极其纯善,他会摸着白大褂,面带微笑,在柜台上那一绿一黄两颗大水晶球之间略微俯下头去,从眼镜上边瞧着她。药瓶很小,带一只滴液瓶塞,玻璃冷冷的,药水有点儿浑浊。他不会受罪的。说到底,这是为他好。慢慢悠悠地,就过去了。

很快,她就能自立门户了。在市中心找间房子:就在克莱蒙梭路上,图尔尼广场附近。客厅带两个朝街的阳台,六把奶油色锦缎面儿的座椅,一面金色的镜子,还有几幅时装主题的老版画,都配着框儿,散挂在各面墙壁上。房间里阳光充足。"我要把西蒙娜带走,她花边做得最好;还有萝莎,最好的绣花工。"她要带走从印度支那来的那对姊妹,她俩驯静得像对小猫,连着几个小时做活儿,嘴也不张一张,就算抬头,也是为了冲你笑笑。杜兰德太太她不要,熨衣工不是那么要紧,她会找到一个好的。等阿德里亚娜看到最好的雇工都离她而去,看她怎么摆她那张小脸儿!会像一只被拔光了毛的耗子。每年她都会去巴黎搜寻款式,要坐头等车厢,卧铺,天鹅绒座椅,车窗下面嵌着闪闪发亮的烟灰缸。每个季度她都会定做一些卡片寄给主顾。纸边有环形的花饰,中间用英式字体写着她的名字。卡片都熏过香。她会往一只垫着棉花的盒子里洒点儿香水,再把卡片放进去装几天……如果剂量增加得太快,会叫人识破。还会让他受罪。她很久以前读过一本书,《桃色阴影》,讲一个公证员由于一宗文卷失窃案向三个人下毒，往他们的咖啡里加砒霜。可后来她把书借给了阿德里亚娜，店里的人也都看过。药水是个更稳妥的办法。二十五，然后三十……她的手会有点儿发抖，滴液瓶塞会撞得药瓶叮叮作响。一滴，二滴，三滴，四滴……液珠完美、圆润，滴落时稍稍被重量扯得变了形，一到水里便似乎化成一团雾。五滴，六滴，七滴……

大教堂的钟声响了十二下。玛丽亚·路易莎张开眼睛，睁得圆圆的，好像大梦初醒。"我在想什么呢？"

线已用完，得重新纫针了。她打了个哈欠，打到一半时，猛然意识到刚才的想象，吓得怔住了。她慢慢地合上嘴，揉了揉眼睛。

"纯洁的圣母啊！"她把礼服撂在桌子上。她困极了，眼睛生疼。最好先搁下。她脱掉睡袍、毛衣、裙子和羊毛衬裙，只穿着衬衣和手织的马裤，马裤是粉色的，长到膝盖。她盯着新娘的礼服看了一会儿。"穿在身上会不会合身呢？"她站到试衣镜前，把礼服穿在身上。她身材小巧，穿那件礼服没有一处不肥大。她系上腰带，双手横扯着裙子，转了几圈。

"假如能嫁给表哥，我就给自己做一件雪白雪白的礼服。就像这件。"

她感觉有东西塞紧了喉咙。她的双眼微微地湿润了。

"姑娘，你多傻啊！"

她缓缓脱下礼服，小心叠好，把它搭到一把椅子上，然后熄灭了灯。她平躺在床上，四下漆黑。第二天天亮，她还在哭。

夏　日

　　她在一个挂满雨伞的橱窗前停下脚步，已经领先几步的女同伴突然回过身来："卡门，我们会走散的！"原来她叫卡门。他从格拉西亚横街——他在那儿工作六年了——就一直尾随两个姑娘，一直跟到帕朵路。

　　这会儿，他正倚在阳台的栏杆上，却似乎依然追随着那身起伏联翩的连衣裙：灰珍珠色，绣着几朵粉嫩而略带紫意的玫瑰花。一条清新甜美的连衣裙。"卡门，卡门。"只要遇到摆着精美物品的橱窗，她都要停下来，而同伴则拽住她的胳膊，想把她拖出这种种诱惑。在帕朵路，离萨拉戈萨路不远，她们进了一家熨衣店——"光鲜熨衣"。阳光直射门玻璃，他无法看到里面。她就这样不见了……当时天色已晚，路上还有个小男孩，本来在玩球，却停了下来，好奇而疑心地盯着他。现在他已经无法将那身连衣裙从脑中挥去，那双腿，还有……她皮肤细致，深色如茶。每次迈步，裙边都会随之飘荡。每走一步，即使是最轻微的动作。

　　他站在那儿，双手插在裤兜里，半敞着衬衣，观望着天空。天色越来越暗，渐渐撒上点点的星光。

　　"你要是能来帮我收拾桌子，别再做大少爷就好了。"

一只燕子叫着飞了进来。三年前，它们在阳台上筑了窝，每年春天都会带来几啄新泥。

"我老有活儿干，而你呢……晾衣绳断了，还得给孩子的床换蚊帐。你记得吗？当然不记得。你什么心也不操，就知道看光景。大少爷就该看光景，谁也打扰不得。最好别再胡思乱想，去把你儿子找回家来。再过不了多久，他就要变成街头混混了。"

"他已经不小了，不是吗？完全认得路。"

"等哪天被车撞了，看你会是个什么表情。"

他住的那条街几乎从来没有车驶过，得见什么鬼才能叫车撞上？他知道，自己的心思已经被妻子猜透了。

"有天他自个儿走到了瓦格纳路，而且我知道，没有征得你的同意。你要是不为这事儿想想办法，没准儿哪天他就在伯纳诺瓦路上被卡车撞死。"

"总不能用绳子捆着他吧？"

从花园里升起花的芳香。在阳台上，他可以遥见一切。柯蒂纳家的棕榈树在沉闷的空气中伸展着覆满灰尘的叶片。枇杷树颜色最深，光滑的树干上不生一个瘿瘤，叶片光滑得像硬纸板。他摸摸前额，又摸了摸脖子：出汗了。一只蚊子气势汹汹地纠缠着他。假如，一瞬间，凭借某种魔力，他置身一片丛林……如能在林中留宿……毕竟，生活……生活中唯有这一件值得的事。夜晚。一个姑娘。仅此而已。然而又令人生畏，犹如疼痛，犹如死亡……为了那样的姑娘，一个男人可以付出一切。"卡门，卡门。"为什么一个漂亮的姑娘总要有个难看的同伴呢？她的同伴带着一个包裹，是要熨的衣服，准没错儿。"光鲜熨衣"，招牌上的字，除了红色的大写字母，都是黑色的。卡门……他低声念着她的名字，似乎只要重复下去，就能将她占有。

"你能把水桶倒空吗？我没那么大劲儿。"

"什么？"

"你睡着了？我问你能不能把洗衣间里的水桶倒空了，我力气小，抬不动。"

"我这就去。"

"你怎么回事？"

"我又热又困……就这么回事。"

他倒空了水桶，一半水洒在了地上，厨房里满是漂白液的味道。

"你能做得利索才出奇呢。"

他点了一支烟，回到阳台。过了一会儿，他的妻子在餐厅里对他说道："我不行了，你听见没？我要上床了。要是孩子到十点还没回来，拜托你去找找。"

"你能让我清静清静吗？"他猛然转过身，眼中尽是怒气。

"喊吧，随你喊吧……如果布奇家留咱孩子吃晚饭，还省了呢。咱现在手头可不宽裕。"

"你不想一次躺下了事？瞧你现在这狗脾气！"

他妻子从未像下午的姑娘那般美丽，从未穿过一件那么合体的衣服。那种面料她是从哪儿弄到的？羊绒、*丝绸*、*丝绸*、羊绒，他卖了十一年，却从未经手过那种灰色的绣花蕾丝，玫瑰绣得那么真。直到那一夜，他从未感受过如此真切的欲望。将她挽起，带进丛林，林中闻得到松香，枝头溢着月光。时光荏苒，他或许已经变了，可是却同别人相反。年近四十，他的青春或许正从现在开始。或许青春比人们所说的更持久。真正的青春，带着火和土的味道，从他心底升腾。

有人狠狠地在门上踹了一脚。他的儿子燕子一般飞入，直接进了餐厅。

"我们捉到了一只蟋蟀。"孩子浑身是汗，满脸通红，前额上粘着一绺头发。

"我得告诉你多少次，不许用脚叫门。"

"给我个大盒子。在这里它会憋死的。"

"上床去，快。你妈妈等你等累了，躺下好一会儿了。把脸洗干净，你就像个吉卜赛人。还有手。"

孩子照做了。他眼睛里闪着兴奋的火花。等洗净脸回到厨房，他拿起火柴盒，把蟋蟀放到里面，然后带回房间去了。

等到他和妻子上了年纪，或许已经不在人世，他们的儿子也会经历这种感受。已经娶妻生子，突然之间，某个夏日，在下班回家的路上，却为某条蒙在一双裸腿上的丝裙叹息。

他重新回到阳台上。夜色已深。他摸了摸额头和脖子。阴凉地里是三十八度。阴凉地里，三十八。三十八，正是他的年纪。他感到手背上一阵刺痒。蚊子趁他观望花园的时候叮了他。他注视着康乃馨：都快渴死了。牛至草已经发了黄，而且一向长得又瘦又小。可是，他没心情浇水。他什么也不想做。

"小子！过来给康乃馨浇水！"

小男孩从他的卧房出来，衬衣露在裤子外面。

"给蟋蟀找盒子了吗？"

"没找。明天再说。"

孩子回他的房间去了。他想把儿子找回来，给他几个巴掌，逼他给康乃馨浇水。因为小家伙肯定听见他的话了……"管他呢！"他自己也一样，做什么事的心情都没有。假如不这么热，还能去电影院，走出家门，抛下一切，逃之夭夭。

孩子回到餐厅，走到他身边。

"晚安，爸爸。"

两人心里都想着康乃馨。他也要去睡了，要是热得睡不着，就到阳台上，躺在地上睡到天亮。他脱下衬衣、裤子，脱得精光，然后慢慢地躺到床上，以免吵醒妻子。也许明天还能再见到那姑娘……妻子翻了半个身。她瘦小赢弱，三四年前得过一场重病，身体从此差了许多，一活动就累，整个冬天都在咳嗽。医生说是不碍事。忽然，她呼了口气，一声短促的叹息，刚好能够表明她还活着。一阵巨大的悲哀占据了他的心。是的，是的，一阵巨大的悲哀。说不清，道不明……

珍珠鸡[①]

他们搬家了，今晚是初次在新房里过夜。家里四处乱得底朝天：衣服，搁在衣橱外面；锅碗瓢盆，在餐厅的地板上；灯具，拆了还没装；盛木炭的口袋，堆在过道，和缝纫机放在一处；两面镜子，朝墙立在角落；画幅和挂历，搁在桌子上。

吉迈特当晚没睡好。天亮以后，阳光穿过装斜了的窗板，带着市场里的喧嚣，剑一般直插进屋里。他做了个梦，梦见一个稍大的男孩子在吃一块巧克力点心，然后一点儿一点儿地整个人变成了黑色。

妈妈给他洗了脸，梳了头。在他头顶的正中央，有撮头发怎么也不肯伏贴，一个膝盖蹭破了皮，指甲总是弄得挺黑，额头上有一块棕色的痣，耳朵有点儿像蒲扇。

"下去玩儿吧，可千万不能离开广场。拿着，吃完了面包和巧克力，就上来喝奶。乖，不要光吃巧克力不吃面包。"

吉迈特出门走到楼梯间。他穿着一条肥大的裤子——裤腿到膝盖，由父亲的一条旧裤子改成的——和一件褪光了颜色、有点儿窄

[①] 即几内亚鸡、非洲鸡。

小的毛衣。

他咬了一口面包。他要吃完了面包再单独吃巧克力。单吃巧克力更有滋味：香甜绵软，粘在牙齿和口盖上；再被舌头一点儿一点儿刮下来，化作一股神奇的甜汁。他慢慢地下着楼梯，为了小心，一手抓着栏杆，一只脚一只脚地轮换着下。

他来到外面，有些认生，便坐到了家门口的台阶上。那是片圆形的空地，不怎么大，有四条路在这里汇集。人们在广场中央搭起了市场。有四个大门，挂着红白相间的帆布帘，分别面向四条马路。

吉迈特东张西望。阴云笼罩着天空，了无颜色，时已入秋，燕子早已绝迹。在对面的人行道上有堆垃圾。他一面静静地啃着面包，一面在垃圾中发现了一束枯花、一朵尚且新鲜的紫色康乃馨、卷心菜和生菜叶、大葱叶，还有几个被切开的西红柿，饱含着闪闪发亮的白色种子。他想捡上几颗种子，装进裤兜里的空火柴盒，再把它们种进花盆，摆到阳台上。可他懒洋洋的，因为昨晚没睡好。他的拇指渐渐在巧克力上按出了一个坑。

忙碌的女人们背着货筐从他眼前经过，然后在嘈杂的市场中消失。又走过一个神色坚定、下巴上长疣的老太太，手捧一个大货篮，里面装的食物几乎要蹭到她的鼻尖。从货篮的一端，探出一个兔子的头，嘴巴张着。哦，那短短的耳朵，蠕动着的小粉嘴儿，还有长长的胡子，好像在等人揪……

一个穿蓝衣服的男人，推着一辆满载禽鸟箱笼的车，从与老太太相对的方向朝这边走。母鸡和仔鸡从木栏间探出脑袋。在顶层的笼子里，有一只白鹅同几只母鸡混装在一起，是东方品种，明黄色的嘴巴，黑豆一般的眼睛，脖子抻得长又长。

"如果那只鹅是我的，"吉迈特想，"我就在它脚上拴条绳子，再带出去溜达。我要叫它'小榛子'。"

他站了起来，跟在推车男人后面。男人在大门前停下，开始卸货。

吉迈特呆站在男人面前，目光片刻不离。男人搬起一只笼子，走进了市场。吉迈特呆呆地跟着他。他觉得那只鹅刚才注意到他，它的小眼睛正看着自己。

市场里光线惨淡，摊位和柜台上堆积着许多果菜，卖菜女人们招揽着顾客。这是生活与色彩的迸发。这儿一筐鲜红、烂熟、肥硕的西红柿，那儿一筐又扁又细的绿豆荚，二者中间还有一大筐茄子。一种混合着花香和鱼腥的气味从最里面的摊位传出来。

吉迈特跟着推车男人来到了禽肉区。死兔子、双翅叉在背后的仔鸡、五颜六色的鹌鹑，还有半开膛的鹅，露出满腹肥油和淋漓的血肉，吊在铁钩上摇荡。

五只珍珠鸡，被捆住脖子拴作一串。最末一只还在挣扎，猛地扇了几下翅膀，徒劳地想要飞起。两个高大壮硕的男人凑了过来，瞧了瞧，说道："在我的国家不这么宰鸡。"

摊位的女老板，体格干瘦，穿一身黑衣，系着围裙，戴着白套袖。她紧紧地抿着两片薄嘴唇，在一心一意地干活儿。她不等末尾那只鸡完全断气，就解开绳子，把它们扔上柜台，堆在另外二十只死鸡上面。

然后，她从围裙兜儿里取出一束绳子，走到装得半满的鸡笼旁，抓起了另一只。那只鸡厉声尖叫起来。它的羽毛深灰，覆着一层极小的白点儿，在两只翅膀的末端各有一条鲜明夺目的白杠儿。

女老板费了一番力气，用绳索捆住了鸡脖子，再用尽全力拉紧，把鸡吊了起来。那只鸡一时间茫然失措，一动不动，头部扭曲，眼珠迸出。随后，它张开双翅，将爪子向肚子里缩，准备最终的致命一飞。

吉迈特手里攥着巧克力，嘴里含着嚼了一半的面包，屏气观察着。

女人走向鸡笼，抓起另一只。那只鸡发出一声凄惨的呜呜，令人不忍闻。先前被捆住的那只鸡已经奄奄待毙，正闭起眼睛，伸直腿爪。女人用余下的绳子将这一只依样捆住，吊了起来。惨剧重演：它先是一时失神，再猛然将翅膀全部展开，仿佛被钉上了十字架。它绝望地挣扎，抽搐的爪子攫住了旁边那只鸡的头，令它再次扑腾起来。越是挣扎，绳子就拽得越紧，它们脖颈间的羽毛湿了，不知是血还是汗。又有第三只上来同它们做伴，接着是第四只、第五只。最后一只毛色稍浅，显得白净，它的头稍大些，脖颈却和另外几只一样优美。它张了一会儿嘴巴，胸部的羽毛随着急促的喘息起伏。然后它猛地合上嘴，接着又慢慢张开。花蕊一般尖细的舌头徒劳地抽动着。这只鸡很久才死去。每当吉迈特以为"这下完了"，它就重新挥动翅膀：徐徐张开，奋力拍打，剧烈的气浪令整个行列都跳起舞来。忽然，它开始啼叫。那是最后一声求助的啼鸣，向着田野和蓝天，向着光流粉溢、时时掠过飞鸟的旷野。可它的眼睑直直地睁开，而在这张移动的帘幕后面，眼珠已经变得毫无生气。

"这么残忍，叫人不敢相信。"一个路过的老太婆对她干瘪伛偻的同伴说道。两人愤愤地看着女老板，仿佛在看一个刽子手。"把这些可怜的小动物这样吊死。"

女老板装作没听见。等老太婆走没了影，她对那两个还在看热闹的男人说道："这样肉味更好。所有的血都留在肚子里。"

这时，一个意外发生了：柜台上堆得高高的死鸡晃动了几下，许多掉到了地上。一只神气十足的大猫在摊位四周打转，既专注又谨慎。女老板当然不会觉得好玩儿，惊慌之下，她高声叫道："喂，你，小子，来帮我捡！快！"

被催了眠似的，吉迈特把面包和巧克力放到柜台的一端。他脸色蜡白，眼睛圆睁，双腿发颤，开始去拾那些温热蓬松的羽毛垫子。

他拾了一只又一只，把它们托着肚子放到柜台上。他留心不去碰那些在绵软的脖子尽头摇晃的小脑袋。他感到胸口沉闷，似乎那些死去的动物所受的痛苦正在压迫他的肺，令他不能呼吸。想到某具尸体可能又会突然挥动翅膀，拍在他的脸上，他额头便缀满了汗珠。

"谢谢你，孩子。你出力了，拿着。"

女老板递给他一个苹果，但他没有接。他拿起面包和巧克力，开始奔跑。他跑出市场，穿过街道，奔上楼梯，气喘吁吁地进了家门。他在厨房里找到了母亲，一把抱住她的裙子。

"你怎么了？巧克力怎么还没吃？"

吉迈特爆发出一阵剧烈地抽泣。他哭得很响，张着嘴巴，眼睛眯成了一道缝。

"你怎么了？有人打你了吗？出了什么事？"

母亲每问一句，他就摇一摇头，一面仍然哭个不停。所有悲伤、所有压抑的哀痛在他心中翻腾。等到风平浪静，他的胸膛还在因为哭泣而抽动。好像顷刻间长大了似的，他说："我是这样痛苦……"

镜　子

医生把她送到门口，握了握她的手。

"太太，现在，一切都在您自己。我已经跟您讲了，不严重，不过您得知道，对于糖尿病人来说，节制饮食比吃药更重要，或者，至少和吃药同样重要。"

她不知道该回答些什么，微微一笑，下了楼梯。她手脚冰凉，额头却在发烧。

街上，夏日灼人的阳光让她一阵眼花。姑娘们飘荡的衣衫、黄色的有轨电车、漆色闪耀的车辆、绿色的树冠，合成一团纷乱而炽热的生活，但在严酷的日光下又有些缥缈。她觉得身上没劲儿。所有晃动的形体都过于浓艳，令她感到微微头晕。"麸质，麸质……"她低声念着，那个字眼像一块无形无味的糕点，填满了她的嘴。

她停在一家珠宝店的橱窗前。在蒙着紫色天鹅绒的阶梯形展物台上，戒指和胸针上的钻石射出冰冷的反光。橱窗中央有一只金鸟，翅膀上镶着红钻，眼睛是绿宝石。"我们那个时候，"她想，"流行钻石。"接着又想道："我把丈夫年轻时送给我的珠宝都花在法国了。他假如没死，这时候会说什么呢？我可想象不出……死人之所以令我们恐惧，就因为它们是死人……我会把什么带进坟墓……！

冷静，冷静……"她打量着那些首饰，一件接着一件，强迫自己忘记就诊的不快。量血压的时候，她提心吊胆，身上淌汗；冰凉的橡皮管缠着胳膊，裹着她苍白而病态的皮肤，指针左右地摆动……她摸了摸胸针，因为不记得穿衣服的时候有没有重新戴上。她的手映在橱窗的玻璃上：长长的，布满暗红色的血管，指节变形，动作迟缓，像是生病的动物。

两个年轻姑娘在她身旁站住。

"我最喜欢那一个，你看见了吗？后面那个，七颗钻石成一排的。"

"你真的看好了？"

两人的声音将她拉出了迷梦。她总算习惯了法语，但某些词的意思还是记不牢靠。她曾经一度借此大发脾气，扬言要回巴塞罗那，就算自个儿走也要走回去。"我在这里呆站着做什么呢？"她想。准备过马路的时候，一个戴草帽的男人挽起她的手臂，把她送到了对面。

"谢谢，太谢谢了……我这把年纪，这么多汽车有点儿叫人害怕……"

甘必大广场上全是人，咖啡店的露天座位都已坐满。尽管阳光灼人，空气却很温和。她走到广场中央，停在一棵玉兰树下。树荫里坐着几个女人，有的做着针织，有的在安静地说话儿，与此同时，她们的孩子在一旁追逐叫嚷。被蜜蜂围绕的玉兰花散出一股酸味儿，传到她的身边。她从衣兜里取出一块针织绣花手帕，仔细地拭干了自己的左眼。"这种情况往往出在那些过分幸福的人身上，"许多年前，她的眼科医生笑言，"人总得流泪，不为这般，就为那般。"什么也止不住她那不由自主的微泣，时时便会双眼润湿。

她慢慢地走着，身形细小而伛偻。太阳在她墨绿色的横纹大衣上照出一缕反光，显出破旧不堪的肘部和袖底。虽然已有一段距离，一股淡淡的玉兰花香仍然随风而来，发烧的手指一般抚过她的脸。

到了金蜂糕点店门前，她稍作迟疑，随即走了进去。一阵浓郁的酥饼和奶油的味道让她满口生津。她脸颊绯红，忐忑不安，下意识地把一只拳头反复攥紧。盛满糕点的托盘陈列在她眼前：金黄、松软、轻盈、入口即化。有的坚实，有的致密，有的酒浆盈盈欲滴，有的裹着玻璃般剔透的糖衣。

"太太，您要点儿什么？"

"半公斤饼干。"

女店员冲她一笑，拿起一只大袋子，往里面装点心。她在一旁审视着托盘。

"香草口味的也要吗？"

"要。还有蛋卷，下面那些，樱桃味儿的。我就在这儿吃……"

当走到犹太路上背阴的一侧，她满嘴香甜，一颗牙齿开始作痛。提包里装着一袋糖果、一袋饼干。

埃莱娜，她的儿媳妇，正坐在花园门前做针线。

"大夫对您说什么了？"

"大夫,什么大夫?"

她的孙子正在一丛康乃馨旁边翻松土壤。听到祖母的声音,他回过头来。

"奶奶,到这儿来!看我怎么种向日葵!"

"我跟孩子说了,叫你们别买除草器,会把整个院子都毁了的。"

埃莱娜放下针线,仰起了头。

"您别担心,我会仔细看着的……你不是说去看医生了吗?"

她编了个谎,儿媳妇的好奇让她心烦。

"我改天再去。天气这么好,我更愿溜达溜达。医生又能跟我说什么呢?"她捏了捏点心袋子,脸上露出几分烦躁:饼干好像沉甸甸的。"医生又能说什么呢?"

她走到孙子旁边,站了一会儿,看他挖坑。

"种吧,种吧……"

她想独自休息。卧房是她的天地,装满了秘密,还有连儿子、儿媳都不认识的人的照片。一进门,只见衣柜的镜子映出几分花园的绿意,透过落下的百叶窗格,叫人几乎看不出,宛如梦中的风景一般神秘。

她关上房门,脱下大衣,然后坐到窗边的柳条椅上,艰难地除下鞋子。她的脚瘦骨嶙峋,只剩一张包裹着筋脉的皮。她得费很大的力气才能摸到双脚。她把鞋放在座椅旁,伸直两腿,活动了一下脚趾,心里惦记着那些点心。"让医生和他的节制饮食一边儿去吧……!"她吃起来,吃得很慢,为的是能在嘴里多含片刻。她不时用舌头舔掉粘在槽牙上的糖胶。她的胃开始变得沉重，好像里面聚起了一团石膏；眼皮也有些睁不开。她拿起一面手镜：是教父送给她的结婚纪念，轧花的银镜框上有一丛缠着绸带的桂树叶。镜里照出一张年过六旬的面孔，五官略微充血，纤薄的皮肤上有着苹果皮似的皱纹，眼睛下面有两个软塌塌的青色眼袋。她拉开下眼皮，露出里面湿润的粉肉，中间极淡，边缘略深；白色的眼球上，交织着红色的血管……"那姑娘绿眼睛，黑头发，你见了会发疯……"她的一个追求者这么告诉罗赫尔。那时，罗赫尔和她还不认识。"黑头发……"镜子里是几根白发，稀稀落落，微微发黄，搭在刻满皱纹的额头上。她右手依然握着镜子，左手又拈起一块饼干。"他为什么不和我跳舞呢？"

那天，罗赫尔没跳舞。他站在客厅的窗户旁边，同一个老人讲话。她感到罗赫尔很紧张，总是在看一个从她所在的角度看不到的人。越过一对对起舞的伴侣的肩头，她望着罗赫尔衣领上闪亮的栀子花。

他为什么不想和我跳舞？

侥马·马斯，她的丈夫，就这样羞答答地走进了她的生活。当时她正眼望罗赫尔，回忆着那天下午，禁不住想要嘶喊。侥马出现得太迟了，可恰是在她沉沦的时刻。"您累了吗？"她看着扇子上螺钿的细棱和绸子穗儿。舞会前，她定做了一件紫红色大衣，腰间扎一束紫丁香。裁衣服的时候，她回忆着罗赫尔的话："我们的爱情诞生在丁香花下。"花园里有片丁香树，房间的花瓶中也插着一束束的丁香花。那天下午。"罗赫尔如果走近，就会看到扇面上的风景，恬淡，柔和，青色的苹果，桃色的天空。"可是他没过来，我觉得当时他甚至没瞧见我，我想嘶喊。

"您想跳舞吗？"

他让我难过，一种突如其来的难过，仿佛忽然要我面对一个被判了刑的人。我是在望着罗赫尔的同时将他选作牺牲品的吗？过了还不到一个月。负责给公园上锁的人冲我们大声吆喝，因为我们耽误了他关门的时间。街灯刚刚点亮，天上下着细雨。在人行道上，在我们曾经同坐过的长椅旁，我用伞尖儿写下：罗赫尔，然后被细雨渐渐地抹去。

那是支悲伤的圆舞曲，悲伤得就像那天下午离开公园时路上的灯光……阿加塔袒露着双肩，从我眼前舞过。阿加塔。她的裙子白得像雏菊的花瓣，红宝石项链如同鲜红的血滴一般闪耀。情人。阿加塔和罗赫尔是情人。舞会前几天他们才告诉我……一对老情人。罗赫尔和阿加塔。罗赫尔。我在沙地上写他的名字。就在那天下午，他和我，做了情人。那第一个、也是最后一个下午。白床单上留下了几滴血迹，和阿加塔项链上的红宝石一样鲜红。我耳畔再次响起罗赫尔的声音。他最后一次拥抱我时，问我："你不舒服吗？"一切都那么遥远。吻，血滴，丁香花的芬芳。

我身处客厅中央，跳着舞，与我面对面的，是一张神情索然、面颊稍显饱满的脸，那是他，我后来的丈夫。

"拿那把小喷壶来帮我浇水。"

"向日葵也要浇吗？"

每天下午都一样，儿媳妇这时大概已经锁上院门，正给餐厅窗台下的天竺葵浇水。接下来是已经开始抽芽的菊花。她叹了口气，把镜子扭向一边。她的耳朵很小，色如螺钿，耳垂微红。一只耳朵被扯长了。那是在给儿子——她几乎要给他起名罗赫尔——哺乳期间，她总戴一副绿宝石和钻石的长耳坠。孩子刚刚开始学走路，常用小手抓她的嘴唇，再用力地捏。有时他似乎是要把空气攥进手里。一天，孩子狠狠地拉住了她的耳坠，一面拉，一面从滴染了血迹的胸前啜取乳汁。

在她的婚礼上，供坛上摆着白色的丁香花，似乎来自彼世，来自亡人的世界。她很害怕，想要逃。

我在沉沦，正在陷入一眼黑井：一双看不见的手扯住我的头向下拉着，既向下又向后。"记得我们相识的时候吗？我对你说：'愿意和我跳舞吗？'"那是一段能够占满我一生的回忆。他搂着我，说道："叫我的名字，叫我的名字……"我心想："罗赫尔。"话并未出口，只在心里，但丈夫却抛开了我。我没听懂他说些什么。那些话我永远也不会得知。我感到他穿上了外套，然后听见院门的砰响和踏着石砖路远去的脚步声。我既不难过，也不想哭，整个人似乎化成了石头。我用手抚过肚子：我会生下罗赫尔的孩子，还要给他起名。当我醒来，已是晚上。有人在我身边哭泣，闻得到一股夜晚和风的气味。他已经回来了。他痛苦的声音令我平静下来。他垂着头，在我的肩膀上哭泣，夜晚和风的气味是从他的头发里传出来的。我能感到他呼在我皮肤上的鼻息，由于啜泣而断续的鼻息。而在我的腹中，另一股气息灼烧着我。血滴全部汇起，凝作了一团骨肉。我一动不动，注视着卧室角落中残存的、正被晨曦吞噬的阴影。我怀着一个怪物，一团没手没脚的肉。我感到肚子似乎在动：它在我的注视下长出了双手，推挤着要出来。一股酸苦涌向我的嘴边。他在哭泣，而我睡着了。

……在插满丁香的花瓶脚下，满是凋落的小花，一颗颗紫红的星。罗赫尔正在穿衣服。在他的衬衣左侧绣着他名字的首字母，一个R和一个G。我也该穿衣服了，却迟迟不动，似乎最不足道的举动便能毁掉那令人伤怀、水晶般易碎的幸福。似乎我的颓丧能将那个下午延作年复一年。来到街上，我们停在一盏路灯下，彼此伸出手，就像两个朋友，互道再见……而刚才下台阶的时候，我们每迈一级都要停下来亲吻。当已是孤单一人时，我想："再不会有这么一天了。"我看看四周，似乎为了寻回一点儿自我：路灯的光线、紫色的天空、一扇点灯的窗户。我迈动脚步。然后呢？……舞会、阿加塔、儿子、婚礼。

我感到只有说"你别喊"的力气。他在房间里来回踱步，不时打开梳妆台的某个抽屉，再霍地关上，撞出一声猛烈的干响。"你为什么要嫁给我？为什么？""你别喊，人家会听见的。不要喊。""你的过去，"他说，"你的过去。"当时的人和如今有所不同，都一本正经。"你的过去。哪怕是已经死了也好，但是没有，它一直活在你我之间。你的过去活在你我之间，像个活物一样日夜呼吸。一向如此，一向如此。我活到今天，已到了非得知道有人需要我才能活下去的地步。"……病人。我现在又老又病，而我的青春……"对于糖尿病人，节制饮食比医药更为重要。"饼干不会把我怎么样，是太阳在害我。我在太阳底下走得太久了……这面手镜知晓一切。我那绿色的眼睛和黑色的头发依然在镜子里，隐而不现，但是还在……[那时]他们做的第一件事是把这面镜子送到他的嘴边。这面镜子。刚开始，镜面没起雾①。"他会得救的，一定会的。"医生看着我说，像是在为我灌输勇气，似乎对我而言，丈夫上吊是场悲剧。我也受过罪，但没上过吊。"他会得救的。"他脖子上留下了一道紫痕，很久才褪去。当天晚上，我守了他一夜。他选择了结婚纪念日这天，而我不会原谅他被人救下。"最近我看你总穿着那条紫红裙子，扎着一小束丁香花的，就是在我认识你的舞会上你所穿的那条。你的眼神似乎很怕我……我为什么让你害怕？"对，为什么？特别是现在，当一切似乎已与我无关，我反而更觉得可怕。儿子，丈夫，罗赫尔。虚无。寂寞。我孤独地活到现在。只身一人。独自带着那堆无用、贫乏、已死的回忆，既可属于我、也可属于他人的回忆。年届六十，得了病，一个我不爱的儿子，因为他长得像罗赫尔。我慢慢地变卖了珠宝首饰，又被人轰出了自己的国土。那个蠢货，那个秃顶的蠢货……我看护了他一整夜。早上，他向我要一杯水。他几乎不能说话，疲乏地用手做了个手势。他啜了一口，握住我的手，要我吻

---

① 救下自缢之人后，先用镜子探其有无鼻息。

他。"行行好吧,即使我让你害怕。"我靠上前去,那时只有我们俩,其他人还在睡。我俯身要去吻他,可是当我们的脸几乎贴在一起的时候,我啐了一口。我啐了一口,逃走了。当时我以为他已经没命了。过了多年,他死的时候,我一滴眼泪也没流。大概他是唯一一个爱过我的人……不是我,而是另有其人,是他心目中的我。

她握着镜子,缓缓将手扬起,床头柜的大理石板近在咫尺。她愣了愣:我是想砸了它吗?"我还是当年的我、那时的我!"她慢慢垂下胳膊,把镜子丢到了床上。走廊里传来脚步声,是她儿子,大概今天提前下班了。

"埃莱娜,妈妈去看医生了吗?"

医生,医生,今晚餐桌上已经有话题了。

她收拾起落在裙子上的饼干渣,打开百叶窗,扔进了院子。

幸　福

　　昨晚，睡前，她注意到冬日将尽。"已经冷得够了。"她想，在被子里舒展了一下身体。冬夜的声响听来更干净，仿佛来自一个更加清明的世界，并因此恢复了它原有的纯洁。时钟的嘀嗒声，白天不知不觉，现在则充盈着整个房间，像是怦怦的心跳，让她幻想起一座巨人国才有的时钟。石砖路上的脚步声，在她听来，就像是某个杀人犯或者逃出医院的疯子，让她心惊肉跳。蛀虫的噬咬声似乎预示着什么危险即将来临：或许是某个已故的朋友，借着这不依不饶的声响，执意不肯令她入睡。不，她不害怕，却又有些惊惶地贴近了侥马，紧挨着他蜷起身体。她感到有了依靠，心中一片宽释。

　　月亮，混合着街上电弧灯的光，照进屋子，射向床腿。一股新鲜空气，满含着夜的味道，不时地吹到她的脸上。她享受着空气的抚弄，联想起春日的清爽。重放的花朵，蓝色的天空，悠长的粉霞，和煦的日光，明丽的衣裳。火车驶过，乘客眼中全都闪烁着对假日的憧憬。和煦的天气会带来一切，然后再由一阵秋天的疾风骤雨全部带走。

　　夜已深，她躺在床上睡不着，为冬日将尽感到快乐。她抬起胳膊，摇了摇手：一阵金属的叮当让她莞尔。她惬意地舒展了一下身体。手链闪映着月亮和电弧灯的光。从那天下午开始便是属于她的了。她看着手链在皮肤上闪亮,好像是自己身体的一部分。她再次将手链摇得叮叮响。她想要三条同样的,可以总戴在一起。

"你不睡吗?"

"我这就睡。"

如果他了解她的爱有多深!因为一切,因为他的好,因为他懂得如何温柔地拥抱,好像怕把人挤坏了似的。她知道他的目光中蕴含着多少爱。爱情不只在他眼中,更在他心里。他为了她而活着,正像她小时候曾为一只猫活着,总是提心吊胆,一想到猫会受罪就担心难过。她忧心忡忡地去找妈妈,眼中闪着悲哀:"它喝奶了,可还会饿的。它脖子上起了一团绒球,会被憋死的。它和窗帘穗儿打架,但一听到脚步声就停下来或者装作没事。它很害怕,心跳得很快……"

她想吻他,想不让他睡觉,想让他哝哝低语,直到和自己一样被亲吻的欲望所占据。可夜色已深,空气香甜,手链熠熠生辉。慢慢地,她失去了知觉,睡着了。

然而,此时,早上,她却感到自己十分不幸。从浴室传来了水声,龙头应该被拧到了最大;又传来清晰的吧嗒一响,那是他把剃须刀放在玻璃台上;接着是香水瓶的响动。每种声音都准确地传达着他的一举一动。

她别扭地趴在床上,两肘撑床,双手托腮,在一张旅游地图上点数巴黎的街区:一个、两个、三个……水声令她走了神,忘了数目。一共才数出十九个。错在哪儿了呢？是从圣路易斯岛开始，然后绕着它数的。四个、五个、六个……柔和的色彩平息着她的愤懑。蓝色、粉色、紫红色的街区和公园绿色的色块让她联想起黄叶凋零时的暮夏。然而房间中水声不断。以往，这水声似乎蕴藏着她幸福的夏日回忆——湍急的河流，低飞的鸟儿倒映水中，白色的河湾，水草，沙滩——可是今天这声音令她满心忧愁。

当然，这只是瞎担心，说"担心"是为了避开某个更为生硬的字眼以及绵绵不绝的愁恨——由于那个字眼，由于一个没有吻的早上。她是多么喜欢晨起时的亲吻啊！……犹如梦一般的滋味，消散的睡意似乎沿着他的嘴唇去而复返，传到她的双眼，令它们再次闭起，想要重新入睡。那些嬉戏之中的吻比任何事物都珍贵。一、二、三、四、五……圣路易斯岛、夏特莱、蒙蒂翁路……十七、十八……

现在，该淋浴了。仿佛见他在初降的雨幕中，闭着眼睛，正伸手摸索通常搁在浴缸旁边的毛巾。他拿到毛巾，便一直擎着胳膊，以免弄湿，然后等上五分钟。怪癖。还有（另一个怪癖）一边浸浴一边吃糖，身体泡在水里，嘴里含着甜味儿。

完了。爱情总要结束，而且结束得如此波澜不惊。她越是想象他洗澡时的安闲，就越感到怨愤。她要离开他。她能想见自己开始打点行装。她把所有细节都想象得如此真实活现，以至指尖几乎能感受到丝衣的柔顺。衣服叠好，再苦苦地往一只箱子里塞，而箱子太小，装不下所有的东西。没错，出走！她似乎已经身在门口。清晨，迈过门槛，离开家门，几乎踮着脚，静悄悄地走下楼梯。

但是他会听到。他会惊醒过来，不是由于轻微的脚步声，而是由于一种莫名的寂寞。他会发疯似的追下楼，直跑到一层，将她拉住。两人之间寥寥数语，此时无声更胜言辞。

"我走了，再也不回来了。"她低声道。

"你说什么？"他呆呆地问。

她抛得下这温柔吗？他伤心欲绝地看着她：一句句话语，一条条巴黎的街道，一个个几乎尚未动情时的日暮……如今，都已不再重要。她看着地图。在每一座重要的建筑前，他说过"我爱你"；过马路的时候，他说过"我爱你"；在咖啡馆的露天座位上，他说过"我爱你"；在杜伊勒里花园的每棵树下，他说过"我爱你"。他常把"我爱你"写在一张纸条上，揉作一团，趁她最不经意的时候塞进她的手中。他把"我爱你"写在撕开的火柴盒上，写在公交车蒙雾的窗玻璃上。他总是带着无限的欢愉对她说"我爱你"，似乎只要能够说出"我爱你"，便已别无所求。她把眼光停留在岛屿的远端——天空和海水是蓝色的，地平线和河流是嫩蓝的；他也曾说过"我爱你"。她眼中现出协和广场上那个细雨蒙蒙的傍晚。沥青路反着光，每道光都在路面上生成一条闪烁的溪流。倘若从露台上俯视街道，可见一把雨伞经过，每条伞骨的末端都缀着一颗水珠儿，而在那把小伞的四周——巴黎：屋顶、烟囱、云朵、幽深的街巷、水上的桥梁。雨天把那些平日里带孩子去公园做针织的妇人关在了家里，只留下相爱的恋人，还有公园里的玫瑰花和马蹄莲。雨天将他们留在伞底，怀着对爱情深深的眷恋，彼此相谓"爱你"。

两人仍然站在一楼的楼梯间,她会说:"你何苦留我,既然我们已不再相爱?"她会用"我们",尽管不是事实,却是为了让他以为自己心意已决,已经无法挽回。路上会下着雨,不是恋人的雨,而是历经坎坷、心碎之人的冷雨,是带来泥泞和寒冷的雨,是令穷人们叹气的浊雨,它会糟蹋衣服和鞋子,让上学路上踩湿双脚的孩子生病。她木然地登上火车,肮脏的车窗上划着数千条细细的水道。车轮轰隆,汽笛嘶鸣。这便是结局。

她会重新开始生活,应当毅然决然、了无牵挂地从头再来。对自己说:"我的生活从今天开始,在我身后一无所有。"她的姐姐会怎样接待她?还有她的姐夫?

她会碰到"果戈理":又肥又笨,一身白毛,脏兮兮的;眼睛无神,带着红点儿。姐夫给它取名字的时候,正醉心于俄国文学,这一热情后来被填字游戏取而代之。他在一只小篮子里发现了瑟缩一团的果戈理,心肠一软,便把它塞进了福特车,直到回家以后才发现它是条瞎狗。玛尔塔大发牢骚。一条瞎狗有什么用?可是把它丢在那儿又怪惹人怜的……果戈理走得很慢,垂着脑袋,总是被家具绊倒。当它躺在某个房间的角落或者当中,要是有人走近,它会抬起头,似乎在望天。它被收留了。但是看到它让人窝心。

"你好啊,黛莱莎,"姐姐看到自己就会这样说,"从来不打个招呼。柏德罗,黛莱莎来了,搁下你的填字游戏,过来……"一切都会喜气洋洋。然而她会感到无边的落寞:地处乡郊的住宅,遮雨篷上连玻璃也没有——不是碎了,而是从来就没装过——让她觉得惨淡。墙上满是柏德罗在无聊时画的画儿,一些稀奇古怪、令人头晕眼花、观之欲呕的画儿。

"真是个惊喜，姨妹！"二十年的文牍生涯并未磨尽他灵活的谈吐和新鲜的笑容，但他的眼神却透出悲哀和焦虑：那是欲呼无声的溺水之人的眼神。

她的眼睛湿润了，地图上浅淡的色彩已变得模糊不清。

浴室里现在寂无声息。他大概在扎领带，梳头发，马上就要出来了。她匆匆地想道："如果能让时光回转，回到过去，如果能回到去年那幢海滨小屋。天空、海水、棕榈树、映在阳台玻璃上的如火的朝阳、盛开的茉莉花。白云、海浪、猛然将窗户吹闭的风……一切都被她印在心上。

一声啜泣和叹息让床陡然一震。她绝望地哭了出来，眼泪流成了河。她越想克制，就越心痛。"黛莱莎，你怎么了？"他来到她身边，惊惶失措。啊，要止住哭，要克制自己……可是听到他的声音，她眼里又迸出了新泪。他坐到床上，紧挨着她，一手揽住她的肩，去吻她的头发。他不知道说什么好，心头一片茫然。又重新得到他了，有他在身旁，有印在地图上的全部回忆，还有，还有……就算千言万语也说不尽。他身上的水汽是那伞外的雨，落在平静而涨满的河面上，雨滴在树叶尖儿上显出七彩，被玫瑰藏进了花瓣。玫瑰不会将那些神秘的七彩雨滴饮下，而是保存起来，就像她，精心珍藏着两人的吻。

能告诉他实话吗？现在他已回到自己身边，忧愁的面庞侧对着自己，如此一心一意。她花了半小时编织的悲剧于是冰消雪释。"你不告诉我出了什么事吗？"他温柔地将她的头发掠向一边，亲吻着她。她感到一阵极大的安慰，说不出话。他把地图扔到地上，将她抱起，像抱一个小姑娘。他对我是真心的，她想，而且他永远猜不到我的胡思乱想。他们共同度过了多少时光！天地间形如一人。

　　至于那个愤愤不平的姑娘——又要急着偷偷地下楼，又要去赶火车——已经消失了，就像巫婆似的，被一阵烟雾带走了。她顺着一道想象的烟囱飘去，被一阵风吹得无影无踪。现在蜷在床上的姑娘，无怨无争，行止优柔。她深居简出，被柔情构筑的围墙和屋顶牢牢禁锢而浑然不觉。

电影院里的下午

六月二号,星期天

今天下午我和拉蒙去了利亚尔托。到电影院以前,我们就在怄气。他去买票的时候,我很想哭。起因是一件蠢事,我知道。经过是这样的:昨晚我一点才睡,就因为一条铁蓝色的线,我忙活到十二点。那条线找不着了,而没有它,拉蒙的礼服就做不好。这时,我母亲又火上浇油,唠叨起来:"你从来都不知道东西搁在哪儿,和你爸一样。"父亲瞅了她一眼,仍旧坐在桌前,对着一面靠在酒瓶上的小镜子,继续挖他的鼻孔。最后,我总算找到了线,弄完了礼服。可是,还有衬衫和裙子要熨。等钻进被窝,我已经筋疲力尽。我想了一会儿拉蒙,便睡着了。今天,午饭以后,拉蒙叫门的时候,我已经万事俱备:梳妆穿戴完毕,甚至在头上插了三朵玫瑰。拉蒙疯子似的进了门,甚至没停下来看我辛辛苦苦熨好的衣裙,就直接走到坐在摇椅上打瞌睡的父亲跟前,对他说道:"菲格雷斯告诉我最好不要填任何表格。我早就怀疑他被买通了。"我父亲睁开一只眼,立刻又合上了,摇晃起来。但是拉蒙依然继续说话,似乎没察觉正在惹我父亲生气,还在说那些逃难者①应当做这做那。这期间，他对我看也没看一眼。最后，拉蒙说道："卡黛琳娜，我们走。"便拉着我的胳膊，来到了街上。我说："你总是讲些惹他心烦的事情，真讨厌。"但这还不算什么。我俩一言不发地走到半路，突然，他松开了我的手臂。啊，我立刻就明白了：在另一侧的人行道上，萝塞尔正反方向朝这边走来。拉蒙总说他以前和萝塞尔不过是胡闹。对，没错，就是闹了闹。可他这时松开了手。萝塞尔昂然走了过去。我对拉蒙说："好像她才是你的未婚妻，不是我。"（我现在才发觉自己一气写了这么多。在学校，老师总是对我说，每写几句就该标个句点或者另起一段。反正是写给自己看的，无关紧要。）

就是这样，他去买票，我想哭。听到电影院的铃声，我更伤心了。我想哭，因为我爱拉蒙。我喜欢他从理发馆回来时身上的金鸡纳香，虽然我更喜欢他把头发留长一点儿，因为侧面看上去好像泰山。我知道自己嫁得出去，因为我长得漂亮，可是我想嫁给他。母亲总说他干那些黑市交易，早晚会被送到圭亚那②去。可拉蒙不会干一辈子。他说这样我们就能早日成婚。或许他是对的。

我们坐了下来，还是互不理睬。影厅里一股除虫水的味儿。开场是时令短片，先上来一个踩滑板的姑娘，然后是很多自行车，接下来是四五个围在桌边的男人，于是拉蒙开始发疯似的吹哨跺脚。

---

① 指西班牙内战时期的逃难者。
② 为法属殖民地。

坐在前排的男人回过头来，两个人一直吵到短片结束。接下来是一部动画片，有很多说话的牛，我一点儿也不喜欢。歇场的时候，我们去酒吧喝了一杯金蔓酒①，拉蒙在那儿遇上了一个朋友，跟他打听有没有成条的"骆驼"尼龙长袜。拉蒙回答说下星期才会有，因为他要去勒阿弗尔②。每次他出远门，我虽然嘴上不说，心里都很不好受，总以为他会被捕，被戴上手铐。

因为这桩黑市买卖，我们错过了电影的开场。当我们走向座位，影院里怨声一片，因为尽管我放慢脚步，我的木头鞋底还是弄出很大的声响。电影里的人物彼此真心相爱，相形之下，我发现自己和拉蒙之间稍逊一筹。电影里是一个女特务和一个士兵，最后两人都被枪毙了。电影总是很美好，如果相爱的人不幸，你不会很难过，因为相信一定会结局美满。可每当我自己感到不幸，却从没胆量相信一切会变好。如果电影以悲剧收场，就像今天，所有人都感到难过，心想：太遗憾了！而我感到绝望的那些日子里，因为谁也不知道，所以情形更糟糕。就算有人知道了，也准会取笑我。在最悲伤的那一幕，拉蒙把手臂搭到我的肩上，于是我俩都消了气。我对他说："你这个星期别去勒阿弗尔了。"后排的一个女人冲着我们："嘘！"

现在，我把写完的东西重新读了一遍，却发现这并不是我原本想说的。我总是这样：说些认为重要的事情，过后又发觉它们无关

---

① Pampre d'Or，一种红酒。
② 法国港市。

紧要，例如找不到铁蓝线的那一段。另外，无论谁读了这篇日记，都会认为拉蒙不爱我，但我认为他爱，尽管他心里总在琢磨怎么倒卖他那些破烂儿。可是，那也不完全是我本来想说的。我想要说明的是：我虽然成天难过，内心深处却很快活。有人如果读到这段话，一定会把腰笑弯。我知道自己傻里傻气，而且父亲总说拉蒙缺心眼儿，对，实际上，是这件事让我最难过，因为我觉得我们会是不幸的一对儿。可是，毕竟……

玫瑰冰淇淋

"给,你要哪一支,柠檬黄的还是玫瑰红的?"

他面带愁容,买回了两支冰淇淋,让她挑选。卖冰淇淋的女人收起他付的钱,随即开始招呼其他顾客,嘴里喊着:"美味的冰淇淋!"

向来是这种局面:每当临近分别,他总感到有一桶悲伤当头浇下,而在此后余下的二人时光中,他就变得缄口无言。

午后时分,公园里阳光明媚,树叶喁喁私语,他陪在她的身边,感到内心愉悦,谈吐自如。乐队在演奏《罗恩格林序曲》[①],两人手牵手,肃然倾听。几只鸭子和一对昂首挺胸的白天鹅在湖中游弋。湖水碧蓝晶莹,犹如电影胶片。在这一为了真实的人间而创的造作景致中,男人、女人和儿童行走嬉笑,仿佛是受某种奇妙装置驱动的小玩偶。

太阳开始西沉,他们坐到椴树荫下一张绿色的长椅上。他半含羞涩半带激动,将订婚戒指交给了她:是一小颗钻石,里面掺着一颗相当显眼的碳粒。

---

① 德国作曲家瓦格纳所作歌剧。

"发誓你永远不会把它摘下。"

她张开五指，微伸手臂，一边活动着手，一边打量。她心头不无隐忧，想起片刻之前未戴戒指时那依然灵活自由的手。她的眼睛微微湿润了。

此时，他们已经离开公园，手挽手地朝地铁站走去。

"拿着，粉色的给你。"

她接了过来，感到双腿一阵无力。又走了几步。"粉红，玫瑰……"她突然浑身颤抖，血一直涌上发根。

"哎呀，冰淇淋！"她故意让它掉在地上，以掩饰内心的烦乱。

"我再买一支吧？"

"不要。"

"玫瑰……玫瑰……要赶快，别让他有丝毫觉察。你干吗吃玫瑰花？我们要结婚了。我得把信都烧掉，一封也不留……包括二月十五号的那封……要是能够只把它保存下来……连同那些干玫瑰……你吃玫瑰花？我手持一束玫瑰，他揽着我的腰，亲吻着我，我们边笑边走。他斜戴着帽子，目光灼灼。我嘴里嚼着一瓣玫瑰。你如果一直吃花瓣，会变成一朵玫瑰花的。那天晚上，我梦见自己从墙边的一个老树桩中生出来，渐渐绽为一朵由血液凝成的花。他猛然抓住我的手臂，把玫瑰扔掉，扔掉。我眯着眼，口中嚼着花瓣……我的爱呵……上楼梯的时候，我明知自己在哪儿、要去哪里以及去做什么。一个上年纪的男人打开门，闪身让我们进去。那个昏暗的房间没有任何气味，有一张褪色的柳条椅和脱了线的地毯，简陋而凄凉。你别怕。当我睁开眼，我看到椅背上的外套和搭在上面的绿底红纹领带……您好像忘了我们得去［给顾客］送蝴蝶花。第二天，工厂主任因为迟到而训斥了我……我用铁丝串着花瓣①。他把我搂得多紧啊！我胳膊上留下了一块瘀青，只好穿长袖衫……等我回来，我们就结婚，他在第一封来信里说。你还吃玫瑰花吗？我必须把信全部烧掉，连同覆着印花布的盒子……我必须把它们烧掉……这只戒指弄得我手指疼……他两年没来信了，音讯全无……结婚了？或者，死了……他如果要回来，早就回来了……我哭的那天早上，看门女人上楼来送牛奶：'这就是生活……你该高兴，因为他没给你留下什么别的纪念……'十七封，十七封为之朝思暮想、盼念成疾的信。你为什么吃玫瑰？"

"你想什么呢？"走下地铁站的台阶时，他问道。

"我？没事。"

---

① 译按：前言送蝴蝶花，此又言串花瓣，主人公大概在制花工厂工作。

狂欢节

"出租车！出租车！"

一辆私人汽车从年轻姑娘的面前驶过，未作丝毫停留。已是半夜一点，两侧都是花圃的提比达波大街①上空无一人。只有姑娘刚刚离开的那栋别墅的窗户里还亮着灯，透过窗帘可见跳舞的人影。

"去出租车站还得往底下走。"一个路过的年轻人对她说。

"在哪儿？"

"就在电车站旁边。"

小伙子注视着姑娘，恍然若失。她披着一件丝制斗篷，宽大轻盈，垂至脚面；额前一颗灿烂的星星，脸上戴着面具；风，三月的夜风，拨弄着斗篷的褶皱，斜吹着姑娘的头发，使之翩然飘舞。

"电车站又在哪儿呢？"姑娘一边问，一边琢磨："他化的这是什么装呢？"——白色的假发，脖子后面的辫子出人意料地向上翘起，白色的长袜，紧绷的红绸裤，褐色外衣，腰间挂着一把硬纸板

---

① 位于巴塞罗那西北高地，通向提比达波山脚。

做的大剪刀。

"要我陪您过去吗？我顺路。"

"而且还顺风呢！"姑娘迸出一阵大笑，笑容清新动人。

两人开始向车站走去。小伙子十分羞涩，不敢跟姑娘靠得很近，却不时地偷眼看她额前的星星投在地上的阴影。

"后天，"姑娘忽然说道，"我就要去巴黎了。在那里待十五天，然后去尼斯……"

"哦……"

由于不知如何回答，小伙子睁大眼睛瞧着她，有意从目光中露出惊奇和羡慕。

可是，姑娘似乎不打算继续谈下去，几分钟没有作声，大概是想起了别的事情。她将脸微微侧向一边，很轻地吹着一段反复由三个音符组成的单调旋律，每隔一小会儿就用手撩一下头发。当她似乎已将身边的小伙子忘怀，她停下了口哨，一面指着小伙子仔细拿在手里的小包裹，一面问道：

"那是什么？"

"这个？"他咧开嘴，勉强露出一丝微笑，腼腆地答道，"哦，没什么？给我弟弟的小点心。"

"那个呢？"他另一只手里拿着一件叫不出名字的东西。

"是面具。"

"你怎么不戴上？"

他有些犹豫。可是姑娘一再坚持，他又找不出什么借口，只好郑重其事地戴上。

"我很滑稽,对吧?要是能够选择,我会要一个不这么滑稽的。可这是一些朋友送的,他们有点儿……"

"……爱闹?"

"有时候我觉得他们很过分……您明白……他们……"

"可是如果一副面具不好笑,那戴它做什么?还不如露出真面目呢。"

"有道理……您想来块点心吗?"

姑娘猛然停住脚步,眼中满是坏笑,说道:"我要去找点儿东西。你等我一会儿好吗?"

他做了个肯定的手势,于是姑娘往上坡跑去。她的斗篷掉在了地上,可她并未停脚。小伙子将斗篷拾起,一面用手指感受着衣料的细腻,一面闭起了眼睛。他一个人呆呆地站在那儿,胳膊上搭着斗篷,有种如履异境的感觉。他久久地望着天空、抽芽的树木和映着月光的铁轨,结茧的手指上残留着捻动丝绸的涩腻。他把斗篷搭在胳膊上便没敢再去碰。他看看前面,又瞧瞧后面,然后重新注视天空、树木……最后,他坐到一张长椅上,但石头的凉意穿透了单薄的绸布裤子,直传到他的后背,令他微微一颤。

过了一会儿,姑娘娇小的白色身影出现了,翩翩若飞。她衣衫轻盈,迎风舞动,仿佛一只鸟挥动着翅膀。

"我拿了他们一瓶香槟。咱们喝了它。你喜欢香槟吗?"

他刚要说"是的,小姐",可话还未到嘴边,脸已经涨红了。

"挺喜欢。您要穿上斗篷吗?"

"现在不要,过一会儿。"

他们来到一个三角形的小广场,中央有一棵枝干虬曲的冷杉树。她面朝东方,喊道:"提泰妮娅①!"从对面的住宅传来微弱的回声:"提泰妮娅……!"

"这儿还能有回音,不错。可是,在上面,在他们聚会的那栋房子周围,回声能重复三次,而且更响亮。"

他感到精神一爽,有了勇气。

"这么说,我有幸陪同的是仙女皇后了?"

"哦,凑巧罢了。这身衣服加一面珍珠网,我本可以扮成朱丽叶。再不然,头上插些花朵和花瓣,"她饶有风情地说道,"就成了奥菲莉娅②。但依照我的性格,哪怕就一个晚上,我也宁愿做个神通广大的人物。你怎么知道我扮的是提泰妮娅?"

"是您自己喊出来的……而且我一个叔叔以前老给我讲这类故事。"

"去世了?"

"有些年了。"

"好,既然你知道我是谁了,现在介绍你自己吧。"

她见小伙子有些犹豫,敦促道:"大声说出你的名字。"

他咽了口唾沫,低声回答:"我叫柏拉。"

---

① 莎士比亚剧作《仲夏夜之梦》中的精灵女王。
② 莎士比亚剧作《哈姆雷特》中哈姆雷特的恋人。

姑娘很高兴，大喊了一声："柏拉！"回音重复："柏拉，柏拉。"

"两次？看来这回音有点儿发神经。现在我们已经彼此认识了，打开酒吧。我可能会溅到自己，而仙女的衣裳应当总是一尘不染。"她把香槟递给他，"咱们似乎是多年的朋友了。"

"好多年呢。"他一边回答，一边寻思："她今晚喝了多少？"不过，她走路一直挺稳，看上去丝毫不费力气。

瓶塞打开了，没有砰响，也没溅出半点儿泡沫。

"这酒跑气儿了……"她失望地叫道，"不过还能解渴……"她对着瓶子猛灌一气。

"吃点心吗？"

他们在人行道边上坐下，开始吃喝……他把带假胡子的纸壳鼻子歪到一边，可仍然觉得碍事，就把它掀到了额头上。

"别墅的主人是……"姑娘开始解释，"我最好跟你说实话，毕竟咱们是朋友……是我的情人。我就是要跟他去巴黎。他有些生意上的事情，我们利用这个机会。今晚的聚会，他妻子也在。她很少在家，总在旅行。既然她在，我就决心走了。当时的场面真是剑拔弩张，至少对我来说。我谁也没通知就出来了，现在他大概正在各个房间还有花园里找我呢。但是，他如果想留住我，为什么不把他妻子关进黑屋子里去呢？关她一个晚上……你别以为她为人刻薄，才不呢，她很和气，很会穿衣服，很会招待人……称得上有大家风范……你明白吗？不过我肯定她每天上床以前都得涂面霜……他已经不爱她了。他喜欢的是我。他跳舞的时候对我说：'你是整个晚会里最美的姑娘，像花朵一样。'没过一会儿他又说：'我会永远爱你。'还有别的这种话。"

姑娘看了他一眼，略带诧异和羞惭。她沉默了片刻，终于说道："我们走吧?"

"我们走。"

他们把空瓶子丢在马路中央，继续赶路。他感到眼皮发沉，腿脚发软。走了一阵，姑娘在一段围栏前停了下来。他也站在了旁边。姑娘握住他的手，好像诉说一桩秘密似的，极轻地问道："你闻到栀子花香了吗?"

他什么也没闻见，只有一股夜晚和绿树的气息。而且，姑娘的这种亲切让他不安。夜风在枝头间悲切地飒飒作响，吹拂着两人的脸。

姑娘见他不答话，就将额头探到栏杆之间，柔声说道："悲伤的风……小时候，我总想住在一栋受严风吹打的孤宅里，每天早上，我会带着两条猎狗，到森林里去看那些夜里被刮倒的树。这股栀子花香是随风传来的，对吗?"

他手里还拿着姑娘的斗篷，答道："您穿上吧。"她裸露的手臂让他悸动不已，而她对栀子花过分的热情开始让他害怕。

"你愿意帮我个忙吗?"

他把斗篷披到姑娘的肩膀上，心想："我要是再胆大些，现在可以搂住她。"

"我看见它们了。你瞧，在那儿，院子最里面……你过来看，就在那棵大树下。看到了吗? 唉，真想摘一朵……"

他头脑一阵颠倒,眼前模糊一片。然而,他打定了主意——已经别无选择——想道:"围栏不很高。"

"您想让我去摘吗?"

她迎面看着他,合起双手恳求道:"是的,是的!我会开心一个晚上的。"

他把剪刀别进裤腰,没费太大力气就翻过了围栏。他起初走在草坪上,所以悄然无声,可是一走出草坪,石子路便在他脚下铿铿作响,甚至盖住了风声。他踮起脚尖儿,反而弄得更响。他又回到草地上,用手擦了擦浸满汗水的额头。白色的花朵就在那儿,他摘下几朵,用一条手帕裹好,然后顺着原路慢慢地往回走。他的心怦怦不已,太阳穴也在跳。香槟、血流和胆怯让他晕头转向。

"好了吗?"姑娘在街上心急地问道。

突然,几乎就在小伙子身边,一条狗狂吠起来。它正疾冲过来,能听到锁链铮铮作响。

他把裹在手帕里的花从围栏顶上抛了出去,然后奋力攀到了上面。他正要往街上跳,却发现裤子后面已被刮破,于是心头一惊。

"我的裤子!"他失声叫道。

"破了吗?"

"我想是的,破了一大块……不过,快走……会出来人的。"

姑娘拾起手帕,两人开始奔跑。他们跑了好一会儿,才喘着气停下来。

"你的裤子呢?让我看看。"

左边大腿后面的部分撕裂了一大块。

"好一道口子……但是缝得好。"她说。

"是啊,缝是能缝,可这是我租来的。"

他嗓音有点儿发干,几乎抑制不住心头突起的懊恼。不过,那种感觉转瞬即逝。

他们来到车站,一辆出租车也没有。

"今晚找车可不容易,尤其是这里。"

两人站在一盏路灯下,他可以仔仔细细地端详她了:金色的头发,深栗色的皮肤,嘴唇描得很细致,下唇微丰,圆润的下巴上有个小肉窝;透过面具的小孔,一双小黑眼睛灼灼闪光。

"我还没看那些栀子花呢,也没跟你道谢。"

她小心翼翼地将花从手帕里取出,可是当她凑鼻去闻的时候,却惊叫起来:"你摘的是什么花啊?"

"就是树旁那些。"

"这不是栀子花,不香。"

她盯着那些不认识的花朵,显出一脸不快。

"那就算了。你要是不喜欢,扔掉就是了。"

他不知不觉地用了第二人称[①]。他很喜欢姑娘这副略显专注的模样。如果没有风吹,他也不会再想到自己的裤子,可是风顺着破洞钻进裤腿,让他很不舒服。

"对啊,要是仔细想想,是栀子花才怪呢。现在是几月?"她用

[①] 当时除非关系亲密,惯以"您"互称。

惆怅而起伏的声音问道。

"三月,已经过了好几天了。"

"栀子花得到圣胡安①才开呢……算了,唯一让我难过的是你的裤子。如果起码能知道这些花的名字……"她重新闻了闻,又让他也闻。"是什么花?你能认出来吗?味道这么清淡,几乎闻不出,不过,让我隐约地想起续骨草……你觉得呢?我总算知道了:是不是秋海棠?"

"这些小了点儿。我是说秋海棠比这个大。或者说栀子花较小。"

"可能是细株秋海棠。"

"应该是山茶花。"两个人争起了兴致。

"山茶?不是……山茶花我闭着眼都能认出来。这一定是一种神秘的花——狂欢夜之花。"

她把拈在手中的花朵重新包进手帕,又凝神思索了片刻。而他,在内心深处感激姑娘没把花扔掉,并且感到一阵难以抑制的想吻她的冲动,但转念又想:"我是个君子。"于是,他带着一腔护花之情说道:"一辆出租车也看不见。我们有一种,不,是两种选择:如果必要,一直等到天亮;要么步行。我会陪你到天涯海角。"

这时,从伯纳诺瓦路那边传来一阵汽车声。待车驶近,只见

---

① 基督教节日,每年六月二十四日举行,有燃点篝火、鸣放鞭炮等庆祝活动。

里面亮着灯,载满了乘客。汽车几乎与他们擦身而过。车里哗嚷喧笑,司机身边一个头插羽毛的男人朝两人扔了一把彩纸屑。

"我觉得最好别等了。我们走吧。"她说,随即又加上一句:"不过我住得挺远。"

"很远吗?"

"在百人议会路。"

"好吧,我们沿巴尔梅斯街往下走。而且没准儿能碰上一辆空出租车。"

"上帝保佑一辆也别有。"他暗想着,快活地挽起姑娘的手臂,挽她过了马路。

远处的巴塞罗那灯火通明,一道泛红的光晕辉映着天空,组成一道魔幻的光阵。布切特区的灯光在高处眨着眼睛,卧在山丘之中的住宅都已门户紧闭。如果风能做片刻消停,与二人相伴的便唯有夜和寂静。

二人静静地走了一程。她先开口说道:"你装扮的是什么人?"

"裁缝。"

"裁缝?"她笑了,"要是你不说……"

"路易十五治下,犹太裁缝。"他不动声色地继续说道。

接着,他告诉姑娘自己在学希腊语,会作诗,而且在写一本书,叫作《普罗塞芘娜①的微笑》;又说自己在街上逛了一下午,

---

① 罗马神话中冥王普鲁东的妻子。

晚上参加了一场舞会。

"我毕业以后要去旅行。我想了解世界。我会搭一艘船,不带分文。我可能会做添煤工。定居一地的诗人往往死在床上,有家人陪在身旁,然后报纸会刊登他的遗言和临终的叹息。可历史并不就此停止。我宁愿自己死时孑然一人,除靴未及,俯面扑地,羽箭穿身①。"

此前话题一直由她引导。此时,小伙子滔滔的谈锋开始令她感到难耐。

"哎呀……"她忽然出声,一只手按住胸膛,仿佛心脏要跳出来似的。

"你怎么了?"

她过了一会儿才回答:"没什么,我的心脏……我眼前发黑。"

他有点儿担心地看着她,手足无措,不知应该扶住她,还是松开手。姑娘深吸一口气,用手抚了一下额头。

"好了……过去了。我心脏很弱,大概由于我的生活……"

"您家里同意吗?"

"他们不管。"

"您应该过一种更健康的生活:户外活动、体育锻炼、早睡早起……"

---

① 典出十九世纪美国军官乔治·阿姆斯特朗·卡斯特,遭印第安人伏击而亡。此处犹言死得其所。

"我知道这首歌的歌词：蔬菜和鱼肉①。"

"不，"他糊里糊涂地回答，"其实我不是那个意思。我的意思是，更加……诚实的爱情。"

"当然，然后遗憾地死去。谢谢。不知早在什么时候，我就选择了自己的生活。我活着是为了遍采世间的花朵……"她极快地瞥了他一眼，目光中带着几分顽皮，然后压低声音继续说道，"看门女人会说我什么呢？"

他盯着地面，有点儿出神，未曾留意姑娘的目光。他略显沉重地摇了摇头："说您错了。"

"我错了？咳，我又不打算结婚，要是你再往那方面想……等尝遍甘苦，年过半百，我会恭喜自己。至少，我有过爱情、梦想和优柔的言语。我避开了庸俗乏味，就像下雨天人们躲避水洼一样。"

"可是，老而无子……"

"……无子无孙……也没有三亲六故……正午十二点下葬②。"

"这没有意义。"

"你是指我摆脱了桎梏？"

密云渐起，一阵低回的风猛然扬起路上的尘土，朝海的方向席卷而去。云层迅速铺张开来，吞噬着天上的星辰。

当两人走到莫利纳广场，天空已被完全笼罩，风在屋檐和街角

---

① 为当时的流行歌曲。
② 犹言死得寻常。

呜呜地悲鸣。

"今晚最后竟会是这样!"

"我说过,我最喜欢风了。"

她脱下迎风横飞的斗篷,递到他手里。

"帮我拿着。"

他接过斗篷,停下脚步,仰望天空。

"您住在百人议会路的哪一侧?"

"面海的那一侧。沿格拉西亚大道往下走,再左拐。怎么了?"

"走奥古斯塔路更近便。路正在施工,不太好走,但是划算,可以节省时间。"

他不着急,也不担心会下雨。他只想走过那条宽敞而空旷的街道。"仿佛世上只有我们俩。"他记得,在道路中段,在莫利纳和格拉西亚车站之间,有一座花园,花园的围栏边有棵极老的法桐,整个树冠斜向路边。听着风吹过枝叶,自己走在姑娘身旁,那情景将令人难忘。

雨滴突然降下,稀稀落落,但圆润饱满,在地面上砸出一片闷响。响声继而越来越大,令人心绪不宁。

"好了,这下万事俱备了。"姑娘左顾右盼,想找个地方避雨。

"如果想找门廊避雨,我们得跑到那栋粉色的楼底下。这一片都是花园。"小伙子略带不安地说。

他们得像两个落难之人那样奔逃。该死的雨,搅乱了他所有的计划。

"您披上斗篷吧,会少淋点儿雨。"他把斗篷披到姑娘身上,然后抓住两个衣角，齐着膝盖打了个结。"您这样能跑吗？"

"我想可以。"

他们手牵手，匆匆地奔跑，身后跟着疾雨和轻轻推搡他们的斜风。地面上升起一股湿热窒闷的尘土味儿。雨似乎在做片刻消歇：携之而来的云似已远去，但更为厚密的云层即将到来。

他们躲进第一个门廊，暴雨随即落下。两个人疲惫不堪，甚至说不出话来，他们的心脉都在剧跳不已。她解开斗篷，像只鸟似的抖落身上的水滴。

她看了小伙子一眼，爆发出一阵大笑。

"可怜的衣服……"她瞧了瞧自己起皱的裙子，下边又湿又脏。"假如天气暖和些，我会待在雨里。夏天出城的时候，如果碰到下雨，我就会穿上泳衣到海边散步，非常惬意。"

风将雨斜刮向街道另一侧。在两人避雨的门廊前有一片大概两米宽的干地。对面的人行道上亮着一盏路灯。姑娘静静地注视了一会儿，挤眉弄眼，旁若无人。

"你跟着我这么做，就不会无精打采了。"她头也不回地说道，"稍微闭起眼睛，看那灯光，你会看到很多颜色。看到了吗？绿色、红色、蓝色……"

他闭上眼睛，又慢慢地睁开。

"我什么也没看见。"

姑娘就跟没听到似的，专注于自己的游戏，来不及回答。过了一会儿，她有点儿气恼地叫道："你大概做得不对。你得闭上眼，但不能闭紧,要留条小缝。"

小伙子又试了一次,先闭上眼睛,再略微睁开。可在他看来,那昏黄的灯光似乎一成不变。

"我什么也看不见。"

"你会长寿的。"她口气中带着几分轻蔑,"看到七彩的人会在第二天死去。我今天看到五种颜色。等一下,我再看一次,或许还会不同。"

他感到有些沮丧,似乎长寿是庸碌的证明。姑娘屏住呼吸,沉浸在游戏中。

"没办法,我只看得见五种。刚才有一团蓝色似乎要变成紫色,真吓人……"

两人专注于游戏,竟没发觉骤雨已过。屋檐上方的云层慢慢地散开,现出一片夜空,几点星光闪耀其中。四处听得到水流声,排水管道一时盈满。

小伙子叹了口气,仿佛逃出了一场噩梦。

"我还以为会下个通宵呢。相信我,我们最好不要磨蹭。"

"你不想在这门廊底下睡一夜吗?我觉得会很有趣。"

他从刚才就感到几分焦躁。他两腿冰凉,后背尽湿,小腿不由自主地发抖。

"雨已经停了,我们该走了。"

姑娘探出胳膊,看了看天空,却没有挪步。

"你的面具呢?"

冒雨奔跑的时候,他已把纸壳鼻子摘下来攥在手中。

"你不戴上，我就不跟你走。"

他一言不发，一脸顺从地将鼻子和胡子戴好。她看到他的额头上满是疙瘩。

"你大概吃过什么不好的东西。"

"谁？我吗？你是指那些疙瘩？医生说是发育引起的。"他一面回答，一面想，"她都在看什么啊？"

两人离开门廊，在路灯下行了一程，然后来到一段黯然无光、如同荒弃的街道。两条狗受恶浊的臭气吸引，在扒一个垃圾堆。在路的尽头，隐约可见对角线大街①上的灯光。

他们并肩而行，谁也不说话。她提着裙子，走得很慢，因为几乎看不到哪里可以下脚。

路走到一半，一道黑影凑到他们跟前，向他借火儿。

那男人高大壮硕，声音粗哑。在他身旁又站出一道短影子，仿佛从地里冒出来似的。

"火儿？我没有。"

小伙子刚要向前走，一只熊掌般厚实的手抵住了他的胸膛。

"哎，别急嘛，小两口儿……掏钱。"

小伙子感到腹部猛地一抽，眼眶有点儿发潮，但他想装作处变不惊。

"尽管是狂欢节，这时候开玩笑未免也太晚了。"

"让我看你长什么模样，面具小鬼？瞧瞧，是只死苍蝇。你妈

---

① 巴塞罗那市内干道之一，自南向北贯通全市。

给你换尿布了吗?"

那男人用一只手电筒对准了他。他一阵眼花。

"等你脸上长了毛,写信告诉我们。这蠢货以为我有心情开玩笑……掏钱……"

这时,姑娘用微微颤抖的声音插话道:"不用争吵。"说着,把自己的提包递给那个胖男人。

"屄!好大的星星!是从你额头上长出来的?就像圣母马利亚?"

男人一边说,一边把包儿交给他的同伴。

"加布里埃尔,点点有多少。"

矮子打开包,掏出两张钞票。

"二十五和二十五……五十块……"他干巴巴地说。

"还有你,小子,还没拿好主意吗?"

小伙子几乎要发作了。

"我什么也不给。"

胖子重新用手电筒照着他,两指捏住那只纸壳鼻子,将皮筋拉到尽头,然后松开了手。

"这是打招呼,现在该道别了……"

他挥出一巴掌,将小伙子打倒在地。

"现在,起来。吃了亏,后悔了吧。加布里埃尔,小丫头的项链和胸章。等到初领圣体①,她的教父还会再送她一块的。"

---

① 基督教仪式,儿童至八九岁时初次领受圣餐。

矮子绕到姑娘身后,伸手去解项链。

"照着点儿,我看不清。链扣儿很小。"

胖子也站到她身后,将手电筒对准。矮子说:"多谢。行了。"把项链和胸章交给胖子。

小伙子颤巍巍地从地上爬起来。他满身泥水,假鼻子折了,面颊被打得通红。

"还有星星,你们不想要吗?"姑娘挤出一丝微笑,说道。

他们根本不理会。

"加布里埃尔,搜这傻瓜。"

矮子靠近小伙子,开始搜他的身。胖子笑道:"别割了手,他可带着剪刀。"

"没多少钱。"矮子从他兜里掏出一张边缘磨损的破旧小票。

"五块、两块……一共七块,钱还磨得挺光。"

胖子一脸好奇地看着小伙子,说:"就为这点儿钱,你这蠢货叫唤得那么凶?"

他扣上夹克,竖起衣领,然后啐了一口。

"现在,往前走!"

他面向姑娘,用指尖弹着她的帽檐儿,说道:"公主,我们送您一程。跟我们走您会更安全。您想摘下面具吗?不想?悉听尊便。"

他们将姑娘夹在当中,小伙子跟在后面。他觉得喉咙哽咽,双眼湿润,简直要哭出来。姑娘跟两个男人说着话。

"你们应该给我留几块钱……至少乘出租车回家的钱。你们干得挺好，但是有点儿过火，让一个姑娘身无分文。"

"或许您说得对。"矮子回答。

"加布里埃尔，别浪漫了。想想牛排吧。"

他们来到了对角线大街。

"好了，我们要闪了。您要是想找个好伴儿，已经知道该找谁了。那小窝囊废没什么用。"

她等着他们走远。两个男人立起夹克领，压低帽檐，转过街角就不见了。姑娘这才走向已经落远的青年，对他说："真是一次历险……！"

他满身泥水，两眼无神，一言不发。她不敢再多说什么。风力稍住，夜色柔和得犹如丝绒。他们走在枝干勾蜷的棕榈树之间。格拉西亚大街①上灯火通明，漆黑光滑的沥青路看似皮革，闪映着变幻的灯光。彩纸屑和萎蔫的花朵覆落满地。树木和阳台上缠着彩灯，枝头仍滴着水珠。这便是节日的残景。不时有车辆驶过，车里亮着灯，化装的男男女女都已面带疲倦和睡意。

"你在担心什么呢？"这种沉默她一分钟也忍不下去了。

他沉沉地开口说道："没有，我没担心。比担心还糟糕。今天晚上我本想……我不知道怎么解释……这样一个夜晚！我本想把今晚的回忆保存到将来。因为我既不能去旅行，也成不了诗人，也不能上学。我以前读书，可现在工作。我有个年幼的弟弟，而

---

① 巴塞罗那市中心著名商业街。

我是一家之主。现在您什么都知道了，也知道我干了蠢事，荒唐绝顶……"

她觉得一阵悲哀贯穿了自己的心，似乎一股隐藏的愁绪在心底融化，随即涌上来扎在喉咙里。她停下脚步，定眼望着他：或许甜美而久注的目光能够令他感染几分勇气。她全然忘我，把面具搁在身旁的一张长椅上。小伙子愣住了："她像个天使。"

"我鼻子上滴了一滴水。"她笑道。

他忧郁而灼热的目光令她感到窘迫。他似乎浑然不知两人正在何时何地，似乎天地之间唯有那含蓄的微笑、黑玉般的双眼和轻垂于肩、臭如春芳的柔软的金发。

"他大概以为，我只要一想起今晚那两个男人，就会笑话他……直至永久。"

两人在无意中重新迈开脚步，经过幢幢房屋、棵棵树木，然后另有房屋和树木接踵而至，注定如此，仿佛宿命难逃。

"哎呀！我把花儿弄丢了……"她停了下来，有点儿紧张，"可能是在玩色彩游戏的时候把它们留在门廊里了……也可能是那两个男人……"她不再作声，因为提到那两个男人会让青年再次面对那风暴般的回忆。她咬了咬嘴唇，为弄丢了花而叹气。她原想把它们夹进书里，以便日后每次在书页间看到业已枯干如纸、既非栀子又无芳臭的花朵，便会重温一道夜色，一声风吟，还有那得而若失的十八岁。

"花？咳，无所谓……"他略作停顿，笑了笑，耸耸肩膀，喃喃地说道，"别惦记了。"

姑娘没作声，望了他一会儿。她扭过头，扬了一下手，似乎想挽他的胳膊，可随即又打消了念头。

"我不理解你为什么会对一件不足道的意外这样挂怀。谁都可能遇上。我知道，我在场让你不由自主。若不是我，你会另有一番反应……既然你讲了你的生活，我认为也该说说我的。"

她的嗓音有点儿怪，好像是在勉力发声。

"……你知道吗？我并没有什么情人。我从来没爱过谁。我哥哥那些喜欢我的同学都让我觉得……我说不清楚。很难用言语解释思想或者感受……我是说，在我眼里，所有中意过我的男人都不值一提。或许我不喜欢年轻的，可是上年纪的又让我有点儿害怕。有时，我确信自己得了某种怪病，因为我只有独处才觉得舒畅：待在我的房间里，读书，思考。我不是自命不凡，因为我没有什么了不起的想法。不知为什么，我溜出了舞会。我是跟哥哥和他女朋友一起去的。或许不该这么说，可是哥哥订婚让我感到伤心。我们本是世界上最好的朋友。再没有比我们更融洽的兄妹了……我的心脏也不是真有病。我有时心跳剧烈，那是因为……我永远找不到能够代替哥哥的人。谁也不会具备他在我心中的那种形象，你明白吗？"

他感到一种彻心的痛苦。倘若能够代替她的哥哥，他宁愿付出生命。

"看着他们一起跳舞，我觉得自己被完全抛弃了。我一心只想回家，然后取出童年时的照片，一张一张地看，似乎这样就可以故地重游……去巴黎的事情是真的，不过是因为我父亲是法国人。他是工程师，签了一份三年的合同，要修建一道水坝。巴黎我们只不过是路过,然后就要禁锢在一处穷乡僻壤,而我……迟早会嫁给一个我父亲那样的人……他会出现的,好像生来注定,身材魁梧,容易发福……"说到这儿,她微微一笑。

夜空中传来三声沉郁徐缓的钟鸣。空气清澄,繁星耀如钻石,树木散发着柔和的水汽。

"……我会办一场盛大的婚礼。每逢哥哥来和我们共度暑假,我会花心思完善他儿女的教育。"她长叹一口气,由于夜时的魅惑而神情恍惚,"我结婚不为爱情,也不为利益。或许兼为两者。我会有一个整洁的家,夏天存起许多蜜汁罐头留作冬用,衣柜里衣服叠得整整齐齐。如果我有孩子,他们会过与我相同的生活:冬依壁炉,夏临海滨,也就是说,什么提泰妮娅是不会有的。"

她露出一丝疲惫的微笑,而后陡然变为朗朗的大笑,坦率,年轻,宛如水晶。

"今晚,遇到了你,我突然想要计划另一种生活。"

"我也是,知道吗?我为了攒钱,三个月没坐电车(我住在格拉西亚,在公主路上班),为的是租这套礼服。我父亲在世的时候,家里什么也不缺。一天,他病倒在床,就再没起来。医药和丧事耗尽了我们那点儿家业。对我来说,那是艰难的时光。我得放弃自己喜欢的一切,所有的计划,所有。一家人无依无靠,而我是老大。为了不令母亲伤心,我必须隐忍。说来可笑,我同情自己,尽管自我同情意味着心灵贫弱。我的生活可以为一本廉价小说当素材。我攒了三个月的钱,原以为今天能和朋友们消遣一番。可是当我看到自己身着礼服时,就已经觉得缩手缩脚。对,我是跟朋友出门了,对，当然，可他们都带着女朋友。到提比达波山上以后，没过多久，不等我回过神来，其他人就已经没了踪影。我走了很久，又坐在缆车下面的公园的长椅上打发时间……这不全是实话，说实话很难。我去提比达波是因为一个在餐馆工作的朋友让我去看他。我们吃的那些点心是他给的。我坐在公园的长椅上想，生活是单调的。我注视着夜色和弥漫的灯光，直到厌倦……"

"这就是狂欢节，你不觉得吗？"

狂欢节早已结束，风雨促成了它的死。"我们也死去了一点儿，"他想，"要不就是我们留在路上的鬼魂。"无论是两人在提比达波路的尽头品用点心和香槟，或是在围栏旁边嗅假栀子花的芳香，又或是躲进门廊避雨，一切都不会再重现。都已遥远，朦胧，略显荒唐，如同泡影。

"你会告诉我在法国的地址吗？"

"我也还不知道呢。"

她肯定不会记得这一夜。驶向巴黎的火车的轰鸣会抹去它最后的残迹。而他……他也不会再遇到这样一个姑娘，这般笑容，这般发丝……有时，随着一缕芬芳，随着树叶簌簌作响，随着夜幕深处绰约的星光，随着阒寂中心念倏然一转，她稍显朦胧的形象便会伫立在他眼前。

"知道将来有一天我会做什么吗？"他声音黏滞，吐字也与平时不同，心头带着重重疑惧，似乎是在走钢丝，担心自己会跌入深不可测的忧郁的虚空。

"不知道。"

"我会去提比达波路上的那个小广场。我会大喊'提泰妮娅',然后倾听回声,接着再喊'提泰妮娅',直到喊累了为止。知道吗,人或许只在年轻时才会近乎绝望地盼望当下永无终结。希望我们所拥有的都不会终结……如果感到眼前的时刻无与伦比,我们的愿望甚至会更加强烈。"

"没错。我父母很高兴出国,而我……却像是要被切掉一只手。假如哥哥与我们同行,我不知道,我或许会憧憬一个新的国度,不同的人、不同的朋友……可我哥不走,他要结婚了……婚礼在我们动身以前举行。这些属于我的街道,这片天空,这些使我成为我的一切,都将被遗忘在过去:先是几天,再是几个月,然后是许多年……"

百人议会路到了。他们穿过格拉西亚大道。本因雨水而反光的沥青路,现在露出了大片干燥灰暗的区域。夜晚即将结束。穿过诸条街道,越过众多屋顶,朝着大海,一丝微弱的曙光在地平线上若隐若现。很快,天空将被光明占据,而星辰,则会一颗颗地熄灭。

姑娘在一座富丽的宅邸前止住了脚步。透过一道由铁和玻璃构筑的大门,可见铺着地毯的大理石阶梯。他想:"好了,结束了。"他梦想着身处海滨,同她一起,躺在沙滩上聆听海浪。

她以她那特有的方式瞬间转悲为喜,兴奋地说:"我们到了。现在跟你说实话吧,碰上那些家伙的时候,我还以为永远也回不来了呢。"

她想说话,却不知究竟该说什么,也不知道怎么和这个陪伴了自己数个小时的青年道别，而且已经在为向他倾诉衷肠而后悔。倘若拥有精灵的魔力，她会魔棒一挥，把他化为乌有或者一棵树，就可以将他抛在脑后。然而，他就在身边，情热灼灼，她觉得自己似乎永远也摆脱不了他的身影。她感到心中充满冷酷。"不，这不是冷酷……是困了……"丝丝倦意支配了她的四肢，眼皮沉沉欲坠。她得十分勉强才能不合上双眼。她想回到卧室，脱掉衣衫，换上干净的睡袍，然后躺到床上，无梦无觉地酣睡。

而他，好像着了魔，双眼不离门廊：玻璃上映出一棵树的枝杈，刚抽出的新叶随风摇荡，在玻璃上投下斑驳的光影。

"到分别的时候了……"他叹了口气，满腔愁苦，"在此之前，我有个请求……"

她如在雾中，心想："只要他赶紧说完……"她困了，眼睛、手臂、腿脚里尽是睡意，她的身体和心灵已逐渐被完全征服，仿佛十八年来从未睡过，要在今晚一次得到补偿。

见她不回答，他努力寻找措辞，接着说道："从刚才我就在想，但不知怎么启齿，在离开之前，我想……这头秀发多么美……"

他语出心坎，宛如惊鸟离枝，以至于一时支吾，不知如何央求姑娘允许自己摸摸她的头发。

"……我觉得您头发上粘了片彩纸屑……"

"那你怎么不把它摘掉？"

她微笑着，似乎在鼓励他。

小伙子伸出胳膊，颤抖的手好像叛离了身体，独获生命：他伸手在她的头发上摸了摸。

"现在，我们说再见吧？"

"再见。"

她打开了门。当尚未消失在阶梯的黑影中，她回过头来，柔声说了声："再见。"

"再见。"

她或许没听到。随着一声金属的脆响，大门已经关上了。

小伙子伫立在门前，不知所措。突然，他回过神来：夜晚、街道、他那更加赤裸的现实。似乎是门的声响将他拔出了异境。他已一无所有，唯独指尖上犹存一缕滑腻，仿佛蝴蝶留下的金粉。"我动情了，爱得发疯。"他想。他在树下缓缓而行。风在他的头顶曳动着枝条。他忽然感到大腿上一阵寒意，不由得伸手摸了摸裤子的裂口。他加快了脚步。

"该死，还衣服的时候，人家会说什么呢？"

不远处，一条失途的狗朝他望了望，跑来跟在他身后。在马路的另一侧，一只闹钟在响，铃声惆怅，仿佛试图唤醒一个死人。

情　侣

"你从刚才就不说话。出什么事了?"

"我出事?没有,什么事也没出。"

"你忧心忡忡的,连今天是我的生日都不记得。我不会怪你的,不会的……可是我一直多么憧憬年满十八岁啊!"

他们缓缓地走在兰布拉大街上。他个子高,便把胳膊搭在她的肩上,而她揽着他的腰。路旁椴树的枝头间流荡着阵阵清风,枝叶被西垂的暮日的残光永远染作了金色。

"咱去看花儿吧。"

一列电车和一辆邮车驶过,他们不得不在路边稍做等待。电车驶过的气流扬起些许尘土,从一棵树上落下碎屑。他们走到橱窗前——一座由玻璃守护的伊甸园,窗内映出两人的身影。玫瑰,成束的白丁香,花瓣肥硕、间有黄纹的紫百合,红、蓝、粉三色的豌豆花束,正以傲人的静止的美度过最后的时光。一只指甲铮亮、肤色黝黑的手从店内的暗影中伸到花丛后,取走了两束丁香。一些白花散落在百合之间。

"好了吗?"

"什么好了?"

"我问你看好了没有。"

"我？我永远也看不厌。看到那朵玫瑰了吗？正在颤的那一朵，因为刚才他们拿丁香的时候碰到了它。颜色那么深，就像是黑的……你见过黑玫瑰吗？"

"我不明白你怎么这么喜欢花……这些东西……"他摇了摇头，好像是为了甩掉别人放在他头发上的什么讨厌的东西，"过一天就完了。如果把它们就这么摆在橱窗里，等明天这时候再来，你连看也不会看一眼。走吧？"

"等等。"

"我渴死了。"

"知道我想要什么吗？"

"什么？"

"想让你哪天送花给我，哪怕是小小的一束。"

"送花已经不时兴了……你不明白吗？"

两人重新迈开了脚步。天色几乎是苍白的，太阳在几片淡薄的云朵后闪耀着。

他们走进一家空荡荡的小咖啡馆。

"你想坐在外面吗？"

"不，电车太吵了。"

两人坐了一张靠角落的桌子。从那儿能看到铮铮发亮的电动咖啡机，正冒出两道嘶嘶作响的汽柱。待在咖啡馆里，他们感到一种舒适和自由。周围都很干净：贴墙座椅的红皮革，涂过清漆的浅色木制酒架上成排的酒，镜子里映出他们俩，还有店外的景致——树木、店面和天空的碎片。似乎一切都是新的,尚未经人眼——一个平淡而异样的世界。

"你手很小,对吗?"

她两手交叉,放在她的红提包上,包上嵌着一块金色的A.M铭牌。那是双柔嫩的手,可是很紧张。他用食指滑过她的指甲,色泽白中透粉,难以明辨。

"让我看看你的生命线。"

他拿起她的左手,开始看她的掌纹。

"你会比我长寿,拉蒙·埃斯普拉的未亡人。"

"既然注定要死,最理想的是我们同一天下世。"

两双手放在一起,他的显得宽大结实,是双"男人的手";而她的手有时看似一对飞鸟。一股想亲吻它们的狂欲占据了他的心头。

肥胖而秃顶的招待倚柱站立,已把他们忘了。他盯着街道,不时用手抚过油光发亮的头皮。

"喂,两杯啤酒!"

招待回过神来。他转过身,睁着一双惺忪的睡眼。

"就来!"

"你知道吗……我想求你点儿事……可是,你千万别生气。"她看着他明亮而锐利的蓝眼睛,"我有点儿担心,因为快考试了,而我有点儿跟不上进度。为了学习,我们得至少半个月不见面。你知道那个历史老师,他似乎以为自己教的是一班圣贤。他不明白,我们只不过是……"

"两杯啤酒!"

招待把酒放在桌上,温和地看了两人一眼。

"多少钱?"

他付了账。这样就可以随时离开,不必再击掌示意。招待找回零钱,收了小费,然后又靠回到他的柱子上。

"半个月不见面让你很难受吗?"

"为什么不能见面?"

"我刚跟你说完理由,因为我们浪费很多时间闲逛,而考试快来了,而且……"

他用怀疑的目光看着她。她喝着啤酒,嘴唇微微探进白沫。

"我们可以像平常一样见面。你为什么要找借口?你要是不想见我就明说。"

"拉蒙!"她哀求道,目光中显出忧愁。她放下酒杯,又说道:"拉蒙……"

突然,他拿过她的提包。

"拿我的包做什么?"

"我不知道。我需要。我能拿一会儿吗?"

"是的,当然……"

她有些不知所措,眼看着他将提包打开,在包里搜索,然后他把东西都掏了出来。他稚气而苍白的额头上垂着一绺头发,双手在微微颤抖。他把一支唇笔和一只绿釉色的粉盒放在桌上。粉盒中央镶着一条龙。钱包。联系簿——他一个月前送的,作为第一件礼物,有点儿寒酸。

"你为什么搜我的包?"

"你不高兴?"

他的目光中闪出一种她从未见过的强横。

"不,但是……"

他把他认识的联系人读了一遍:英语老师的,电话号码和上课时间,星期二、星期四、星期六,四点到五点;理发师的;还有两个朋友的——玛尔塔·罗加和艾尔薇拉·布奇。

他把东西全取了出来,然后又把它们重新装好。他合上提包,检查了一下外表,这才还给她。

"现在该你了。"

他从上衣口袋里拿出皮夹,递给了她。

"查吧,统统查一遍。"

"你这是干什么?"

她手里攥着皮夹,有点儿害怕地望着他。

"没事,什么事也没有。你看看里面所有的东西,所有的纸笺。"

带着几分犹豫,她取出钞票、卡片,还有她去年假期里在托萨写给他的信。当时他们连朋友也算不上。一张她的照片,在海边拍的。照片很暗,因为拍的时候恰巧有一小朵云遮住了太阳。她找到一张小纸条,藏得很深。

"连这你也留着?"

"我会保存到永远,我告诉过你的。瞧见了吧?我记得,而你没有。"

她把纸条展开:"是的,我会嫁给你。"她不得不把这句话写下来，因为他求婚的时候，她竟哑然失声。

她将纸张卡片掏出皮夹的时候，察觉到他的脸色渐渐平和。她将一切归位，微笑着把皮夹交还给他。

"我们得一直这么做下去。"他一边把皮夹装进口袋，一边说道，"我们之间不应该有秘密，绝不。你我要手足相待。"

两人来到街上，都觉得有些恍惚和怪异。空气清爽，四周色彩斑斓。

"等我们结婚多年以后，你会爱上别人吗？"

"别说了……"

她软绵绵地握住他的胳膊，差点儿哭出来。所有的景致——房屋、树木、街道——都让她觉得虚假而无谓。

沉 吟

一日成永别。永别。永别之日。

她穿着一身淡蓝色的连衣裙。帽檐很宽,黑色的天鹅绒飘带垂在背后。裙子的颜色和飘带的结我记得最分明,因为那是我所见的最后一眼。那种蓝,天蓝。有时,夏日的天空便蓝如她的衣裙:一种灰蒙蒙的、被阳光晒褪的蓝色。那是夏天最炎热的日子。一种似龙胆花般悲苦的蓝色。

蓝色的连衣裙。她的瞳孔小而黑,黑如做帽结的天鹅绒;她的嘴——牛奶和玫瑰;她的手。一切,线条,色彩,都是对我的一种责备,对我的"正经"的一声申斥。"爱情,有的悲伤,有的欢乐。我们的爱情是悲伤的。"一天,很久前的某一天,她这样对我说,嗓音阴沉而生硬。她的话让我如此心痛,以致无法忘怀。"悲伤?为什么?""因为你是个正经的男人。"我们当时一星期未曾见面,因为我不得不陪疗养的妻子去一个小山村。一个正经的男人……一个以她的颦笑为生的男人,为彼之所出、彼之所有而神摇意荡的男人。一个正经的男人……

我眼中还看得到那家咖啡馆的遮阳篷,那天上午,是橙色的,篷檐儿随风波舞,人行道旁的灌木丛,镜子上贴着某支足球队的广告。我听到她的声音，深沉而冰冷。"我要结婚了。"她低下头，被帽檐遮住了脸。我只看到她的嘴唇和不时因紧张而抽动的下巴。她那身令人心痛的蓝。

我的四周尽成虚空。我的内心也尽已成空。一道无声无影的深壑。我过了些颓萎的日子，难脱魔障。那原可令我重生一线希望的迹象蓦然消散，似乎被一只隐形的手掳走。仿佛弃我而去。

后来……四十岁，一切都没完没了，对，没完没了……那个降生的孩子，我所盼望的、我身后仍将在世的孩子……最后一个孩子。一个白皙轻盈的生命，犹如一束鲜花。阿尔贝特来看她，胳膊底下还夹着拉丁语课本。他母亲对他说："你不喜欢有个小妹妹吗？"他打量着婴儿，既好奇又不屑，拧着眉，微微噘起嘴。阿尔贝特一言不发地走了，悄无声响地掩上了门。最后一个孩子。为了填满我的孤独，我在内心深处一直暗暗企盼这个孩子，似乎欲令那已死的柔情复生，并将它存入一个尚未成形却寓意分明的生命。

今天我们给孩子过了周岁生日。她已经开始学步了，但是还需要扶持：家具，或者墙壁。如果要全靠自己从两把椅子之间走过，她会疑虑重重地看着四周，然后大哭。我让人给她做了件蓝衣裳。我擎起她，她快活地笑啊叫啊，像只小鸟。我将满心的柔情倾入那个温热的小肉团，还有她的小手和小脚。苦涩的柔情。突然，她好奇起来，定睛瞧着我，而我不得不闭上双眼。她的瞳孔又黑又亮，环着一圈天蓝色的阴影。

我忍不住给她写信。"只为见你一面，即使看你擦身而过。倘若你愿意，穿上那条蓝裙子……你最后一天穿的那条蓝裙子。"我把信撕得粉碎。我知道她问起过我。她大概会用平直寡淡的声音问道："啊，他添了个女儿吗？"假如我能向她解释……"我要结婚了。"当时至少我能对她说："我不要你结婚。"她的话将我推入了虚空，翻转，跌落……"天，她多年轻啊！"她的年轻让我多么害怕……自从女儿出世，儿子总在观察我，似乎在琢磨我的心思，而且我注意到他强忍的微笑。

我一夜没睡，头简直要裂开。我起身把窗户全部敞开，然后又回到床上。渐渐地，幽暗的房间里洒满了星光。我感到一阵凉意，把鸭绒毯盖到身上。柠檬树的叶子随风摇曳，擦着窗玻璃。"她在阿尔及利亚，"他们昨天下午告诉我，"两个月前走的。"整个晚上，我眼前只见海洋和航船。海，航船，船身像柠檬树叶般摇曳，在我的头脑中挥之不去。天色渐明，我来到女儿的房间，几乎粗鲁地把她从床上抱起。她挣扎了一下却没有醒。我把她抱在怀里，抱了很久。渐渐地，光线恢复了事物的形状和色彩。我把那个心怦怦跳的小肉团抱紧。她突然哭叫起来，大概被我弄疼了。"她怎么了？"我妻子走进来，神色不安，一边束紧睡袍的腰带，一边问，"她哭很久了吗？"然后她瞧瞧我："看你这一脸的病容！你怎么了？"我说："没事！我什么事也没有。你别这么看着我，我什么事也没有。真的。你别这么看着我。"即使是在十八岁时最糟糕的日子里，我也从未如此迫切地向往——死。

残　时

"这是什么汤？"

"天知道……恐怕连厨师自己也搞不清楚。"

女招待给他们盛了两碗发黄的液体，表面漂着些碎菜叶。行李箱被他们放在地上，挨着桌子。一条狗凑上前，闻了闻就走了，因为邻桌一个头戴棕帽、帽插雉羽的老太太给了它一截鱼骨头。

"别看我，吃饭。"

他照办了，把勺子探进碗里。过了一会儿，他又抬起眼来看着她。

"你有什么打算？"

"不知道。"

"我很不忍心你这样漫无目的地离开。"

"你最好别再想了。"她眼睛盯着碗，低声说道。

"好吧，好吧，我就是不忍心……"

"吃饭。"

车站的餐厅里满是客人。女招待们匆匆忙忙地走来走去。她们围裙兜里装着记事本，腰里挂着一条小铁链，链子的一端拴着铅笔。接待他们的是个黑发女人，大概四十多岁，四十多岁的残花败柳。她看上去焦躁而疲惫，眼睛上的妆化得很浓。

他时不时看一眼手表：离发车还有四十五分钟。

"说点儿什么。"

女招待撤下汤碗，为他们摆上盘子——瓷的，温热。她往盘中盛了一段蒸鳕鱼，鱼肉上涂着蛋奶酱，另加两三片生菜叶。

"你只要说话，说什么都行。"

女招待又回来了："抱歉，我忘了给你们上菠菜。"

她在鱼肉旁放上半打儿菠菜。

"他们有数儿：六棵给你，六棵给我。我敢肯定，在这儿用餐的人都数过上桌的菠菜。六棵。和我们的年头几乎……"

一列火车鸣鸣。能听到车轮隆隆，其中夹杂着站务员的喊叫和广播喇叭的发车通告。

"哎，杯子……"

他伸手去拿面包，却碰倒了杯子。啤酒在餐桌纸上扩散，流到桌边，然后滴在地上。

"把箱子挪走！"

"幸好杯子没碎。"

这时，餐厅里走进一个高瘦的男人，穿一身雨衣，颜色如同加奶的咖啡。他将餐厅扫视一遍，从上衣兜里掏出怀表，和墙上的时钟对了对时间，然后慢慢踱了出去。

二人动作僵硬地吃着鳕鱼：谁也没有胃口。

"一想到你身无分文地离去……想起你，我会非常难过。"

狗叫了几声，开始在桌子底下追逐一只路过的黑猫。离它们稍远，一个独自用餐的男人涨红了脸：以一种极庄重的神情表达着不满。

"你最好别惦记。啊！看，我忘了告诉你，我把熨好的衬衫放在衣柜上层，袜子在右边的抽屉，就是我们放阿司匹林和电费单的那个抽屉……这蛋奶酱你喜欢吗？"

"喜欢。"

"那你为什么把它剩在盘子里？"

"其实……我不太喜欢。"

那个穿雨衣的男人又走了进来，手里提着两只巨大的箱子。他穿过大堂，坐在那张戴雉羽帽的女人坐过的餐桌前。

女招待撤下了盘子。

"我要葡萄。你呢？"

"葡萄。"

"葡萄两份。"

女招待走近雨衣男子，把装满餐具的托盘放在桌上，记下了他点的饭菜。餐厅里又进来一男一女。男的一只眼上罩着块黑布，手提一把吉他。他用沙哑而疲倦的嗓音唱起歌来，指尖时时扫过琴弦。

"我原以为这是违禁的。"

"什么？"

"这个，乞讨。你想抽烟吗？"

他递给她一支烟，又拿起另一支叼在嘴里。香烟在颤抖。他划着一根火柴，火苗也在颤。

"最后两支。我把好的给了你。我的有个小洞。"

"换过来?"

"哦,我用手指堵着就行。"

时钟的长针一振,跳了一分钟。女招待拿来了葡萄,然后给雨衣男子送上一碗汤,同时还有鳕鱼,配着生菜、菠菜和蛋奶酱。

"看他会不会数菠菜。"

他们开始吃葡萄,一粒接一粒,间或吸几口烟。突然,两人笑了。雨衣男子戴上眼镜,先检查了碗里,然后拿起叉子,将菠菜一棵一棵地分开。他嘴唇微动,令人难以察觉。

"你冷吗?"

"不冷……"

"我似乎看见你在发抖。"

"是吗?"

透过窗户能看到被路灯照亮的法桐树枝,叶子是黄色的,随着初秋的风轻轻摇动。

"树叶开始变黄了,你注意到了吗?"

"可是还不冷。"

"我最好开始准备了。你叫人来结账好吗?"

她从包里取出唇笔和粉盒,先在嘴唇上描了描,然后把口红抿匀,再往脸上扑了粉。她对着镜子,看到自己呆板无神、还有点儿充血的双眼。忽然间,她感到无限疲惫。

弹吉他的男人走过来,朝他们伸出手——一只黝黑的大手,手指极长。他给了那人一枚硬币。

"我们最好不要耽搁。"

她没答话。有一只手,就像那个男人乞讨的手,轻轻地、柔柔地扼住了她的喉咙。

"想让我陪你到站台吗?"

不行,她答不出话来,似乎是被噎住了。那只手扼着她的喉咙。她感到嗓子里有两三处刺痛。

"知道你的火车在几站台吗?我怕你走错……"

雨衣男子打开行李箱,拿出一瓶红酒。他斟了一杯,呷饮起来。菠菜已经被他整棵整棵地吃了。

他叫了一声女招待。

"我很难过,非常难过。我本以为没有我你会感到……"

已经好些了。那只手放松了些,她说得出话了:"我一直喜欢坐火车旅行……从小就喜欢……我没跟你讲过,有一次……哦,现在讲也没意思了。"

女招待送来了账单。两人付了钱。她提起了箱子。

当他们走到餐厅门口,她说:"你别跟来了。这样更好,明白吗?你不要来。"

她的眼睛湿了,再次感到喉咙发紧。他拉住了她的胳膊。

"你觉得我们能不能……你觉得……"

他要吻她。她扭开了脸。他感到她浑身僵硬,便松开了她的胳膊。

"再会……"

远远地,他看到她把车票交给检票员。"我再也见不到她了,"他想,"永远都见不到了。"

"借光。"

是弹吉他的男人,被他挡住了去路。男人身后跟着女人,又矮又胖,穿一身十分破旧的黑衣裳。

他给两人让了路,然后出门走上街去。

六月八号星期五

"闭嘴，小可怜，闭嘴。"

她把包放在草地上，一只很脏很旧的包。锁具外层的镍皮早已慢慢硬结脱落，黄铜在她的手指上留下一股金属的味道。她把手指在衣襟上蹭了蹭，然后一手解开了衬衫。她的乳房白皙，下垂，纵横着条条蓝灰色的血管。婴儿贪婪地吸吮起来，并且渐渐合上了眼。当他再次睁眼的时候，目光变得呆滞而空洞。一滴乳汁顺着他的下巴滑落。

她僵立不动，眼望河水。风在高高的铁桥间呜呜作响，荡漾着河水，舞动着她的裙边，嬉弄着草间的碎屑。婴儿噎了一下，松开了嘴，然后，就像只初生时盲眼的猫，懵懵懂懂地拨弄着脑袋找奶吃。他的手原先一直紧攥着，现在慢慢地伸展开来，一朵花似的。

铁桥铮铮作响，火车的黑影疾速地掠过水面。一声长长的汽笛同金属声、风声混合在一起。一团浓烟在桥底散开，向河的下游飘去。

她冷漠地看了一眼身边的男人——刚才没听到他来时的声响，也不知道他是从哪儿冒出来的。迎着日光看去，他褴褛的衣裳被一层染金的浮尘笼罩着。他背着一只半空的口袋，从里面探出一只酒瓶。他有一对小蓝眼睛,胡子雪白。老头子看了看熟睡的孩子:他的小脑袋微微向后仰着,乳汁滑过的皮肤上留下了一道亮痕。

"刚才是饿了吧?"

她没回答,把孩子在怀里抱紧,像是要保护他。老头子没留意她的动作,用一根手指轻轻地蹭了蹭孩子粉色的前额。

"孩子还太娇气,不能冒这么大的风散步。你不觉得吗?"

他撞见一道强硬的目光,听到女人咬着牙屏住的呼吸。他怔了一会儿,有些犹豫。

"好了好了,有什么要紧。我看你不太爱说话。嘿,姑娘,有礼啦!"老头子一瘸一拐地沿一条岔路走去。一片葡萄园匍匐在山坡上,仿佛一条铺盖在荒土上的绿毯。她望着老头子的背影,头也没转一下。老头走得挺急,很快就变成明亮的地平线中一块深色的剪影。

她把睡着的婴儿放到地上。离她两步远有块石头。她从兜里取出一条脏兮兮的绳索,捡起石块,开始往上缠。她面容惨淡,两颊泛着灼热的红晕。太阳在她的头发上映出蓝色的反光,并将她那没有血色、正在缠石头的指甲照得发亮。

她跪到婴儿身旁,一点儿一点儿地将绳索绕在他的头上。孩子嘤咛一声,蜷起双手,但没有醒。

"别出声,小东西,别出声。睡吧。"

她极轻地说道,然后抱起孩子,费了很大的力气站起身。她把石块放在孩子的肚子上,来到水边。她的脚陷进了淤泥里。她又向前走了几步,瞪大双眼,看了看四周,接着把婴儿奋力扔了出去。

只听到水面被打破的声响。孩子漂了一忽,便突然不见了,似乎是被猛地拉入了水中。一群啼鸟划过静谧的天空。很大的一群。它们排成密集的队伍,在蓝天中切开一条黑色的路径。

她迎风而行,身体有些僵硬,双腿犹如木头。她走在老头子经过的路上,似乎在追随鸟的啼鸣。

远处遥见四座散布的房屋。挨着公路,有一座用藤条和玫瑰扎成的凉棚,棚下摆着一些铁桌椅。她在凉棚尽头坐了下来。西沉的太阳烧红了天空,远方,河湾赭色如血。

她并没走多远的路。从桥到凉棚,半个多小时,途中她还在地上坐了一会,张望河水。然而她现在非常疲倦,腰背疼痛,饱含乳汁、胀鼓的乳房浸湿了衬衫。她感到口渴,而且脖子右侧的一根血管在跳。

沿着公路来了两个男人。他们靠墙放下自行车,穿过凉棚,走进了酒馆。

"太太,看来您有新客了。"

这是个中年男子,眼睛黑而明亮,脸颊和下颌黝黑,头发看上去极硬。他用手擦了擦满是汗珠的额头。他的衬衣湿透了,贴在胸膛上。

"你觉得怎么样,贝勒卡西姆?"

他用胳膊肘捣了一下同伴的肋:一个阿拉伯人,身材瘦小,皮肤油腻,脸颊上一道长长的疤痕。贝勒卡西姆笑了笑,牙齿倏地一闪。

101

柜台后面站着一个头覆黑巾的老妇人，正在清洗杯子。

"她在这儿待了差不多一个钟头了。你们在采石场用这么多钢条做什么？"

自来水猛烈地落入锌皮水池，一些大而圆的水珠溅在边缘上，随即滚落其中。老妇人拿起一瓶苦艾酒，将瓶塞拧得吱吱作响。

"犯傻，老板娘，犯傻。"中年男子拿起酒杯，对着光看了看，"晚上好，比奥莱塔。"

女招待正在擦桌子。她穿着一条很短的连衣裙，弯腰时能露出裤袜的底边。

"我认为今天你会对我说'好'，比奥莱塔。"

阿拉伯人已经喝完他的酒，正站在门口向外张望。

"我可不想和成家的老爹们有什么纠缠。"女招待面颊浑圆，透着稚气，眼神有些朦胧。

柜台前的男人用舌头弹了一声，用手指蹭了蹭鼻子底下，对门口的男人说道："你听见了，贝勒卡西姆？"

阿拉伯人转过头来："别说话，看她在干什么……"

中年男子走近自己的同伴，隔着穿珠竹门帘观察那个姑娘。她坐在凉棚下面，一动不动，面前放着一只空汽水瓶。她合着眼，手伸在衬衫底下揉自己的胸。老妇人又拧开了水龙头。听到水声，她睁开了眼睛，惊惶地看了看四周。

"她要了一杯茴芹酒，"女招待颇兴奋地说道，"我问加不加水，她很奇怪地看了我一眼，好像是从外星球来的。我敢肯定她是个怪人。"

老妇人从柜台后面走出来,也隔着门帘窥视。

"应该不是本地人。我也问过她茴芹酒怎么上,她说:'来瓶汽水。'大概是改了主意。我去拿酒的时候回头看了她一眼,因为我以为她在对我说话。不,不是和我。"她略一停顿,抬头看了看两个男人,"她在自言自语。"老妇人在围裙上擦干了手,笑了起来,声音吱吱的好像老鼠。

"我能从她嘴里套出话来,太太,你瞧着吧。给我们上瓶红酒。你,跟我来。"

他撩开门帘,贝勒卡西姆跟在后面。两人走到桌边的时候,姑娘身体一震,像只受惊的动物。

"别怕,公主。他是个黑小子,但心地挺好。"

两个男人围桌而坐。姑娘脸色阴沉地看着他们。她一只眼睛充血,油亮的黑发垂在脸庞两侧。她用枯瘦的手将头发撩开,手指像石头一般僵直。一瓣玫瑰飘落到桌子上。一股烧焦的油脂味儿从厨房传来,与傍晚还有玫瑰的气味混合在一起。

比奥莱塔在桌上摆了三只酒杯和一瓶红酒。她一回到店里,就贴在门后向外瞧,张着嘴,瞪着眼,满心好奇。她如此出神,竟在无意间把手伸到裙子底下,在大腿上慢慢地挠着。门帘穗互相撞击,珠子间的碰响令她听不清楚。她见那个阿拉伯人将一只酒杯递向姑娘,而她摇头拒绝。两个男人喝了一杯,又再次斟满。这时,姑娘端起自己的杯子送到嘴边,酒杯似乎永远地粘在了她的嘴上。可是突然,她闭起眼睛一仰而尽。贝勒卡西姆在她耳边说着话。而另一个男人,只能看见他的后背。他不时地晃动肩膀,似乎在笑。

老妇人走出厨房,进了柜台。她拧了一下钱箱的钥匙,然后把它塞进了衣兜。

"你就这么帮我做晚餐,懒虫?嘿,别打扰他们,他们想开开心。"

比奥莱塔很不情愿地离开门口,走进满是油烟的厨房。她摘下招待的白围裙,换上一条挂在门后的深蓝色围裙。她掀开锅盖,翻了一下土豆。有些已经烧焦了。透过窗户能看到一片暗红的天空,天边一条粉红的色带。凉棚里暗了下来。老妇人点上了灯,碗橱里成排的瓶罐和挂在墙上的铝锅在灯光下熠熠发亮。

突然,外面传来喊叫和玻璃破碎的声音。

"畜生,真是畜生!"

比奥莱塔跑出厨房,站在门后。老妇人随后赶来。阿拉伯人正用双手扭住姑娘的一条胳膊,想让她松开手中半截打碎的酒瓶。姑娘挣扎着,用另一只空着的手凶狠地打男人的脸。另一个男人正用手帕包扎自己的手。桌子和地面上都有血迹。"畜生,真是畜生!"那半截酒瓶总算从姑娘手里掉了出来。"放开她!你没看见她中邪了吗?放开她!"姑娘呼喊了几声,一边喘着粗气,一边揉着自己手臂的痛处。随后,她慢慢地转身离去。一走上公路,她突然奔跑起来。比奥莱塔感到天旋地转,但是老妇人将她一推,说道:"喂,擦桌子,快!"血就在她的面前,看得她眼花,身体似乎在摇晃。她还能听到远处的声音:"碰上那个野蛮女人,这下齐全了……"然后便什么也听不到了。

姑娘躺在铁桥下，脚朝向河水。天乌水暗，四周一片昏黑。潮湿的空气中，一团浓雾慢慢地散开，幢幢黑影被逐一淹没在一片乳白色的海洋中。她头发尽湿，双腿冰冷。桥上射下一束绿色的灯光，刺破了她脚边的水面。她从兜里掏出一方手帕，解开泅湿的衬衫，将手绢衬在衣服和胸脯之间。她感到一丝安适，闭起了眼睛。

水声沉沉，犹如气喘，时而间以波浪拍击的异响。不闻虫鸣，也不闻鸟啼。远处，河流下游，一台发动机的轰鸣噎塞在浓厚的气中，仿佛是周围的黑影在搏动。从桥的另一端，传来阵阵清厉的火车汽笛和车厢之间的金属撞击声。冥寂中清晰可辨的诸般声响，似乎荡除了她心头的不安。不过她腹部的肌肉还有些抽紧，干燥的嘴唇上留有一股酸味。

当她睁开眼睛，在河流的另一侧，天空的深处，只见一轮红光浸染着雾气。那天晚上木柴的爆裂声似乎又在她耳边响起，烟气再次令她窒息。当时，她独自睡在一间茅屋里。屋子在一块荒田的尽头，挨着通往营地的公路。她本来既没有住处也没有工作，后来和她同在一个餐馆里干活的洗碗女人把茅屋的钥匙借给了她。那是九月底的一个晚上，同样弥漫着夜雾，不过雾是从沼泽传来的，飘忽不定，浊臭逼人，携卷着恶狠狠的蚊群。她没听到有人进屋，他们大概用铁丝弄开了房门。她醒来时，只见两个男人站在床边。他们先后经过她的身体。其中一个有些面熟，另一个从未见过，两人都冒着酒气和机油味儿。他们在黑暗中争讲由谁先来。两人进屋时没关门，雾气随风飘进屋里，营地中令人心悸的锤声显得更加迫近。然后他们走了。她听到两人在屋外转了一会，似乎在笑。当她昏昏将要睡去，一团烟却呛得她直咳嗽。她原以为那是夜雾。放衣箱的屋角闪起了几星红光，但她直到透不过气，才发觉茅屋在着火。她只好跳窗，什么东西也没能挽救。第二天，在警察局，她被质问了一番。警官是个年轻人，有些粗鲁，想知道她为什么睡在茅屋里，是怎么进去的。最后，她只好说起那两个男人。一个探员陪她去了营地，看她能否指认。她看到其中一个站在吊车旁，却没有开口。归来途中，探员再三说道："什么模样，真是人才！"两个月后的一天早晨，她第一次吐了胆汁。

蓦地，她感到风已停歇，而且听到脚步声，所以大气也不敢出。她睁开眼，看到一个身影正在走近。她心跳加速，剧烈而紊乱，好像受惊的困兽。一个男人站到她面前。

"你要是在等火车，还有得等呢。天亮以后才有特快车。"

他点着一支烟，然后将火柴凑近姑娘的脸。

"你是今天下午那个……在这儿待得太久，会得风湿的……"

河对岸的一线天空似乎已被敷成了暗黄色。头顶的天空好像密实的黑色天鹅绒。远处发动机的声响听来已有几分倦息。

"……我的膝盖就得了。"

摇曳的火光中，可见一双明亮而眩乱的小眼睛。花白的胡须之间，晃着一支香烟。老头子从嘴里取下烟卷，看看点着没有，然后扔掉了火柴。火柴划出一道红色的曲线，落在地上，在草丛中倏忽燃尽。一道坚不可摧的黑暗将两人隔开。

"你最好回家。孩子恐怕在哇哇直哭呢，而你却在这里。你以为我不知道你在等什么吗?"

老头子走开几步,不见了。月轮升起,浓晦如血,宛若一盘炽红的金属,奄奄将熄。分明,圆满,死灭。高处已然可辨铁桥的架构,比影子更黑。河水中闪动着铜色的微光。

她胸口疼得似乎要爆裂。她把手伸进衬衫摸了摸:硬得好像石头,手帕已经完全湿了。风澄净了夜色,月亮在空中施撒着粉色的磷光。片刻前,仅有障壁般的黑暗,然而这道障壁渐渐透明,浸淫于阴影中的万物各复其位,夜间隐伏的声响也随之可闻。她感到一阵钻心的痛苦,呻吟起来,太阳穴在蹶动。附近的一丛矮灌木中传出断续的振翅声。幢幢的黑影,河水的倒映,草中小虫的微响,粉色的天穹,在她看来,似乎是一个难以理解的讯号,不仅发向自己,而且另有他人。挨了她酒瓶的男人的喊叫,红酒的气味,落在桌上的玫瑰花瓣,还有老头子奇怪的话语。是来自彼端的讯号……她用手肘撑地,直起身来。她的胳膊剧烈地颤抖,眼睛似乎要瞪出来。她气狠狠地咬了一下自己的手。水浪拍出一声脆响。有的鱼爱跳,有的鱼爱吃。他会在哪儿呢?那沉在水底的一小团,被包围在数条细长而无声的黑影中。条条黑影蜿蜒而来,稍停片刻,随即退后。大概他已经被水流带走了,可那块石头挺大。若非胸口疼得厉害,她或许还能休息,躺下,休息。她很费力地站起身,喘着粗气,双腿似乎是一摊经久不干的烂泥。她站到岸边,一丛灌木的细枝刮到了她的手。她抽搐着捏紧拳头,猛地薅下一把叶子,觉得掌心发烫,似乎受了伤。她双脚踩进淤泥,冷水漫过了膝盖,推搡着她的腿,仿佛一股严寒的风徐徐吹过:噩梦般的阴风。她略作迟疑，一股痛楚令她呼吸加速，脖子上的一条肌肉收紧，绳索似的将她牵引。她用尽全力，又前进了两步。一条冰冷的舌舔到了她的肚子和胸脯。水流将她拉扯。她咬牙挣扎了一会儿，却意识到自己的头顶已被永远地封住——水、寒冷和阴影，于是，一瞬间，她屈服了。

未始之初

根本说不清墨水是怎么沾上的。等电车的时候，他看着自己的裤子，满心沮丧。那是他唯一一条像样点儿的裤子。可现在，右膝染了三块蓝黑色的墨渍，两块很小，一块很大，樱桃那么大……不，比樱桃大……究竟多大？像苹果，他绝望地想。裤子是浅咖啡色的，而渐干的墨渍似乎越来越深，越洇越大。

"沾上墨水了是吧？"

科梅斯先生是他乘电车的老伙伴。每天早晚，两人同出同归。

"得马上用水洗。墨渍是最难洗的。有一次我只好把一整条裤子重新染色。我那条或许没您的颜色这么淡，尽管如此，也没别的办法。"

他无心去听科梅斯的话。他眼中还能看到打字员弗莱夏小姐的目光。她弄丢了六个字模，所以他大动肝火，厉声说道："没有比和傻瓜共事更可悲的了。"弗莱夏小姐望着他，一脸错愕，目光闪烁，嘴里只蹦出一个字："噢……！"

"来车了。"

心诚体胖的科梅斯先生一晃脑袋，示意电车来了。车厢里满是人，个个手拉吊环，排成一串。和往常一样，科梅斯先生第一个上了车。这是他的专长：脸上挂着孩子气的微笑，一边用胳膊肘和肚皮开路，而且不会惹得别人一声埋怨。

车身猛地一震，电车开动了。楼房、窗户、阳台开始列队而去……一路经过国际停车场、合作社、网球俱乐部……一切都依照每天的顺序排列，命中注定，令人泄气。车厢里人少了一些，他们有了座位。

"彩票我已经买了。"科梅斯先生神秘兮兮地说道，并且敲了一下他的大腿。

最近五年来，他们每个月都合买一张彩票。虽然一分钱也没赚，可是科梅斯先生每个月都微笑着说："咱们离中奖越来越近了。"看到同伴在掏衣兜，科梅斯先生拉住了他的手。

"没关系……下个月初再说……孩子怎么样？"

"孩子？好些了，谢谢。"

到家以后，他直接走进餐厅。从阳台射入的日光照出家具的古旧、屋角的积尘和灰蒙蒙的白窗帘。一切都已日渐衰老，一切都已日渐失色。

妻子从厨房进进出出。她刚把餐桌摆好。他觉得妻子有些发福。他机械地亲吻了妻子的前额，在桌前坐下，翻开了报纸。

"裤子怎么了？你闯什么祸了？"

"对，你瞧……科梅斯先生告诉我唯一的办法是送进染衣铺。"

"坏事成双……这个月咱们正好得付孩子的医药费。"

"孩子怎么样？有什么情况吗？"

"没有。马尔蒂医生早上说我们可以让他下床……可是你怎么了？"

"得了，又让她发现了。"谈恋爱的时候，他觉得妻子善解人意的天赋犹如神丹妙药。感到自己受人理解、被人预料和猜中心事是一种安慰，可以说："对，我没什么精神，不知道为什么……可能是因为惦记着考试……"然而，时间一久，这一屡试不爽的直觉却惹他烦恼。他觉得自己形同赤裸，无处藏身。他希望能有一点儿隐秘的生活。更让他愤懑的是，只要妻子稍有所指，他就开始把不愿讲的事情和盘托出。有几次，他决定闭口不言，受戒一般下了决心，可他意志不坚，什么也包藏不住。

"今天上午我碰上件倒霉事，所以才沾上了墨水。我一紧张，失手打翻了墨水瓶。"

接着，他讲了丢失六个字模的事情。

"我对那人把能说的丑话都说尽了。"

他看到妻子脸色倏然一亮。她无神的大眼睛闪着光芒，有点儿过分凹陷的蜡白脸颊上显出一丝红润。她嘴唇很薄，是迂执多虑之人所特有的。

每逢办公室里来一个新打字员，他妻子都要受场罪。她从未同她们会过面，因为她常说："我是居家主妇，而不是那种成天绕着丈夫打转的女人。"可是，通过从丈夫嘴里套出来的描述，她常常想象得出她们的模样，想得心痛。

"你说得对。弄丢了六个字模！……所有这些和男人一起工作的女人，都是别有用心。你话说的正是地方。这样她就会明白你是个有心性的男人。"

她把汤锅端上餐桌，盛好了汤。

"她叫什么？"

他刚张嘴喝汤，此刻却抬起头，汤匙一动不动地举在半空。

"谁？"

"她，打字员。"

"啊，弗莱夏。"

"不，我问名字。"

"欧拉利娅，或者艾尔薇拉，我不知道。"

"很年轻？"

他咽了口汤。

"我想是的。"

"'我想是的'是什么意思？一眼就能看出来的。"

"咳，你知道我不太留意这种事。"

"有男朋友吗？"

"不知道。"

艾尔薇拉来办公室才一个星期。姑娘有点儿腼腆，有点儿天真。第一天，她坐在打字机前，等着他交代工作。第二天，她往自己的喝水杯里加满水，插上了几枝丁香花。第三天，她便有说有笑了。

他喝咖啡的时候，妻子去了一趟儿子的房间。

"睡得像个小天使。最好别进去，晚上你就能看见他了。早点儿回来，听到了吗？"

"我的举动像个野蛮人。那么年轻的姑娘……二十岁不到……我不该对她说那种话……她的头发像丝……一笑起来……我一句话也不该责备她……"他心想。

他不愿碰见科梅斯先生,决定步行去办公室。

"有趣,打这条路走过这么多年,今天看来却像是新的。"他看到一扇窗户,挂着闪亮的窗帘,护栏边一株盛放的玫瑰,两块石板间一丛极绿的草。隔着一排黄杨木,能听到网球俱乐部另一侧两个姑娘的谈话,她们大概正在打球。经过国际停车场的时候,他站了一会儿。"确实,巴塞罗那正在发生大事。"他的心头涌起一股春意。

办公室附近有家花店。他考虑了片刻,忍住几分羞涩,进去买了一束小朵玫瑰。花朵由绿叶簇拥着,系有一条铜色的束带。

"这些花儿就跟瓷捏的似的。"卖花人和蔼地说。

在办公楼的楼梯上,他用一张报纸把花包好。趁没人注意,他会拿掉丁香花,换好水,再把玫瑰插进杯子。也许……也许,下午过了一半,他会说:"艾尔薇拉,想今晚一起出去吗?"他已经想象得出天空的颜色和暮时的气息。

夜　曲[1]

一声痛苦的呻吟传遍了整个房间：它先拖了几秒，随即陡然大作，似乎穿透了四面的墙壁。那声音似乎发自于一只甫受创伤却仍然血力充足的野兽。而后，空间再度被一片沉寂占据。又过了一分钟，一具身躯在毛毯底下扭动起来，似乎被那声呻吟，不，是被它神秘的回音，拉出了酣梦。一只猫开始在楼梯上喵鸣，声音越来越高，越来越响，逐渐变得急促而尖利。又一声呻吟，盖住了猫叫。于是一个身影从床上跳起，弹簧床随之一阵颤晃。只听见赤脚的走动声，两三声咳嗽，开关一响，房间里充满了灯光。

打开了灯，男人又回到床上，慌张地问道："你觉得是……？"从沾满油腻和煮菜气味的毯子底下——三米开外就是炉灶——传出一个疲惫的声音："先烧开水，然后去商店借电话，打给大夫。""她脸色怎么这么苍白！"男人心想。他从未见她这么苍白，而且眼窝陷得这么深。楼梯上那只猫又欲渴难耐地喵鸣起来。"有条不紊，循序渐进，按部就班。"他暗自说道，想借此克制双手轻

---

[1] 西班牙内战期间约有五十万难民入法国避难。本篇的主人公即其中之一，羁留于法，又逢"二战"。

微的颤抖。结果适得其反，他划了六根火柴才点着煤气。当炉灶中迸出黄中透蓝的火苗，四周的空气已经窒不可闻。"我应当先划火柴，再开煤气。"他拿一只蓝色的大水壶装了一罐水，然后把罐子置到火上。

"我开会儿窗怎么样？"回答他的是又一声呻吟。他走到妻子身旁，握住她的手，不知该说什么才能让她振作。妻子焦虑地看了他一眼，脸上缀满汗珠。"四个孩子……"他感到妻子的手在格格作响。"上了我们这个年纪……"他支吾起来。忽然，他觉得应该加快动作：打开门，冲下楼梯，叫醒店主，拿起电话并通知医生，要他马上赶来。可是，他仍然待在原地，似乎被已有的三个儿女拖住了：一个在马德里当长枪党①，另一个流亡墨西哥，女儿被一个意大利军官勾引，去了雷吉奥②。他常想："是我内心矛盾的化身。"小儿子十八岁了，而现在第四个眼看要出世。一种类似于呕吐前的苦楚传遍他的全身。他觉得自己荒唐可笑。整天孱弱的煤气，半夜里竟烧得哧哧有声。挺直的火苗扒着水罐左右摇摆，映出蓝色的反光，水开始作响。"穿大衣，下楼梯，打电话……有条不紊，循序渐进，按部就班。"

"我下去，马上回来。"他说。出门以前，他还走到桌旁，收拾了一下纸张和书——书名《真理之祸》。他原是巴塞罗那一所中学

---

① 西班牙法西斯政党，成立于1933年，西班牙内战前曾组织过多种暴力和暗杀活动，引发社会动荡。
② 意大利城市名。

的地理教员，流亡期间开始写作。下班以后——他在一家豪华餐厅洗碗碟——便钻进书堆，沉湎于研究。他浸淫如此，竟至于研学成醺。书名原题为《诚之恶果》，后来换成了那另外一个。消解一切人际关系的真理；否定所有真正价值的真理；贯彻以极端精神、经由体制粉饰的救世之论可以化为真理；更能博信于人的并非诚恳，而是肖真的谎言。他的论点仍略显凌乱，但确有进展。"有条不紊，循序渐进，按部就班。"没完没了的研究将他导向一部新著：《经模仿走向自由》。我模仿，故自由①——这是他立论的基点。"有条不紊，循序渐进，按部就班。"他放好书纸，在睡袍外套上大衣，又来到床边，难过地看了妻子一眼，然后走进了楼梯间。

楼梯上有股垃圾的酸臭，令人作呕。他在黑暗中摸索着下楼：自开战以来，为了省电，楼梯里的灯从没亮过。陈朽的木头台阶在他脚下吱吱作响，因夜晚的寂静而显得更加清晰可闻。不像白天，有邻居和孩子们来来往往，让楼梯充满活力和喧闹。有一天，一个法国人对他说："这才是法国，既不是巴黎也不是少数人的奢华……污秽的住宅，街上的污水，一层的楼梯下供邻居和路人使用、美其名曰的厕所，私人的夜壶和被视为奢侈品的自来水。这才是②。"

迈到最后一个台阶时，他吃力地叹了口气。然后，正以为无事，却被一具柔软的身躯绊了一下。这里是最不太平的街区之一，醉汉睡在门廊的石板地上不是什么新闻。为了稳住身子，他奋力迈

---

① 仿笛卡尔"我思，故我在"语。
② 原文为法语。

了一大步。那位绊脚石，正睡得人事不知，在他即将跨过的时候，酣然发出了一声梦呓。

街上很黑：前面有七八座房屋和一盏惹眼的红灯。一个身影在亮光中一闪而过，消失在门厅里。"条顿人①？"这几个晚上，常有三三两两的德国兵在街上过，靴子踏得石子路噔噔作响。他们似乎是被那灯光招引来的，尽管店门的招牌上写着：Verboten②。

台阶的高处有几只猫打起架来。它们叫得很凶，大概正乱作一团，蜷腰弓背，你抓我咬。忽然，其中一只猫，目光炯炯，气势汹汹，蹿过他的两腿之间，随后穿过了马路。他吓了一跳。他刚才正在为夜晚出神：满天繁星，月亮在房檐和眼前的房屋上投下斑驳的银光。昏暗的夜空中星团熠熠生辉，仿佛园林深处一座明亮夺目的殿宇，足以令过路的丐人惊叹。他不能再继续陶醉了，门就在眼前，得去叫门，得弄点儿声响……传来一阵脚步声，于是他又回到楼内，掩上了门，生怕自己浅色的睡裤被人发现。不多久，红色灯光下现出一条披风，马上又不见了。他似乎听到一声喊，方才回过神来。得移动身子，得去叫门。他战战兢兢地走了出去。那只猫又从他两腿间倏地穿过，好似诅咒一般。

"叫门。"他对自己说。尽管只是羞答答地用手掌拍了拍，波纹起伏的铁门还是从上到下一震。没有回答。他等了几分钟，更加用力地拍了拍。他担心被惊醒的邻居会从窗户探出头来，对他破口大

---

① 指德国人。
② 德语，此处意为"禁地"。

骂。一个外国人，竟敢这样吵醒他们！铁门后面，一个嘶哑的声音问道："谁啊？""您的邻居。""哪个邻居？"他被问得有点儿懵，所以直入正题："我妻子病了，能打个电话吗？"那声音愤怒地回答："电话今天早上坏了。"

他不知所措，只能返回房间。楼梯旁，他又被那呼呼大睡的障碍物绊到；二层的楼梯间，又遇到了那只发怒的猫。他听到屋里有人说话，进门看见是对门和楼下的两个女邻居。他发觉她们正等得不耐烦。三个失望的表情迎接了他："电话坏了。""她多么苍白！多么苍白！"她的肚子把毛毯撑得滚圆。看着妻子嶙峋而蜡白的肩膀、瘦削的腰身、柴瘦的胳膊，还有当年曾经充满诱惑的大腿，从这具被岁月和苦痛削刻的躯体中，一个赤裸、胜利、庄严的孕腹浮现在他的眼前。妇女们低声商议着，楼下的想到了一个办法："据我所知，这片儿还有一部电话。""在哪家？"对门的问道。"十四号。""十四号"是全体邻居对红灯屋的称呼。"赶快。""赶快什么？""您得穿点儿衣服。""换条裤子就行。"一阵痛苦的抽搐晃动着床铺。"她多么苍白！多么苍白！"他还没回过神来，就被推到了屏风后面。"有条不紊，循序渐进。"一只有力的手把必需的衣物递给了他。再一次：楼梯，黑暗，绊脚石，堂皇的夜色。

他壮着胆子往街道的另一头走去。他从未去过那种地方。他知道简中底里，当然，只是耳闻。年轻的时候，他是所有朋友的知心人。他善于倾听，所以最莽撞的小伙子也会把他当作心无杂念的忏悔师。通过别人的生活，他得到了很多阅历，甚至多得过分。有时，他感到一种无形无端、混无际涯的悲哀。"没人对我感兴趣。

我要是有了问题，得自己解决。我是一颗被弃置荒野的孤魂。"生活，虽唾手可及，却与他擦身而过。如果拿一条河打比方，他已经感受到河流的呜咽和漩涡，感受到它的危险，却始终留在岸边。当毫无历练的他跳入潮水，只是为了跟风，就像得梅毒，纯粹是受人传染。潮水将他拖到了法国，把他留在了那里，好像一截枯死的树枝。为了能平静工作，为了有个儿子衬托自己的高大，为了不把一切都错过，他年纪轻轻便结了婚。多年前，一个女学生曾将他引向罪孽的边缘，但临危的晕眩令他胆怯。那姑娘假如更有手腕儿，准能让他堕落。她用自己的魅力，只不过给他添了几个月的困扰，还有若干夜晚，夹在两具给他人伦安宁的躯体中间不得睡眠。事后，他疯狂地迷上了侦探小说和蓝色女衫。他只深入地了解过一个女人：妻子。

从"十四号"走出一队士兵。他下定了决心，走到门前。那是扇玻璃门，挂着门帘。他穿过门廊：唯一要做的只是转动把手……他深吸一口气，走了进去：要向第一个遇到的人借电话。他来到一条狭窄的走廊，两边都是门。那队士兵是从右边第二扇里出来的。一波香水的气浪分散了他的注意力。"是丁香花。"他想。假如没有音乐声，这房子更像一座刚撤空的乡间民宅，似乎大敌当前。他穿过走廊，尽头有一座富丽的大厅。在一张沙发上有只金色相框，照片里是个普鲁斯特式的男人：多情的胡须，扣眼里别着栀子花，目光紧盯着房门，执掌着这片空间。"大概是这儿的创办人。"没有金光闪闪的靠垫，没有绣玫瑰的金色窗帘，也没有他历来想象中魔魅般的光暗交错。整座大厅看起来有些糟糕，就像一个土气而寒伧的肺病医生的问诊室。

忽然,音乐的声浪更强了,可能是有人打开了房门。不知从哪儿爆发出一个女人刺耳的大笑,几乎吓了他一跳。一个手执空托盘的女佣一阵风似的从他面前经过。"女士,如果您乐意,① 电话……"可女佣已经消失在沙发另一侧的一扇小门里。他听到楼上的脚步声:大概有人跳舞。他有点儿不知所措,便坐到了一把座椅上。"有条不紊,循序渐进,按部就班。"有人正走向走廊这边的大厅,大概来自那个放音乐的房间。房门已被关闭,因为音乐声——一首平淡的华尔兹——减弱了。他立起身。一个德国士兵在他面前站住。那人身材魁伟,头发花白,脸膛经过风吹日晒;衬衣袖子卷着,胳膊底下夹着一瓶白兰地,手里拿着一只空的香槟酒杯。德国兵一磕脚跟,行了个礼。很明显,他得花点儿力气才能稳住身体。两个人一动不动地站了一会儿。士兵和气地看着他。他发觉,从那专注的目光深处流露出一种隐约如轻风般的同契。士兵用坚定的手势让他坐下,然后斟满了酒杯。酒液流淌,他似乎从未听到过如此清新的声响。一部分酒洒到了地上,他本能地把脚移开,但还是没能避免细小的水珠溅在鞋和裤子上。士兵把酒杯和酒瓶递给他,坐到地上,掏出一块手帕,说了几句听不懂的话,开始为他擦拭裤腿。接着,士兵仰起头,爆发出一阵孩子般有感染力的大笑。"有条不紊,循序渐进,按部就班。"可他抑制不住,身不由己地也笑起来。酒液随着震动晃出了杯子,洒下一片金色的液滴。士兵用手示意他

---

① 原文为法语。

饮酒。他一口喝掉了半杯。士兵从他手中拿过酒瓶,响亮地碰了一下酒杯,然后对着瓶子畅饮。他赶紧喝干了自己的杯子。女佣蹑手蹑脚地再次穿过大厅,气恼地看了他们一眼。"女士①……电话……"他发出一丝哀求声。可是女佣已经不见了。又一次干杯,打消了他的决心。干杯。②他不知道怎么回应士兵无限的殷勤。可他明白自己得拿定主意,必须找到一部电话,拨出号码,叫醒一名医生,哀求他,威胁他……他感到一缕甜美的热气隐隐从胸膛散遍全身,直抵意志的死角,莫名其妙地扰乱了他某个纤弱的机能。他两腿和胳膊上一阵酥痒,心里惬意极了。他猛地喝干了另一杯酒。多少年没尝过白兰地了?六年?七年?于是,几个词语神秘地在他心中浮现,多年前某堂拉丁语课的陈迹,探出了他的唇边。Animi hominum sunt divini③。他低声念道,心满意足地笑了。德国兵瞪大了眼睛,颔首表示同意,接着又给他斟了一杯。他把酒杯送到嘴边,动作却被一阵剧烈的打嗝打断。"有条不紊,循序渐进,按部就班。"他念经似的反复了几遍。士兵坐到靠椅的扶手上,开始拍打他的后背。对每一次拍打,他都报以一个伤感的微笑。接着,他们又对饮起来,彼此相望,仿佛心连意属。德国人问他:"法国人?"他迟疑了几秒钟才回答:"巴塞罗那人。""西班牙人?"④"是的。"⑤两人同

---

① 原文为法语。
② 原文为法语。
③ 拉丁语:人的灵魂神圣。
④ 这三句原文为德语。
⑤ 原文为法语。

时爆发出一阵大笑。"Rotspanier①？""是的。"② 他们笑得更响了，又喝起酒来。

另一个士兵来到大厅。他赤着脚，所以两人都没听见。坐着的士兵喊了一声"西班牙人"③，把酒瓶递给了新来的。照片上现在有两个扣眼别着栀子花、长着鸟脖子的男人了。相框慢慢地延展，可是两张照片忽然重叠，似乎被一个固执的心愿拴在了一起。新来的士兵个子矮小，又黑又瘦。"小姐，小姐④……电话……"他差点儿就要站起，可不知怎么膝盖一软，又坐了下来。新来的士兵心不在焉，没有回答，开始哼起了歌，另一个也跟着哼唱。这时又来了两名士兵，一人胳膊上挂着别枪的腰带，另一个则两手各拎着一瓶香槟。几个人齐声唱了起来。他们目光蒙眬，唱得却很认真。

Ich hatt' einen Kameraden,

Einen bessern findst du nit ...

士兵们拧开香槟，一股泡沫洒落到地上。他们将酒瓶互相传递，人人喝过一遍。

Eine Kugel kam geflogen:

---

① 纳粹用语，指西班牙赤色分子。
② 原文为英语。
③ 原文为德语。
④ 原文为法语。

Gilt's mir oder gilt es dir？…①

照片里的男人已有了三四个，扣眼里都别着栀子花。或许出于某种互吐衷肠的渴望，他们不时彼此重叠，却又立即胡乱散开，每个人都裹着金边。他们甚至一度变作六七个人，混成一团，难以分辨。香槟之后是白兰地，歌声再次响起，时断时续。这时，两个穿睡衣的姑娘走了进来。第一个士兵站起身，气势汹汹，摇摇摆摆，扳住其中一个的肩膀，又拉住另一个的胳膊，粗鲁地把她们赶了出去。他在厅门前站了一会儿，面向走廊，不时地发出一声震耳欲聋的喊声："出去②！"客厅变得柔和、缥缈。一切都软绵绵的，椅子，地面，墙壁，一切都如云似雾。"有条不紊，循序渐进，按部……"一股乐观充扩着他的胸膛，一阵大笑填满了他的嘴巴。假如能够，他会拥抱整个世界、每一个人、每一只鸟。"每一只鸟……"他站到座椅上，略一凝神，开始吟诵一首诗——二十年前他曾经背过，后来忘记，而今借着兴致又记了起来：

…ne dolcezza di figlio, ne la pieta

del vecchio padre, ne il debito amore

lo qual dovea Penelope far lieta

---

① 德国军伍歌曲，用以缅怀战死将士。前句意为："我有战友，举世无俦……"后句："子弹飞来，向你向我？……"
② 原文为德语。

Vincer poter dentro de me l'ardore

ch'i'ebbi a divenir del modo esperto

e degli vizi umani e del valore... ①

一切都顺着一条长满青苔的斜坡急速地滚下，而相框里的男人兀自越变越多：三次方、四次方、五次方。四朵栀子花？凑成一束，送给我卧病而瘦削的妻子！Carpe Diem②。最后一滴酒，最后一滴……

不等众人回过神，两名胸佩铁章、头戴钢盔的宪兵，无中生有一般、两座塔似的立在了大厅中央。"宪兵！"③一个极其丰满的女人，怒气冲冲地指点着沙发和座椅。"他们来了……禁屋……我的禁屋……这些狗娘养的。"④靴子，四只靴子：漆黑、无光、丧气。一打儿宪兵。"神圣！"⑤一只酒瓶飞起。"有条不紊，循序……渐进。"在他身旁，一名宪兵把一个士兵拖向走廊。他紧跟上前，抓住了士兵的腰带。"猪猡！"⑥"什么？"⑦他被一拳打到了墙上。只剩下他自

---

① 出自但丁《神曲·地狱》第二十六章，大意为：虽手足之情、孝敬之心、妻侣之恋，难压抑我认知世界、晓察善恶之热望。
② 拉丁语：活在当下。
③ 原文为德语。
④ 原文为法语。
⑤ 原文为德语。
⑥ 原文为法语。
⑦ 原文为德语。

己了，坐在地上，无依无靠，半边脸生疼。几声女人的叫喊，楼梯上急促的脚步，他身边玻璃破碎的声响。一个身影弯下腰："证件！"①"狗屎！"②他被人揪住衣领拽了起来，又被一个耳光打倒在地……街上的空气，多么美妙……他浑身在发烧。这空气大概来自云端，随星辰而来。他吐了。"看啊，"一个披头散发、淌着鼻血的女人在街心叫嚷，"一班杂耍③！"他从家门前经过，却没能看到。到了街角，他被推上了一辆卡车。随着一声轰鸣，一切都永远地消失在路的尽头，被吞噬在夜色和寂静中。

---

① 原文为德语。
② 原文为法语。
③ 原文为法语。

红衬衫

给你们讲一个我学生时代的故事。

我的书桌放在临街的窗户前。对面的楼房阻挡着我的视野,它三层的窗户恰恰与我的相对。百叶窗漆着绿色,窗外的花架上摆着天竺葵和一只鸟笼,可是我从未听到笼里的鸟唱歌,而且它有一天飞走了(一个女邻居在窗前喊叫,把这件事情告诉了看门女人)。一天下午,我看见床、桌椅和一架钢琴正被吊下。对面的邻居大概在搬家。我极其出神地注视着被绳索吊住的家具在半空摇晃。工人将家具装进卡车的喊声以及早到的春天,令我陷入一种倦怠,并令我内心充满使人疲惫的伤感:十九岁的年纪,在世事无常中只见时光荏苒,白驹过隙。那时,我希望能够定格生命的每一瞬间,使之如同那些已成定论的事物一般分明。我哪里知道自己究竟想要什么!那些尘迹斑斑、被垂下的家具,还有包裹和箱笼,一件接着一件,正在逃离我的轨道,开始变成一段往事,同时在我心头留下一股浮生无定的苦楚。

下午是漫长的,阳光预示着一个严酷的夏天,这时我发现对面的公寓重新住进了人。

那扇窗户大概关闭了很久,直到一天下午,我看见一个姑娘把它完全敞开，在那一刻，我深深地体会到：时光已逝、不可挽留。渐渐地，我发现了两件有趣的事情：每天下午，姑娘会定时打开窗户，片刻之后，一个和我年纪相仿的小伙子再把它关上。

过生日的时候，我收到家里的一个包裹。妈妈寄来书和衣服；另一只盒子里，妹妹寄了六朵我们花园里自种的红菖蒲，还有六支高级香烟。我把花插入一只花瓶，摆在桌上——好像六把火剑，然后在四周缭绕的烟雾中开始读书，心情愉悦而振奋。

那些花大概挺讨她喜欢。或许我把它们摆到桌上是故意的。她打开窗，肘撑着窗台，瞧了一会儿。她很美。没错，非常美。颜色犹如夏日。如果用我钟爱的词语去想念一个姑娘，会是人鱼，然后是宁芙①。我更喜欢人鱼，它使人想起汪洋、海蓝、伤感、地衣、岛屿、风帆、航船、沙滩。她身穿一件红色的开领衬衫。当时，红色是我最不喜欢的颜色之一——我觉得是受了妹妹的影响，她厌恶红色。无论衣裙还是饰物上的红色都会让我紧张，而且我认为穿红的人都不值一提。可荒唐的是，一件红衬衫，红得妖冶而扎眼，将令我夙夜难眠，长日痛怆。

很快，我的生活变成了期待那姑娘莅临窗前。我为她魂牵梦萦。她像公主一样甜美而遥远。我把她画进书页的边缘，画进笔记本，用削笔刀刻在书桌上。没有一幅画得像，这使我懊丧，又促使我一再尝试，不知疲倦。

一天，他们在敞开的窗前亲吻。我站起身避而不见。他们为什

---

① 古希腊神话中诸草木山河的神，为宙斯之女，有多位。

么要这样恬不知耻？——这是我给他们定的罪名——他们长久地相吻，好像造设天地就是为了观瞻他们幸福的表演。我决定把桌子移到别处。但我思念她的身影，在我看来已有些病态，却引诱着我。一对青年拥抱的画面令我着魔。晚上，我在漆黑的房间里回忆着姑娘、衬衫、吻、她黑亮如漆的眼睛，还有那我一心向往的柔情。我想将赤裸如花朵一般的她揽入怀中，任其发丝散落在我的枕间。她，唯有她。人在十九岁时渴望一个姑娘，怀着一种天真的绝望爱她，假如这是一桩罪过，那么我即使受罚也心甘情愿，只要能够拥有她。

对我来说，每天上午是多么漫长而凄凉！我夜不成寐，满嘴苦涩，完全受制于情欲！为了不错过她的一颦一笑，我决定拉下百叶窗。透过窗叶，我窥视她最细微的表情，并将那面庞一天天地据为己有。

我戕毒着自己。一天下午，他解开了她的红衬衫。我转身而去，走下楼梯，满心怒气，像劫后余生的矿工一样呼吸着街上的空气。道路条条，我却无处可去。路上的行人仿佛蠢蠢生存的蠕虫，只为我的世界增添丑恶。谁也不知道自己为什么会出生，又为什么要死去。众人既无深忧，也无极乐，他们漠然漫步，若有相识，就问候致意。而我，茕茕一身，是荒漠之中唯一的活人。我挣扎着不愿回头，继续在人群、楼房和灯火中前行。走累了，便坐进一所公园。暮日已经西垂，却依然灼烤着地面，使花朵焦渴欲萎。湖中荡着一只小舟，水面反射出刺目的浮光。绿树的美丽、儿童的喧嚣、澄净的天空、允满活力的空气都令我气愤，于是离开了公园。我走了几个小时，进了一家只放映新闻和纪录片的电影院，却更加神经紧张；我又买了一本没读过的书；在一家餐厅，晚餐被我留在盘中，纹丝没动。

晚上，我想："明天我要打开窗户，站到桌子上唱歌，还要挥舞手臂，直到他们说我是个疯子。我要搅他们的局。"一想到这些，一想到自己装疯（真是装的?）会如何让他们不得安宁，我便觉得快意。

第二天，我镇定了些。我把百叶窗完全敞开，坐了下来。我事先在椅子上放了一个坐垫，好让自己更显眼。"这或许能使他们节制点儿。"我恨恨地想。

姑娘看到我，似乎有些吃惊。窗户关了几天，他们大概以为我出门度假去了。她穿着那件红衬衫，那件与她极相称的红衬衫。一阵前所未有的巨大的悲哀侵入我的心头；为她，也为我自己。一种不由自主、病态的宽容。

但这宽容心未能持久。那个小伙子出现了。他没看见我。两人激烈地争吵起来，似乎是在继续一次久已开始的争论。他们离开了窗口，还听得到他们尖刻的语调，不过辨认不出一个词。大约过了半个小时，姑娘再次回到窗前，很快他也顺从地凑过去，他们都用手肘拄着窗台。我再抬眼时，两人已吻在一处。那天下午很闷热，暴雨欲来，空气凝滞。我假装读书，不时觑看那对接吻的情侣，但尽量不抬起头。突然，我与她目光相交。她眼神的魔力令我无法抗拒，就这样同她对视。她的目光似乎含带微笑，别有意味，其中满是拒绝又满是许诺。她似乎是在吻我。我感到那姑娘正妖冶地向我献身。如果没有距离相隔，我几乎能够抓住她的手臂，而她会随我而来。这种折磨持续了片刻。我全身发烧，如同周身置满炭火。我高坐在椅垫上，面对那摄走我心神的人而动弹不得。我觉得自己很可笑。她整个人是吻的化身，怪不得她。空气令人无法呼吸。姑娘继续望着我，而我，不夸张地说，正在死去。

那年夏天，父亲患了重病。我得在九月补考。考试前，父亲过世了。那是个难过的夏天。我很爱父亲，他的突然亡故使我成长，变得老成起来。那极其浓烈的伤感占据了我的心灵，多年以后也未曾减弱。那年夏天是我生命中的一个坐标，让我铭记。当我回到公寓和窗前的书桌，重临我的学生场景，几个月的离去使一切都变得有些怪异。当时天气温和舒适，午后甜美而略失蓝意，树木的绿色更加调和，似乎想做昏睡的美人。

眼前是那扇令我心忧的窗户，合着百叶。那红衣女郎似乎已归于遥远的过去。总之，是一场梦，夜晚所赋予它的所有神秘都被光明夺去。我是多么荒唐，竟会精神错乱、心绪难宁！我得刻苦学习。但在我看来，未来不可企及，人生艰难，万事都是枉然，又何必煞费苦心呢？可我必须刻苦，为自己开路，如果必要，哪怕挺身斗争。我得跟其他人一样，得成为母亲的依靠，得扶助妹妹直到她嫁人；我得成家立业，然后在子女中重获新生，再像父亲一样，在一个灿烂的夏日匆匆死去，然后由家人为我哭泣。

虽然有这一番推论，尽管想严于律己，我得承认，一到那惯常的时刻，对面的窗户又重新令我痴迷。我越是勉强自己不动心，就越发心如驰骛。回来的当晚，我以为一切俱已寂灭无痕，而现在竟再度死灰复燃。可是没人来开窗。第二天也没有。后来始终都没有。我把这当成一种解脱。我安然坐在桌前，心无挂念，气定神闲。我将课业牢记在心，虽然进度缓慢，却脚踏实地、笔直向前。我感到内心扎实，开始有了自信。糟糕的考试带给我的自卑正渐渐散去。我感到欢欣雀跃。

当我已不再回忆，当我已不再从桌前抬头，当那扇窗户似乎已属于另一个世界，一天，我发现百叶窗打开了，可以看到房间里面——长久以来，它一度是我房间的延伸。但姑娘不在。换成了另一个，仍然跟原来的小伙子。别的姑娘勾不起我任何好奇。开窗关窗，当面亲吻，任由他们——我不在意。

一天，临近傍晚，我听到有人上楼梯。我熟悉那些来客的脚步声，一听就能辨别出是谁来访。而那个脚步声我从未听过。"可能谁走错了。"我想，因为我住在顶层。但是，紧接着，我对自己说："不对，是朝这儿来的，是个从没来过的人，他正往这儿来。"

那人的脚步到楼梯间止住了，停在了我的门前。几秒钟过去，门前的人犹豫着要不要敲门。我忽然又听到下楼的声音。我很好奇。那个脚步在我楼下站了好一会儿，又走了上来，听上去很疲惫。这名奇怪的访客已经决定再次登楼。他用指关节轻轻地叩了叩门，似乎半含着不被听到的愿望。我假如没听到脚步声，或许真的不会留意门响。

我打开了门。是穿红衬衫的姑娘。她脸色变得更白：惨白，人瘦了许多。她一言不发，穿过房间，走到窗前，似乎和我是多年的老相识，似乎我知道她要来以及为什么来。她从我的桌前望向对面的窗户。她贪婪而悲哀地望着，没说话，也没有动。她如此呆立了片刻，仿佛独自处在宇宙的正中。我觉得自己应该说点儿什么，把她从窗口拉开，不允许她继续。明知她在痛苦，我却动弹不得，既出于满心的尊重，也由于眼前场景所流露的虚幻。她眼中的景象大概正给予她一份再也寻不回的幸福。

天几乎已经黑了。我走到她身边。我一生中再也不曾体会那天傍晚的柔情：伤心的姑娘没有觉察自己如何占据了我的心。我已经记不起为什么决定走上前去，以及说了些什么话。我唯独十分清晰地记得她令人心碎的哭泣。她在我的臂弯里痛哭起来。对她而言，那臂膀不是任何人的，就好像是靠着一堵墙在哭。她哭得比我在父亲过世时还要痛心。那样的哭泣我也再不曾见过。我觉得应该保护她，好像命运将她放进了我的怀中，而她的未来或多或少与我有关，她似乎莫名其妙地逐渐进入了我的责任圈。我的书生气（当时可不轻）受到了鼓舞。她仿佛是我的一部分——并非攫取而来，而是授自天命——正因无穷尽的哭泣而颤抖。我抱小孩似的将她抱上床，然后跪在地上，同她脸贴着脸。她的泪水濡湿了我的面颊。

过了几个小时。她一言不发，随着间隔愈来愈久的抽泣，她睡着了，像团渐渐熄灭的火焰。我在旁守候着。那是个纯洁的夜晚，虽然我还记得她头发的柔软和泪水的咸味儿。当身体沉睡，手是多么无知无觉！当心灵受着煎熬，嘴唇是多么干！我仿佛手捧着一只死去的鸟儿。大概天要亮的时候，我睡着了。醒来时已是白天，屋里只剩自己。我再没见过她，也未曾重温那情思如炽的几个小时，那纯洁无伦的爱之夜。

丽莎·施伯苓之死[①]

"……瞧这一对情人……""那对情人在哪儿呢?"

莱塔德太太拿起两丸糖精,把一丸放进了自己杯里,然后正要把另一丸加到她的转租房客——丽莎·施伯苓的杯中。

"别放!"

丽莎用力拽住了莱塔德太太的手。

"您还有糖吗?"

"有,还有点儿。今天我喝加糖的。"

丽莎端起冒气的咖啡杯,道了声晚安,进了自己的房间。她关上房门,缓缓地扭上了锁。她把杯子放在窗前的小几上,一时间不知所措,不知从何处着手想做却可能做不了的活儿。

"先收拾行李箱。"她把箱子从床底下拿到上面。"信……照片……都是我的,可感觉上已经属于另一个人了……"她嘴唇薄而凄苦,嘴角泛白,中间略显紫红,牙齿发黄,缝隙很宽。她一个朋友曾经说过,"像是死人的嘴。"她拿起儿子的信,开始读第一百遍。"亲爱的妈妈:我们今天就要走了。等我们在明斯克安顿好,

---

[①] 本文写"二战"时期一名犹太人在暴政下的无助和恐怖。

您就过来。我希望铁路能马上恢复正常,可别让您在长途旅行中受罪。您相信我……"她慢慢地把信折起,吻了一下。接下来……接下来对俄战争爆发,而她一个人留在了利摩日——她逃出巴黎以后驻留在这里,从此音信隔绝。

她拿出三张照片。一张是她姊妹的:"致我亲爱的丽莎。来自安娜·施伯苓的问候。1916 年,敖德萨。"另一张是她自己的,十八岁时的照片,穿着一袭白纱裙,系一条很宽的缎带……白纱。一条扎红缎带的白纱裙,结打在身后,直垂到裙边。"我比她白皙[好看]……而她是那个抢风头的。"当时的姑娘相距多么遥远,多么遥远!丽莎把两张照片摆到一起。安娜死于肺痨,死时很年轻,留下了一本日记和几首诗。"她至少没吃过这么多苦……"第三张照片里,她一副新娘的打扮。"多少向往……可后来……只有儿子爱我。我丈夫……呵,别提了……他不爱我……要是他把给别的女人的吻都给了我……"她把照片放了回去,合上了箱子。

她站在房间中央。"现在干什么?啊,对了,书。"小桌子上有六本书。她逐一拿起,看了看书脊,慢慢用手抚过封面。"纸和绳子放哪儿了?"找到了,在小桌子的抽屉里,然后开始打包。

从隔壁房间传来餐具的声响。莱塔德太太在洗盘子。一只猫在叫。

丽莎在包裹上写下:利摩日,卡诺大街 148 号,让·舒斯特先生收。

"今年冬天,我本以为……他那时对我那么殷勤……他也单身。只是友情罢了。我老了。"她双手摸了摸脸颊:干瘦,多孔,颜色像泥土。"活过的皮肉。"

"衣服。"她把衣橱的门全部敞开，开始取出一堆堆的衣服。她一边挑拣一边往椅子上放。"这是给玛丽亚的衬衣，她原来非常需要……这些套衫是给……那么裙子呢？"她拿出一件狐皮大衣瞅了一会儿。"我从前穿的……多少年了……十五年？一百年？是什么料子来着？就算要了我的命也说不出来。要是时光能倒流，我会选择那个时候……丽莎，我忘记带上珠宝了……父亲是多坚强的人啊！我要去找……我〔代替父亲〕跟着许多士兵，坐雪橇跑了八十公里，在父亲指示的地方找到了珠宝。从此我再也没看到我们的家，从来不曾把它忘记。刚出城，就听到炮声。最后一列火车。我坐最后一列火车出了城，车里满是提箱挎篮的穷人……当时可真冷。'您冷吗？'我们分吃了他的食物。他个子很高，年轻，和我差不多，穿着军官制服，很英俊。他整晚都守在我身边，还脱下我的鞋子，用手为我的脚取暖，又把他的皮夹克盖在我身上……他当时的年纪和我儿子现在一样……那对情人在哪儿呢？每天一进门，我丈夫总这么说。'一对情人'指我和儿子。我俩总是形影不离。我让他长大成人了……如果他还活着。小时候，我给他上课。没有我陪着，他从不去听音乐会。……瞧这对情人……可现如今，什么都没了……"

她拿起提包，坐到桌旁，打开包，把东西都取了出来。身份证……她读着自己的名字：丽莎……照片是战前在鲁昂拍的，她当时接管了一家裁缝店。她在城市被占领的两天前出了城，却没在巴黎找到儿子——他同一大到鲁昂找母亲去了，也没打招呼，而当时已经没有时间逃走了。"来吧，丽莎，我们车里还有地方，你不能留下，很危险。"要是没听别人的话继续留在巴黎，或许更好……她打开身份证。"以色列人。""已经一个星期了……什么时候会轮到其他人呢？每个月都有人被带走……"从提包里的文件中间掉出一枚法郎。她捡起硬币查看了一番，翘起嘴角，露出一丝自嘲的笑意。"一法郎，我可从来没这么有钱。我什么也不需要，什么也不需要……亨德隆夫人尽可以保住她的钻石，当个逃难的富人。她赚得了钻石，高高在上，让别人受穷，还理所当然！我什么也不需要。我不想再争了。"

咖啡不再冒气，大概已经凉了。莱塔德太太大概躺下了，因为听不到隔壁有丝毫声响。她的猫蜷成一团，睡在火炉旁。似乎唯有寂静存在。

"丽莎……丽莎……丽莎……"她缓缓地读着，好像在念一个死人的名字。她看了看宽阔的床，铺着针织床单；还有壁炉的搁板，中间放着一只永远停摆的时钟，两旁摆着海螺。她觉得很热，屋里的空气令人无法呼吸。她走到窗前，小心翼翼、一声不响地将它打开。一股逼人的丁香花气涌进屋内。窗户近旁，轻风柔和地摇曳着花枝。远处，在丁香树的另一侧，是一条河流。河水静静流淌，昏黑的水面反射着桥上的路灯。天空宛如一只燃起了星光的火盆。

她纹丝不动，望了很久……"那一对儿情人在哪儿呢？几个月前战争打到了明斯克。我儿子会在哪儿呢？战争，冰雪，炮火……我带着珠宝下火车的时候，他把手递了过来，笑着问：'您冷吗？'

他应该已经被杀了。我父亲说：'谢谢，丽莎，这是咱的全部家当。要是我走这一趟，是不会活着回来的。'他哭了。以前，我从未见过父亲落泪。"

她用双手捂住了脖子，心中涌起一阵苦闷。她咬紧牙关，不想哭出来。"要命。这一瞬间的孤独真要命……这种宁静，浸着毒，孤独得令人发狂。好像一扇敞开的门……"

她取下结婚戒指放到桌子中央，又把那一法郎的硬币挨着时钟放在搁板上。她拿起一张纸撕作四份。"给玛丽亚。""给莱塔德太太。""给莫妮卡·维尔纳。""给罗莎·拉米雷斯。"她把纸片分别放到衣堆上。"请你们把照片和信烧掉。"这最后一张放在行李箱上。她从衣橱的一角取出两支佛罗那①。她拿起一个药瓶，往咖啡杯里倒空。为了倒出最后几片，她不得不摇了几下。她用勺子搅了搅。那把白色的小药片得过很久才会溶化。她打开另一个瓶塞，也倒空在杯里。"但愿我一睡不醒。"

她用了好一会儿工夫才把药片弄碎。她先用勺尖戳，却担心声音太响，便开始用手指捻。见杯子太小，她拿来一只碗，全倒了进去，又加了些水。药片仍然半化不化，她一吞而尽。"恐怖，恐怖，但是比较起来……"她害怕了，非常害怕……"怕什么，都这时候了……？还怕什么……"

---

① 一种催眠剂。

洗　澡

玛尔塞穿着一袭洋红色的薄纱裙，裙子搭配着白纱，胸前攒着一小束勿忘我。白色的袜子，漆亮的黑皮鞋，头上扎一个与裙子同色的发结，形如蝴蝶。她的嘴和鼻子肿着，说话都困难。一天前，她在爷爷的床上打滚玩儿的时候跌了下来。床有一米高，结果摔破了上唇，流了很多血。

爷爷和爸爸妈妈正在关门窗：厨房的围栏，餐厅上的阳台，还有露台上的联扇门。妈妈把晾在外面的衣服收了回来，衣服还有点儿潮湿——小心点儿好。在圣吉尔瓦西区①这个寂寥的角落，每逢要全家外出几个小时，总像是要筹备什么大事。

他们在街上遇到了小菲利普。他迷迷糊糊，一鼻子的鼻涕，眼神悲悲戚戚。

"你现在就走？"

没有玛尔塞，这一整个下午可叫他怎么过呀？小菲利普有点儿缩手缩脚，因为眼前的玛尔塞有些异样，她正要去排戏，一身衣服好像火焰。在最后一幕，她半晕在保险柜里，然后被人抱出来。"手

---

① 巴塞罗那区名，位于城西北。

脚松垂,明白吗?就像死了一样。"每次彩排,导演都要对她讲一遍,因为她被人抱住的时候,身体会不知不觉地僵硬。

小菲利普望着他们往巴黎路上走远。在幕布般的提比达波山的映衬下,玛尔塞、她的父母和爷爷越变越小。

锁闭的房屋空无一人,花圃被打理得十分用心,栽着栀子、山茶和百合,还有那棵老橄榄树——冬天,出太阳的时候,那是他们的海盗船或者指引迷航的灯塔。今天小菲利普觉得房屋和花园都很古怪,好像他从未进去过似的。

玛尔塞一家要去百花俱乐部。他们会经过约瑟伯的电车车库,穿过同区孩子们用来踢球的空地,会看到棕榈树广场和达尔特横路上的那些花圃。花圃里种着黄的和粉的马蹄莲、黯无颜色的玫瑰,贴着围栏还有丁香和山梅,有时,风会从这些花园中送出阵阵枝叶的沉响,还有清新如蜜的花香,似乎正有一群蜜蜂,混合着四散的万千芬芳。玛尔塞的妈妈早先曾在百花俱乐部跳过舞:在这儿,她第一次穿长礼服,第一次把头发高盘在头顶,第一次遇到追求者,第一次谈恋爱。星期天,百花俱乐部里激荡着波尔卡、玛祖卡、华尔兹和兰塞罗舞曲。在短号的喧嚣、小提琴和低音提琴的甜蜜中,许多爱情的表白以及待嫁闺女的母亲之间细致的盘诘,创造出一种无声而可悲的旋律。大家在一块红地毯上跳舞,踩得干果碎壳噼啪响。在俱乐部的入口,一个矮胖的盲女人在卖花生和成束的心形三色堇纸花。走到那里要经过一条非常陡的路。

"爷爷,是什么样的惊喜?"

祖孙俩总是形影不离。那孩子其实挺难看，体格羸弱，而且像三月倏忽的疾风一样爱捣乱，可是老人嘴里从未有过一声呵责。玛尔塞每天晚上都给爷爷梳头。睡觉以前，她会拿着梳子和几条发带坐到餐厅的桌子上。如果爷爷没在意，她就喊："爷爷！来，我给你梳头。"于是老人坐到一把椅子上，微微地俯下头去。他头发很长，又白又细。小姑娘用梳子在中央分开发线，编起辫子，最后，在每根发辫上扎一个小结。第二天大清早，爷爷顶着梳好的头发到门外打扫甬道。如果有邻居路过，他就埋怨："我孙女干的好事……"

"真的会有惊喜吗？"

"还是个大惊喜呢。"

她一心想着许诺的惊喜，想得入了迷，以至于戏演到一半的时候从场边露出了头；等到被人从保险柜里抱出来，她本该昏过去的，却忘了闭眼睛。人们叫"凯蒂，凯蒂"，她也不回答，不记得那是她戏里的名字。幕布落下，又应掌声再次拉起，这时，肥胖而快活的爷爷闯上舞台，穿着黑色大礼服和条纹的裤子，身上还闻得到樟脑味儿，把一只大洋娃娃塞进了玛尔塞怀里。

洋娃娃有玛尔塞的腰那么高。手、胳膊肘儿和膝盖都能活动，还能眨眼睛。起初她不喜欢。可是所有人都说它十分漂亮，而且小菲利普一看到娃娃，似乎连话都不会讲了，所以她很快就骄傲起来。

洋娃娃名叫凯蒂。邻居们都来帮忙举办洗礼。大家用一些旧窗帘和被扔在角落的花边儿做成神父和助童的法衣。花园里充满花朵、欢乐和夏日午后蒸腾的雾气。爷爷站在照相机后面,努力要把所有人都照进去。玛尔塞当妈妈了,这回她的裙子不是洋红而是白的,腰上扎着一朵大缎花。每个到场的人都衣冠楚楚。在花园的一个角落里,一张四周围着椅子的绿漆铁桌上,摆着两只盛满糕点的托盘,散发出奶油、饼干、巧克力和香草的味道。

"别动,大家别动。"

咔嚓。

洋娃娃红了些日子。他们在饭桌前谈论它,朋友们来看它。他们带它到杜罗公园散步,无论男孩女孩,都会回过头痴迷地张望。小菲利普很倾心,但他更想一个人跟娃娃玩儿:能闭起的蓝眼睛和关节轻柔的吱扭声,在他心中唤醒了一种幽情。

"借我拿回家好吗?"

"不行。"

玛尔塞为娃娃穿衣梳头,给它洗手,还拉扯它的袜子,免得起皱。一个人的时候,她却对娃娃不理不睬。它个子太高了,让她心里别扭:就像一个年轻的妈妈怀里突然抱上了一个十岁的女儿。慢慢地,大家把娃娃忘了。

玩警察捉小偷更有意思,或者藏到中国番茄树后,或者爬上枝干更细、长满小刺的石榴树。树木都栽在后院。前院是个富丽的花园,地上铺着海沙,里面满是贝壳和小木杆,有些白得像松仁,有些粉色的像珊瑚。每年他们都会订购一立方海沙。沙子总是上午运来,还是潮湿的,整个花园都因此浸润着海的气息。

一箱汽水放在眼前,谁还会记得洋娃娃?是在绣球树底下发现的,藏在枝叶丛中。小菲利普和玛尔塞不知道该怎么开瓶:挺叫人害怕,手指得用很大的劲儿才行,骤然升起的气泡会猛然哧的一声。绣球树栽在最阴凉的角落里,两人在树下犹豫了几个钟头,心事重重地走开,可是很快又返回来,继续不安分地看着那些汽水。

一天下午,玛尔塞费了很大的劲儿,总算打开了一瓶。他们一人啜了一口,然后合上了瓶盖。离开的时候,两人心里怦怦直跳。第二天,当他们又回到树下,心头仍然怦怦直跳。他们每天下午都来开一瓶,然后每人只喝一口。一天,天气非常热,爷爷想喝瓶汽水祛暑,却发现全都已经开瓶跑了气儿。"这个孙女……"

洋娃娃似乎被完全遗忘了。有时,玛尔塞会去沃拉斯太太家玩儿:帮她把水龙头擦亮,把餐具拭干。有时,她去多米妮凯塔太太家。这是一个瘦高的寡妇,眼睛小而眍,穿一身黑绸布的衣裳,有点儿吓人。她说话很慢,嗓音很低,目光凝滞。玛尔塞帮忙给鸽笼上色,小菲利普负责捧颜料,两人要把鸽笼涂成深蓝色。鸽子在笼里嘀嘀咕咕,在阳台上筑了窝的燕子一边飞来飞去,一边闹哄哄地叫着。一次,玛尔塞从沃拉斯太太的花园里偷摘了一朵菊花:蛋黄色的,硕大蓬乱,好像一件复杂的工艺品。她在花丛前溜达了整整一上午,时不时地瞟上一眼。等到中午,她把花摘了下来,藏在胸前的兜兜底下。回到家的时候,她气喘吁吁,脸色蜡白,而花儿变得皱皱巴巴,难看无光。

一日，天色阴沉，两个人不知道玩儿什么好，突然，他们决定给洋娃娃洗澡。在菜圃尽头，靠着橘树，有只废旧的锌皮澡盆。盆里存着些雨水，上面飘着几片烂了一半的枯树叶。

"首先，我们把娃娃弄湿。"玛尔塞说。

他们脱光了娃娃的衣服。它的衬裙是由两个书钉固定在背后的，所以小菲利普去厨房找来了一把小刀。

他们把粉色的娃娃赤条条地放进澡盆里，水浸到它的脖子。它半闭着眼睛，睫毛下露出一线单纯的蓝。

小菲利普皱着眉头，断定不该给娃娃洗澡，于是玛尔塞说道："手脚最爱脏了，特别是小孩子。娃娃就是我们的孩子。"

"你们干什么呢？"玛尔塞的妈妈在厨房里喊道，吓了两人一跳。

"我们在玩儿！"玛尔塞大声回答。

"我们在玩儿。"小菲利普回声似的重复了一遍。

"你俩这么悄没声的，不是在捣蛋吧？"

那天，两个人刚理过发，而且剪得很短，所以双眼看上去特别明显，就像两只小动物。

"吃点心了。进来吧。"

他们直到第二天才又想起娃娃。

头天晚上下了场暴雨：花园里的小渠涨满了水，地上铺了一层金色的树叶。尖角而闪亮的中国番茄，红得有些失色，七个一串，迎风摇荡，空气中弥漫一股恶浊的酸味儿。只见石榴树的叶子已经完全变黄。天空澄净。

两个人找到了淹在水里的娃娃，心碎地望着它。那本来粉嫩光洁的身体现在满是裂缝，露出底下的灰色纸壳，像一道道化脓的伤口。只有娃娃光润的脸孔完好无损，半张的嘴巴微笑着，脸颊微红，看来满不在乎。

他们拾起娃娃的时候，它的头发掉了下来。

"成秃子了……"

"像只蜜瓜。"小菲利普说道，沮丧中却忍不住露出几分笑意。

两个人面对这场不幸，就只吐出这几个字。

傍晚时分，他们趁妈妈出去买东西，把娃娃搬进了家，神情如同参加葬礼。

"我们把它藏在床底下。"

"要不咱把身体扔掉，把脑袋留下？"小菲利普提议。话刚说完，他的眼里就盈满了泪水。

上床的时候，玛尔塞惦记着娃娃。她没怎么爱过它，可现在离了它，反倒活不下去了。她一直等到大家都睡下，家里没有了声响，于是打开灯，趴到床的一边。"它死了。"她一脸沉痛地抚摸着娃娃的面颊。

"你亮着灯这么久在干吗？"隔壁房间的妈妈问她。

"尿尿。"

她一下子跳上床，关上灯。身体直发抖。

第二天，小菲利普来看望娃娃。玛尔塞陪着他。不管是疯闹还是读故事，对娃娃的回忆会时不时猛地闯入他们的脑海，于是两人就走去看它。他们拉着娃娃的一只胳膊或者一条腿，眼巴巴地瞅着那堆变了形的纸壳。

直到有一天，他们被人发现，于是在"大人"当中掀起了一场轩然大波。

车中琐闻

"……不,不,就像我跟您说的,我坐火车从来睡不着,也就打打瞌睡,可是老听得见车轮和枕木的轰隆声。再说,车厢这么颠啊摇啊,弄得我都不敢上厕所。我一想就怕,我可能会被火车甩到墙上,失去知觉,然后要是一连几个钟头没人来上厕所,不管我怎么喊,也没人听得见。我这把年纪,等他们发现,已经没命了。我可不想没做法事就死。谁都可能偶然遭殃,但是被罚下地狱太惨了,火可不是闹着玩儿的,我还听人家说,地狱里的火绝不是小菜一碟。

"……要是它们渴了怎么办?这些可怜的牲畜,明摆着是渴了。张着个嘴,鸡冠子也发白了……可我没有办法。不管怎么说,它们后天就会被人杀了烤肉,因为是圣马利亚日。我们老爷家要办一个最上讲究的节日。那天不光是太太的圣名日①,他们还要给女儿办成人礼。是大闺女,长得跟画片儿一样……要是到了巴塞罗那,您会告诉我,对吧?我不识字,一个也不认识。我儿子可会念书,跟大官儿家的孩子一样,可他得肺病死了,还不到二十岁。我丈夫劝我说:'别哭了,

---

① 天主教会将全年各天均定为诸圣徒的纪念日,如九月十二日是圣母马利亚的圣名节,依照传统当向同名之人道贺。

这样他就省得去当兵了。'那时候我们住在巴塞罗那市里，街名我现在记不起来了，离法兰西车站①挺近。我丈夫是面包师傅，很受人瞧得起，而且做面粉的活儿腻歪人。我老是跟他说啊……上帝开恩，下雨了，我的小家伙儿都快渴死了……天儿这么闷，您瞧，您瞧，个个肥，我自己养的，身上没有一个虱子……咯咯，咯咯……小东西……要是能接点儿雨水就好了……您想想吧，它们成天自由自在。它们的爪子都是干的，我尽量不让它们沾水②……

"……好像是在有人放火烧修道院的那一年，有这回事吧？愿我主上帝宽恕他们。那年村子里连着下雨，收成全毁了，我们受了穷。我丈夫就说：'咱去巴塞罗那吧。比起留在这儿，儿子能学到更多的本事。农民一辈子总是农民，老爷一辈子总是老爷。'我兄弟有钱，不光因为他是长子、继承人，而且他事事顺当，那是他命里带的。他买下了我们的房子跟地，改善了一番。他做得到，我们不行。反正，我们刚到巴塞罗那的时候手里有点儿钱，可慢慢儿就光了，因为我丈夫很久没找到工作，儿子身体又不好，所以这儿一个大夫，那儿一个大夫，哈哈，再瞧我兄弟买房子付给我们的那撮小钱儿……全都是雨水害的，要没那场水……那应该是上帝在惩罚巴塞罗那火烧修道院，可一向都是义人替罪人受罚，而这次轮到了我们，因为我们的田离河很近，是块坡地，结果，什么都叫水给冲走了……

"……爱吃就拿……没劲儿可不好，咱都挨过饿，都知道腿是

---

① 巴塞罗那市内的一座火车站。
② 保持鸡爪干燥既可以保持鸡的体温，又可避免感染。

随着肚子走……瞧，一张小蛋饼，哎，可都是鲜蛋。住在巴塞罗那的时候，我们每个星期天都随身带着吃的去提比达波。不过我一点儿也不喜欢巴塞罗那的鸡蛋，因为是保存过的。来点儿火腿？一小点儿？别说不要，您可错过好东西了。火腿滋养又不撑人……我那时常到一个老爷家里洗衣服。他们有四个女佣和一个看门的男仆。男的叫胡里奥，又高又瘦，戴金丝眼镜。卡尔梅达，是做侍女的，她告诉我胡里奥是一个党的一把手，每过一阵子就得逃到法国去，走的时候连收拾行李的时间都没有，因为对这些加泰罗尼亚分子追捕得很紧。有时候，他看见我端着盆经过，就说：'哎呀，拉蒙娜，今天轮到洗白衣裳吗？来个桃子吧？纯正水蜜桃，保证解渴。'还下雨呢。啊，上帝！我没带伞，走的时候没拿，真没脑子。等到了巴塞罗那，我就连北也找不着了。不识字，所以每次坐电车都遭罪，老得问车上写的什么。您还要吗？对身体好，吃吧，吃吧……我跟您说，他们在自己家里做弥撒，我不知道闹革命的时候他们怎么没送命。他们家的神父也得救了，是他给老夫人送的终。我不知道他的长相，因为只见过他两次，当时他跟耗子一样急急忙忙溜过走廊，不过他个儿可真矮。我们到哪儿了？啊，塞尔达袅拉①！怎么样？咱们说说笑笑，都到塞尔达袅拉了……

"……我丈夫参加罢工没多久，我对太太说……她跟她先生一样，也又高又瘦，总穿绸子衣服，说起话来声音很低，而且慢得让人犯困。我问她认不认识别的人家需要洗衣服的，因为我们走霉

---

① 巴塞罗那周边城市名。

运,东西又一直涨价。她就问我愿不愿负责中华厅的卫生。[摆设]全都是中国的,有永不会变黑的金刺绣,还有些直愣着眼睛的动物[塑像],我掸灰的时候,会盯着我看。卡尔梅达疯疯癫癫,擦灰的时候太用力,结果弄掉了镶在上面的螺钿,然后就乒乓碎。于是我们说好,由我来慢慢地擦。我丈夫罢工那段时间,卡尔梅达找了个男朋友。不过她为人正派,所以有一天她知道对方是结了婚的,就说到此为止。那个男的就开始围着我们的房子打转,趁卡尔梅达出门买牛奶的时候监视她,因为她是侍女,下午只要把奶买回来就行了。他还在卡尔梅达休假出门的时候跟着她,而她看都不看那男的一眼,弄得他发疯。一天,男的坚持要见太太,把事情前前后后讲了一遍,说他是结了婚,可错不在他,还说他非常爱卡尔梅达,要是她再这么不理不睬,他心里过不去,就会做出傻事来,因为他爱得发疯。太太用好话劝他,让他别再惦记卡尔梅达,因为她是好姑娘,为此受了很多苦,人也瘦了。男的向太太发誓不会做傻事,但要她转告卡尔梅达,请她隔三岔五跟他说句话,哪怕一星期一次。不过卡尔梅达有道理,她说男的应该一开始就讲明自己是结了婚的。她不想再和他说话,就连好好说声再见也不愿意。一天下午,她出门去买牛奶,再没回来,因为那男的用一把左轮手枪把她给打死了。她就倒在马路当间儿,我和胡里奥出去给她蒙了条毯子……真是,有什么办法,人生下来以后就是个死……

"……医生进来,看了我一眼,说:'你丈夫被传染了。'可我一直不信,我觉得是他们对我丈夫下了咒。一开始,他身上发黄,一连两天没有知觉,还往外拉虫子。医生说是传染病,但不危险,又说我丈夫壮得像头牛，所以能治好。第二天我把所有的药都扔了，因为他吃了头晕，然后脸色发绿。第三天，他开口说话，要我拿蒜苗做的糊给他敷肚子。等敷第三帖的时候，肚皮全烂了，肉都露了出来。我丈夫不停地哼唧，一直哼唧到死，身上烧得像团火。他死的时候，已经有了共和国①，可他没能如愿当上主人，因为革命②还没到来。革命开始以后，揉面的伙计对我说：'现在您丈夫可以安息了，因为工人当家做主人，谁干活儿，谁做主……'对不起，您不是长枪党吧？咳，我原以为……

"……我把家具卖给了一个革命党的老婆，然后自个儿回到了乡下。我侄儿，他孝顺我就像对亲妈一样。他小时候常和米盖尔一起玩儿——米盖尔是我儿子，愿他在天上享福——我侄儿说：'您别怕，土地是属于劳动者的，现在一切都是我的，您在我家永远都有饭吃。'他收留了我……但时间很短，因为那些戴鸭舌帽的③来了以后，他只好逃到法国去，在勒韦尔内落了脚。他还不得不卖掉了手表。那块表直到现在也没赎回来，因为一个黑大个儿骗了他。我们管那人叫小黑，是个当兵的，负责看守农场。但是您猜后来怎么样，我侄儿脾气不好，您知道他干了什么？他在法国窝囊地待了两年就回来了，因为他说不了法国话，还被人家来回使唤，得去收

---

① 指西班牙第二共和国，成立于1931年4月，存至1939年4月西班牙内战结束。
② 此处当指1934年的革命罢工运动，加泰罗尼亚地区事态尤为严重。
③ 指西班牙卡洛斯主义民兵组织，别名红色鸭舌帽，成立于二十世纪初，支持暴动，反对议会，曾参与西班牙内战。

甜菜……哎呀，感谢上帝，出太阳了，太阳就是半条命……晒得您不好受吗？有时候头疼是因为胃有毛病……您想象一下，小黑在农场里到处转悠，我那既不笨也不懒的侄子把他叫住，问他买不买手表，又说是个好牌子，镶满了红宝石。小黑说行，他买。等我侄子把表给了他，虽然事先已经说好，他竟大摇大摆地走了，一分钱也没给。第二天，我侄子等着小黑，看见他过来，就把他叫住，说还有块更好的表，能嘀嗒嘀嗒地响。小黑笑了，走的时候非常高兴。过了一会儿，轰，小黑变成了零碎。侄子告诉我，那块嘀嗒嘀嗒的手表是个定时炸弹。

"……就像我说的，侄子收留了我，可就在他逃去法国那天晚上，我兄弟来看我了。我们先前遭水灾受穷的时候，是他买走了我们的房子。他对我说：'拉蒙娜，你跟我走吧，不管发生什么事情，我哪儿也不会去。我那孩子是做了蠢事，但是我有田地而且确实是我的。我没搞过革命，可是如果他们来跟我找麻烦，你总可以实话实说，告诉他们我买房子买地都是实价交易。等到了那种场合，你说这些话能帮我，因为他们烧了政府，不知我的产权还算不算数。革命党来了以后，我手里的契据都被拿走了，我再也没见着。'

"……哎呀，咱到了。时间过得像风一样快。其实跟您说吧，过日子跟演戏是一个样，但坏处是谁也说不准何时结果，因为我们到不了最后就都得死，而活着的人就跟没事儿一样。我有时候心里别扭，因为我是那种没法抱怨的人。我身体一直挺好，因为我天生会过日子。现在我肚子胀得很，跟怀胎一样，不过我觉得上趟厕所就行，不是什么毛病。每次想起那些运气不如我的人，我的妈，还有他们遭过的罪，我头发都要竖起来……我得坐往博纳诺瓦开的电车，因为我们老爷家住在克拉伊温克尔路上。谢谢，谢谢，我准能到，准能。一路打听，能到罗马①。祝您顺心，我很荣幸。"

---

① 西班牙谚语。

人之将死

在死以前，我想对人生的最后两年做一番证言，以解释——向自己——那令我放弃生命的一切缘由。那是一个暮冬的下午，我冷得不得了，只好走进一家名叫"飞鸟咖啡"的咖啡馆喝杯烈酒。我占了一张靠窗的桌子。街上的行人瑟缩着匆匆赶路。我心情很紧张，因为刚和美术老师吵过一架：他说我应当把色调画得柔和些，而我认为不必。在我看来，他是个老古板，品位恶劣，固执地不肯理解我，不肯承认我应该按照自己的方式作画，真是荒唐绝顶。另外，我心情很坏，因为我叔叔的支票让我等了十五天也没等到，早上出门的时候，又碰上公寓的女房东问我什么时候交账。还有倒霉的事呢：我的钢笔掉在了地上，跌折了尖儿。我向咖啡馆的招待借了笔墨，想马上给叔叔写封信。就在我从书包里往外掏纸和信封的时候，一个男人坐到我身旁。这人平凡无奇，本来不会引起我的注意，可他竟斗胆坐在我的旁边，让我感到受了冒犯，更何况还有很多桌子空着。我在班里以刻板粗野闻名，而且"容易动怒、粗暴难料"。坐到我旁边的男人像尊塑像似的纹丝不动，他的公文包——一只考究的带金属锁扣的棕色皮包，不过用得挺旧——放在桌上挡住了光，惹得我几乎不假思索就把杯里的剩酒泼到了他身上。

"没事儿。"

他的声音更加触怒了我。那声音冰冷、阴沉,还伴随着一道漠然的目光。他拿出一块手帕,一声不响地擦干了裤子。

"是我一时冲动。"

"可我觉得没冒犯过您什么。"

"您为什么要坐到我的桌子上?"

"啊,不,抱歉,我要说明白,是您坐了'我的'桌子。"

我很惊讶。

"咖啡馆的桌子不属于任何人,先到先得。"

"我是个守常规的人,每天定时来这家店,坐这张桌子,无论冬夏,一成不变。"

第二天,我又去了那家咖啡馆。他进来坐在"他的"桌子上,而我坐在店里的另一侧。他看了我一眼,我俩都笑了。昨天晚上睡觉以前,我把泼酒事件想了一遍,感到很懊悔。

从咖啡馆出来,我发现他跟着我。到公寓门口的时候,他对我说:"我想求您点儿事,对我来说很重要。拜托您每天都到咖啡馆去,如果方便的话。要是您不愿意,我不会同您讲话。有您在,我感到惬意。求您了。"

于是我天天去咖啡馆。每次他都坐自己的桌子,但我们总是一同离开,由他送我一程。一天,他对我说:"您从未想过结婚吗?""没有。"他一句话也没再说。隔天他又来问我同样的问题,我便犯了脾气:"这个问题我不会回答。请您上来看我的房间好了。"就好像他特意挑了日子似的，那天房间里四处狼藉，乱得可以说……"瞧见了？您认为我这样的姑娘会想起结婚吗？而且我还抽烟，抽起来像个犯烟瘾的疯子。请看这个。"我打开衣橱，里面没有一件叠好的衣服，全都搅和在一起：毛巾连着裤袜，面霜和书本带着肥皂和颜料管。"做夫妇要和谐有序，而我……"

"您爱上过谁吗？"

"从来没有。"

"没什么能唤起您某种特别的爱意？"

"没有。"

"花朵？"

"不。"

"音乐？"

"不。"

"绘画？"

"不。"

"动物？"

"不。"

"但是，鸽子你会。"

"得是烤熟的。"

他笑起来，然后走了。我把他送到了楼门口。

第二天，有人送来一只笼子，装着一对白鸽。"马里乌斯·骆齐赠给玛尔塔·郭伊小姐"。第三天，我请他来吃晚餐。菜单：各色小菜、烤乳鸽。甜点：水果和乳酪。

"我早料到了。"

"什么?"

"它们很美味。"

同朝他裤子上泼酒一样,甚至犹有过之,我对自己的恶行感到后悔。我们出门转了一圈,在路上我坦白说鸽子是拜托厨娘宰的。"您大概早料到我下不了手吧。"

……此后的一天,我没去咖啡馆,心里有种奇怪的懊悔。夜里,我睡不着,一心惦记着他大概等了我一下午。早上,在送来的加奶咖啡旁边,我发现了一封信:"请原谅我昨天下午未能赴约。我去不了。您想象不到我多么伤心。"

虽然当天下午我们见了面,而且相见甚欢,晚上我却做了一场噩梦:我四处旅行,无论是在火车上、旅馆里还是所到的每个国家,总会遇到两只颈间沥血的白鸽。

那个双双失约的下午改变了我们。我们从此不同,变得更加亲密。似乎那天的失约反而将我们连到了一起。

"嫁给一个无福之人您会后悔吗?"

"您为什么要不时问些怪事?"

"您愿意回答我的问题吗?"

"我只有一个答案:不知道。我从没想过。我认为自己对男人唯一所求的是他爱我。"

"我爱您。"

以下出自我的日记：

　　没去咖啡馆的那个下午，我体会到一种萦绕在四周的空虚，真可怕。我总算了解了自己。我什么也不信。不过我认为，一个聪明人至少可以自求多福，懂得生活，懂得接受。分别时，他说："谢谢。"我问他："谢什么？""感谢您自相识以来对我所显示的信任。"他吻了我的手。他走后，我留在街心张望：一道影子尾随其后，那是他，还有随身携带的公文包。

我换了住处，或说搬了"家"。我在一家客栈里租了个房间，带个小厨房。他有时会留下吃晚饭，然后我们一起去看电影。三个月后，有一天他问我说：

"想来我家吗？"

"为什么？"

"看得出来，每次我提问，您从不回答，而总问'为什么'。是我要您来。想来我家吗？"

我们搭了一辆出租车。一路上他始终握着我的手。他家在市中心，但是街面很安静。有一个小花园，前半部分种着两棵金合欢。房子有上下两层和几个栏杆漆成银色的小阳台，透出一种富有的气息。

"您会发现有点儿乱……"我们一笑，因为同时记起了他对我房间的初次造访。

门上有块金属牌子：律师马里乌斯·骆齐。一个上了年纪的女人出来迎接我们。他向我介绍："我的家人，她叫艾尔薇拉，在家二十年了。"介绍我的时候，他说："这是我的未婚妻。"

门厅里有一堆水泥和一堆沙子。泥沙大概已经散得遍地都是，因为我们参观的时候脚下一直发碜。

"我请你来是为了征求你的意见……您看到了，我正在装修房子。我希望您……"

"怎么把我介绍成您的未婚妻了？"

"因为您是。"

"从几时？"

"从泼酒事件开始。啊，喜欢这间浴室吗？您想要朝房间和走廊各开一扇门，还是只要朝走廊的？"

"两扇都要。"

他眼中涌动出一股幸福的浪潮，强烈得让我害怕。

"这是您第一次省掉了您的'为什么'。"

"不，没省掉，为什么要我提意见？"

"您猜不出？"

"能猜到，但我觉得您无论做什么都没考虑到我。"

"正相反。我做什么事情都想着您。您不明白吗？"

我的日记：

我们出来的时候天已经开始黑了。他带我走了几条我不认识的路，忽然间便已来到了咖啡馆门前。我想："他住得很近。"我回忆起冬天,那个天气寒冷、心情恶劣的下午。同现在相比,一切都显得遥远而略带悲伤。我开始喜欢花儿了。

他带我听了一场音乐会。我以前从未踏进过音乐厅。演出曲目有肖邦、拉威尔①和莫扎特。当他们演奏到最后一首莫扎特的小提琴奏鸣曲时,我几乎要离席而起。他拉住我的手臂,温柔地让我归坐。"我爱你。"他第一次对我以"你"相称。

他带给我一片纯净的天地,而我乐在其中。

"你怎么了?"

"不许笑我。"

"我发誓不笑。"

"我想要两只鸽子。"

我俩都笑了。

我试穿了新娘礼服。站了两个钟头。当造型师说:"行了。您很累了吗?"我感觉要晕倒。我脸色苍白,觉得造型师好像还在继续扎着大头针。我看到镜子里的自己,身上缠满绸缎和花边儿。我想:"一个白色的幽灵正在看我。"

叔叔给我写了一封长得出奇的信,郑重其事地允许我嫁人。

我们在夏末结了婚。天一直下雨,在灰色的云朵和倦怠的阳光的衬托下,礼服和香橙花显得更白,而教堂入口的路引树显得更绿。我们进宾馆时打的是把红伞,进教堂时则是黑的,我记得雨滴

---

① 西班牙印象派作曲家。

打在伞上的声音。我裹在那套礼服里，宁愿它永不离身。我感到自己变了个人，仿佛一个死人或者隔世的耆老，离别数年之后复履尘世。我们在家里单独用了晚餐，在那仍然闻得到水泥、湿沙和油漆味道的家里。餐厅和卧室里分别摆着白玫瑰和红玫瑰。甜腻的花香令我心烦。趁他走开，我打开窗户，把花拿到了外面。我坐到一张沙发椅上，打算稍作休息，结果睡着了。醒来时，他正坐在面前端详我。我感到一种无法克制的欲望：出门，漫步，身穿白礼服，同他在街上并行。夜色极深，我们在门厅的时候，听到钟声敲过了一点。街上了无一人，轻风时时吹落树叶上的水滴，并送来泥土和湿润的草木气味。

"是金合欢？"

我们止住脚步，他把我搂进怀中。

"快乐吗？"

"是幸福。"

我们大概走了十五分钟，下起了雨。雨珠儿并不大，但下得很密，密如兄弟。它们穿透礼服的丝绸，令我后背一片冰冷。

我们回到家，全身湿透。进了门，雨下得更大了。我表达不出对那场雨的喜爱，听着那簌簌的声响，我感到自己完全身处家园。

天亮时分，他央求我："叫我吾爱。"

"为什么？"

"你愿不愿说？"

"吾爱。"

我们去威尼斯度了蜜月，回来的时候已是严冬。

我们的房子很大。我掌管上层，艾尔薇拉负责下层。下层有临街的两个房间，那是我丈夫的办公室和会客厅，还有餐厅、厨房和一间带三角钢琴的宽敞的客厅。上层有两间卧室，我们的和待客用的，还有浴室和一大间图书室——收藏颇丰，带两个面西的小阳台——我在这里度过大部分时光。

同年冬天，马里乌斯病了，起初是感冒，又发展成支气管肺炎。于是我认识了罗赫尔，马里乌斯的医生，一个和善开朗的年轻人。马里乌斯把他当作最好的——如果不是唯一的——朋友。在马里乌斯康复期间，一天，我去图书室找一本书，但没找到，便想起马里乌斯正在读，或许把书放在了他那永不离身的公文包里。我回到卧室，他面朝阳台坐着，似乎在睡觉。公文包就在那儿，在一个角落里。打开以后，在各种文件之间，我看到了一叠信件，信封是紫红色的，大概有三十几封，我不知道。我只知道、只记得马里乌斯迅速起身走过来，把公文包从我手中拿了过去。

"你找什么？"

"你在读的那本书，你问我要的那本。在图书室我没找着。"

"真会琢磨，竟找到这儿来！"

晚上，我开始思索那些信和马里乌斯的态度。是谁写的呢？他的？某个客户托他保管的？关于那些信，我几乎编出了一部小说。

天色已经泛白,而我还醒着。自从认识马里乌斯,也就是说从咖啡馆那天开始,在我的记忆中,尤其根据我眼中所见,他总是公文包不离手。

一切全变了。那些信……他把包从我手中夺走时的粗鲁。……那些信对他意味着什么。是什么呢?

我的生日到了,罗赫尔要来家里吃晚饭。我整个下午独自一人,为了晚上打扮自己。我穿上一袭黑色的丝裙和一双后跟嵌着绿宝石的凉鞋——是在威尼斯买的。我将头发绾作一个高髻,精心地化过妆,又染了指甲。只差把裙子穿好的时候,马里乌斯进来了。他脚步那么轻,吓了我一跳。

"今天过生日,对吧?"

"是的,先生。"

"有些年纪了?"

"有些了。"

"是我的荣幸。"

"是我的荣幸。"

他交给我一只盒子。我立即想道:"是珠宝。"我解开金色的束带,拆开丝纸,只见在一只灰色天鹅绒的盒子里,盛着一只钻石镶成、舒展双翅的鸽子。

"我记得你极其渴望得到两只,或许明年你会得到另一只。"

记得我紧紧地拥抱了他,紧紧地。房间里昏晦不明,灰色的光线飘忽欲逝,此时,我低声对他说道:"吾爱。"话音甫落,我觉察到他的反感。我有种感觉,这两个字对他而言是神圣的,而且只能用在夜间黑暗的时刻。我的心乱了。

一连几天,我忘记了那些信,可是另一段插曲重新令我想一探究竟。我必须查明信的作者和内容。对于马里乌斯的过去,我几乎一无所知。我从来不敢问及他的过去,既因为谨慎,也由于害怕失望。但我对自己说,他为什么不能自愿与我开诚布公呢?我生日过后半个月,一天,我们正要午餐,有电话找马里乌斯。公文包就在那儿,在一个角落里。我来不及多想,立即站起身,纵然有人跟我说准会有闪电落在包上,我也不会退缩。然而,公文包上着锁。当我转过身,艾尔薇拉正站在桌旁看着我。我不知所措,心里很恨她。刹那间,我感到,在这幢奇怪的房子里,自己是孤身一人。一切都显得怪异不定。墙壁、家具,那两个进屋时悄无声息、令我心惊胆战的人……

我对那些信的渴望如此强烈,以至于不惜冒任何风险。

我的日记:

我做了件不该做的事,对谁都没有好处,对我自己则是一个巨大的伤害。我拿到了三封信。如计划的那样,我拿到了首尾两封和中间的一封信。最末一封信的日期是我认识马里乌斯的六个月前。那是一段已经了结的爱情。最后的是封诀别信。我把三封信都烧了。

并非如此，信我没烧。我半夜趁马里乌斯在浴室里脱衣服的时候拿到了它们。公文包放在床腿边，和上次一样上着锁。但我早已料到并且计算过，从皮包盖的一侧探进手去，能够把信取出来。一想到信即将到手，我的心就剧跳起来，太阳穴也是。我赤脚走近公文包，迅速伸进手去。我知道它们在哪儿。我拿出一封，是最上面的。因为空间狭小，信弄出了声响，而且起了皱。我屏住气，又伸手取出最末一封。然后是中间的一封。我想站起来，却力不从心。我两腿发软，头脑一片空白。四周天旋地转，我唯一能感觉到的是手中的三封信。我把信藏到地毯底下，用尽全力回到了床上。过了片刻，马里乌斯打开浴室的门，从中射出一道扇形的光，直照到床腿。

马里乌斯脸朝向我，已经睡着了许久。我听着他的呼吸，突然心生悔意。我尽管竭力克制，还是哭了出来。我不声不响地哭着，泪珠一颗接着一颗，不时地滚落到枕头上。"你怎么了？"我宁愿化为一团乌有。马里乌斯将我揽到身边。"我怎么这么紧张……这么紧张……"他抚摸着我的头发，吻着我的前额。我几乎要向他坦白刚才的所作所为，告诉他我很伤心，求他发慈悲，把信毁掉，把公文包扔掉，因为只是看它一眼，我就不得安宁。他又睡着了，而我一夜未曾合眼。天亮时分，我眯了一会儿。艾尔薇拉给我端来早餐，而马里乌斯已经走了。我吃不下，觉得口中发苦，舌头发涩。我只啜了一口咖啡，然后开始穿戴，准备出门。为什么不能在家里读信呢？不知道。我穿好衣服，拿起信件，放到提包最底下，走出了家门。

街上寥寥无几的行人似乎都在看我，都看到了包里那三封偷来的信。我莫名其妙地走进一座地铁站，随即发觉这是最适合读信的场所。列车来往，人群奔忙，谁会注意到坐在长椅上的我呢？正在这时，只见罗赫尔向我走来。我不知道自己的表情多么惶恐，但我记得在他脸上映出的担忧。

"您病了吗？"

"没……不过最近头脑有些混乱……"我又补充道，"而且睡得很少。"

他和气地微微一笑。

"也就是说，我得去探望您了。"

"您随时可以来。"

罗赫尔的出现使我镇静下来，而他的离去让我悲哀。

"您不上车吗？"

"不，我等个朋友。"

他透过车窗向我挥手道别，而我仍旧坐在长椅上，不敢把提包打开。

出了地铁站，我似乎是初次走进一座巨大的都市。甚至连房屋、光线和天空也变得不再熟悉。那种感觉大概和一个久病初愈的人一样。我机械地迈着脚步，像学生时期那样不由自主地走进一家咖啡馆。我坐下来，从包里取出信，装得好像事不关己，读了起来。第一封信上说：

亲爱的：我仍然能够看到、听到车站里的你。我本不该去的。你我的分别令我朝思暮想，巨大的痛苦笼罩着我，因为我们再也无法重温旧梦。幸福太短暂了。给我写信，无论如何，要给我写信。假如谁想要惩罚我，最残酷的就是断绝你的音讯。写给艾丽亚娜·波尔塔，写到她的地址。她是个绝对可靠的朋友——地址已经给她了——我永远不会忘记共同度过的那几个月。记住这几个字：永志不忘。

艾丽莎

第二封信更长，更加悲伤。

吾爱：一切如此凄凉，无处可觅一丝欢愉。我把你的话前思后想，却无计可施。对于一个全心信任我的人，我不忍将他的生活毁掉，我不能够。可是昨天，度过了可怕的一夜，我起身要为目前的处境做个了结。我不能。或许因为我软弱，吾爱……假如要向你解释我们为何要到 X 地住上一阵，话就长了。从未有事情能让我如此心伤。艾丽亚娜会与我们同行。快用她的名字给我写信。没有人——或许即便是你——能够想象你不时的来信能给我多少慰藉。如果哪天你能来，虽然冒险……但就一次。记得莱旺德旅馆吗？我们初次相爱的场所……也是你我相识的地方。"您住在旅馆里吗？""不，我住在阿伽西亚路的别墅。我来旅馆探望一位下榻的朋友，在十号房。""小心，别对您的朋友讲我的坏话：我住在十二号。"记得十号房吗？阳台俯临花园，百合仰接着阳台……大海……

这封信我没读完，因为想看另一封。我以为另一封会提供更多的细节，关于那段不容我知晓的生活，会给予我更多的发现。那封是我从最底下抽出来的。是故事里的最后一封。

> 吾爱：我们连传书相慰也不能了。艾丽亚娜要同家人离开一段时间，她也不知道会是多久。你我之间连一封书信的慰藉也将不复存在。往日的碎屑，记忆的沉滓……还有慢慢尝尽的甜蜜时分。你是个了无牵挂的人，如果感到绝望，就想想我，想想我所做的牺牲。你要想到，我至少跟你一样痛苦。而且无论怎样，要知道，过去将来，你都是我唯一的挚爱。
> 　　　　　　　　　　　　　　　艾丽莎

咖啡馆里渐渐坐满了人，我离开家的时候正是人们中午下班的钟点。我回家晚了，马里乌斯正在等我。他不愿独自用午餐，正惴惴不安。他一看见我就问我是不是病了。他已经发现信件少了吗？我没法确定。倘若他发觉了却装得如此若无其事，那么我当时对他有多么感激，他永远也不会知道。我病了。傍晚时分，罗赫尔来到家里。

"今天上午我遇到你太太了，说过要来看她。"

他给我开了一副镇静剂，建议我完全静养。我在家待了一星期，不是在床上，就是在图书室。马里乌斯每次出门前都来探问我的感觉，有时带来鲜花或者杂志；他的殷勤令人心软。每当临街的门关闭，我就把信从提包里拿出来——为什么不另找个地方藏呢？——翻来覆去地读。内容我都背下来了。那几天"完全静养"对我来说很糟糕。我在折磨自己，念念不忘马里乌斯曾经爱过的那个女人，那个他至今爱恋的女人。他还爱她，否则，何必保留那些信件而且永不离身呢？我感到一种难堪的卑下，觉得自己微不足道。他为什么要娶我呢？由于失落？还是孤独？我在那儿做什么呢，痛苦而又疲惫？是什么把我拘束在这环绕的四壁之间？很快，我活着只为了偏执的一念：认识那个女人。了解她头发的颜色、她眼睛的颜色……如果那段故事尚未结束呢？如果他们还在通信呢？这时，艾尔薇拉走进我的房间，活像一个监狱的看守。我确信，在那双细小而锐利的眼睛深处，她看透了我的心事并且颇为得意。

第一天上街的时候，我觉得自己年轻而有力。对！我会赢的！但我必须认识她，然后施以对策。在人群、喧杂和明媚的日光中，我发现自己爱丈夫爱得发疯。我叫了一辆出租车，告诉他艾丽亚娜的地址。闭门在家期间，我已经策划好了行动。乂丽亚娜应该不会永远消失，她说"要同家人离开一段时间，她也不知道会是多久"。迈过她家的门槛，我双手冰冷，跟那天在咖啡馆读信的时候一样：一种克制不住的自失；我似乎成了另一个人，正听从着我的指使。我走上一楼，双手冰冷却在流汗。我按响门铃，出来一个面含微笑的胖女人。"是艾丽亚娜女士吗？""她不住这儿。您问对门的邻居，他们在她走后搬了进来，或许能告诉您个究竟。"若非那个神情和蔼、笑靥如花的好心女人待在门前等我叫门，我会一口气跑下

169

楼去，但我还是敲了门。出来的是个十一二岁的小姑娘，辫梢上扎着一个苏格兰结，神情活泼，一脸好奇。"艾丽亚娜小姐？"她似乎没听懂。"我是说，先前住在这儿的那位小姐。你知道她现在的地址吗？她走的时候没有留吗？"小姑娘喊着跑进家里："妈妈！"过了几分钟，那个胖邻居还在门口。接着我听到屋里的语声和走近的脚步，门里现出一个还很年轻的女人，裹着浴巾，一只手里拿着面霜。谈话的同时，她不住地将两根手指伸进面霜，然后转着圈儿涂在脸上。"艾丽亚娜？对，她给我们留地址了，防备有东西寄给她。看门的对她不怎么客气，而且……可她搬走已经好久，所以地址被我弄丢了。家里只要有了小孩儿，您明白，对吧？不管怎么样，您去跟看门的打听……对您她可能会客气些……她肯定有地址。"她说了句"来吧，丫头"，便关上了门。两个女人和小姑娘都消失了，像是被屋子吸了进去。看门女人出去了，我只好等了一会儿。她带回几个包裹和满满一篮蔬菜。"您有什么事？"她一边把包裹放到桌上一边问，对我看也不看，然后抬起头，把我上下打量了一遍。"为了不麻烦您，我刚到一楼去过……""请讲，请讲。""您大概知道艾丽亚娜小姐的地址？""啊，艾丽亚娜，又是艾丽亚娜，这事儿真是没完没了。""如果太麻烦……""不，一点儿也不麻烦。从她走后，没有哪个月不来人问她或者给她捎信的。""捎信？"我问道，心怦怦直跳。"哼，这种捎信的事情后面都有猫腻……""这么说，您有她的地址……""艾丽亚娜的？如果您想要，我给您她朋友的地址……她以前也经常来，进门总是急匆匆的，连招呼也不跟我打。这些大小姐都当自己是谁？我可是走到哪里都抬头挺胸……"她絮叨个不停，进屋拿出了一张纸片。"在这儿，您瞧不是？艾莉莎·R，苔乃利菲路二十六号。"周围的一切开始旋转，我不得不倚住墙。看门女人发现我不舒服，让我坐了下来，给了我一小杯烈酒。我记得她的桌子中央摆着一束假玫瑰，碗橱里放着一排蓝色的杯子；走廊尽头有扇开着的门，能看见一块滑板，听到咕咕的鸽子声。

我的日记：

一座花园。一座阴凉的花园。一座无花的花园。一株紫藤攀着入口的围栏，断断续续地传来枝叶的窸窣。一间日式的客厅。一架屏风，几只粉色的鹳鸟在黄色的菊花间舒展羽翼。一张小桌子，漆色黑亮，镶着螺钿。许多束杏花。香槟色的地毯上铺着一张凛凛的虎皮。一种别致的豪华，有点儿令人透不过气。一个年纪大我许多的女人。白皮肤，白得特别。较小的黑眼睛，柔婉的眉弓。高而瘦。一副嗓音……对，尤其是那嗓音……或许只是听到那种嗓音就能爱上一个女人。在她面前，我不免想到自己：凌乱，黝黑，一败涂地，不知分寸。如何做得出那般端庄高雅……？不知怎样，我嗫嚅地说："请原谅，我这次来，并非如通报所说是受马里乌斯·骆齐的委托，他也没生病。没人要我来，全是我自己的主意。我是他妻子。"我期待着一声回答，一丝神色的变化，至少，几分好奇。她注视着我，不为所动。假如我不曾继续开口，这次会面肯定会就此收场。"我来是为了认识您。这个心愿强烈到我无法克制。""您想知道什么?""没什么。""那么，您想要什么?""没什么。""只为了认识我?""仅此而已。""是他向您讲起我的吗?"我没回答。"您来是因为注意到您跟他之间有我的存在吗?""不是。"她的问题如此盛气凌人，我不得不撒谎。"如果我贸然问您一些事情，您会回答吗?……就是说，您会据实相告吗?""您想知道什么?""您爱他吗?"屏风里的鹳鸟似乎都要动起来。她迟迟没有作声，我觉得她是在找一个堪入经典的答复。"世间自有物长存。"我想鼓掌。尽管我看得出，她挑拣答案犹如选花，唯美是取，可我仍然感到心痛。她这么说是为了伤害我，而她做到了。她开口时神色那么沉静，那么自信满满，语调那么尖锐……我受了伤。不过，真相我已经了解。我好像被突然钉在了墙上，而且要永远地挂着，终我一生。

我想死。不是自杀，不。是死。杀人需要心力，死则一无所需。突然间，艾尔薇拉给了我慰助。而我原来还把她看作一个敌人……

"我还记得那位女士，什么艾丽莎。她走进这座房子的第一天……满身皮裘和香水，为了一桩遗产而来。她改变了少爷，把他变成了另一个人。少爷以前很快活，总是心情很好。上帝啊，他变了那么多……连早安也不跟我说。她丈夫住疗养院的时候，一切都和顺极了。成天都是会面、电话和紧急信件……对，没错……她在家里住过。她进门的时候，似乎什么都是她的，像女主人一样发号施令。她来是为了迷住少爷，因为她需要男人。对不起……这种女人很多，您知道吧？他们一块儿旅行过没有？要是只有一次倒好了……您自己想象吧，持续了五年的关系……我立刻就发现她自私。在那段时间里，她不时去探望丈夫，有时在疗养院一住就是一星期。我只要看看少爷的脸色就什么都明白。她不在的时候，少爷连门也不出，又伤心又阴郁，像只生病的动物。可是她丈夫康复了，她就开始打退堂鼓。借着些挺好听的理由，把少爷抛弃了，跟丢件东西一样。不过，您没什么可担心的。没瞧见他多么爱您吗？我一见到您，就对自己说：'跟这个姑娘少爷会幸福的。'一个人是好是坏，看举动就能知道。您不该难过……相信我，不该难过。"

我终于接触到了所谓的人情世故。

今天下午我和艾尔薇拉出了趟门，去看她一个结了婚的侄女，她有个十一个月大的婴儿。日光灼灼，没有一丝风。我们穿过一座院子，尽头有台印刷机。透过打开的玻璃窗，能看到一间办公室，听到排字机的声响。院子右侧有扇玻璃门，门两旁各有一扇窗户，窗台上摆着红色的天竺葵。我们直接进到餐厅。餐桌上铺着一张蓝白方格的橡胶布。艾尔薇拉的侄女玛丽亚正在做针织。在房间一角，有个盖着新娘面纱的摇篮，窗前是一台缝纫机。我们用了下午的点心。玛丽亚事先准备了夹心面包和一道水果拼盘，里面满是切成块的桃子和梨，加上优质红酒和白糖。孩子醒了，看上去像一团奶油，长着星星一样的眼睛。孩子哭哭啼啼，大概又热又不高兴。玛丽亚给他喂了奶。等到了六点，玛丽亚的丈夫回来了。他在印刷厂工作。他去洗了洗，换了衣服。他回到餐厅的时候，赤着上身，穿一条蓝裤子。玛丽亚把孩子交给艾尔薇拉抱着，去给丈夫取点心。当她端来水果拼盘，丈夫把她拦腰搂在怀里。她说了声"别闹"，却没有离开。他伸手抚乱了她的头发。然后她坐了下来，双眼却紧盯丈夫的胸膛，着魔似的望着那黝黑发亮的皮肤。

有时，或者独处，或者洗澡，或者他比我先睡着，我心念念：我的丈夫。睡觉时，我一只手放在他的脸旁，感受掌心中那有节律的呼吸，我心念念：我的丈夫。

第一招对策很庸俗：讨他欢心。我以前从未在意过自己的外表。我需要武装：服饰。要令人倾倒。三个月后，我成功地改头换面。我活着只为了注目自己：我的双手、我的目光、我的身体。罗赫尔爱上了我。完全事与愿违。我爱丈夫，也希望他深爱我。罗赫尔的痴心却让我看清自己对于丈夫而言是多么微不足道。我进入了他的生活，太自然，太容易，像太阳每天升起一样理所应当。我离他太近了，近得他甚至感觉不到我的存在。

我渴望离开那个家，离开他身边。可要实现这个愿望，除非我与他从未相识。怎么办？我能去哪儿？继续我那愚蠢的绘画课？去那个难以相处而且已被我抛弃的叔叔家？倘若一切都已湮灭？假如那个女人、那些鹳鸟和他们浪漫的旅行都已石沉海底？假如一切都已埋没，我想，他不会保留着那些信。那是他的珍宝，已经成为他的朝思暮想。公文包，信装在包里。包和信永不离手。钥匙藏在衣兜。少了三封信已经被他发现了吗？他为什么要听任他的过去成为我的现在？为什么要听任我的爱情……？

174

一天，我问罗赫尔："马里乌斯去意大利旅行过一次，对吗？"

"什么？"

"不，没什么。"

好些天，我心力交瘁，起床穿衣都成了折磨。他为什么听任一道幻影将我俩分离？为了让他不再记起那个女人，不再记起那些信件，我用情用到山穷水尽。似乎每个爱的夜晚都将成诀别。我燃情越炽，就越为想到那个女人而压抑。在我丈夫忠贞的回忆中，她在我们两人之间平静地呼吸着，气息沉稳而持久。

一天，我无法继续承受，向他摊了牌。那是春天里一个和煦的下午。以往，我总在他身边极尽欢惬地度过良辰。

"我从未求过你什么……能求你件事吗？"

"怎么了？"他警惕地看着我，似乎猜到了我的请求。

"那些信呢？"

"什么信？"

"你那些信，总装在包里的那些。"

"我不知道你在说什么。"

我霎时间洞悉了一切，但依然坚持。

"我知道，我或许应该努力不去在意。我很想这么做，然而不能：那些信都实实在在，让我痛苦。毁掉它们……无论你多为难，毁掉它们……求你。"

他把手伸进了上衣口袋。

"拿着，今晚我们和罗赫尔去看戏。散心对你有益。我想你会喜欢的。"说完，他走了。到了门口，他回过身来："啊，至于你说的那件事，请别再提了。我会感激你的。"

出门以前，他总是吻我的前额，而那天没有。

罗赫尔，亲爱的罗赫尔，写到这里，我一直尽量保持客观。可是现在，我不行了。我本想把这个故事写给自己，可最后却写给了您。因为您爱过我。因为我让您受了不该受的伤害。因为我需要有个朋友，需要不感到孤单。在这一刻，对您的回忆是积极的，令我宽慰。但我从未爱过您，尽管马里乌斯最后令我心生恨意，我只爱过他一个。是他建造了我生活的中心。

您记得《温蒂妮》①的演出吗？如果您多年以后想起我，请记得我那晚的模样。我诱使您做了无谓的空想，请原谅。我为您穿戴，向您微笑，请原谅。正是那一晚，我认真地考虑了自杀。听说自杀之人的遗愿总会实现。我想为了报复马里乌斯而自杀，为了让他不幸，为了让他爱我更甚于……

您记得我那晚的衣服吗？是蓝色的。您对我说："一波海浪。"而我想死。我坐在你们两人当中，您在左，马里乌斯在右。我头发上别着马里乌斯送的钻石鸽子。您说男人们都在看我，而马里乌斯似乎心不在焉。"他在惦记那些信，在思念她。我死以后，他不会再记起我。"您给我开了苯巴比妥②，而我需要两瓶，所以在您开了

---

① 法国剧作家季洛杜的作品。
② 一种镇静剂。

第一瓶之后几天，我告诉您处方弄丢了。我觉得一瓶不够，希望十拿九稳。我想死。我记得奥黛塔，她继续在索邦学院修伦理学。她没死成。我不希望给任何人留下印象，不希望像奥黛塔那样，躺在病床成行的医院大堂里，带着一张泛绿的面孔，慢慢地从死亡中归来。

记得在佩拉海滩①的那个夏天吗？是我活下去的最后一次努力。记得吗，那松树的气味、沙丘深色的斑点和大海整晚整晚喷吐的浮藻？记得那对成为我们谈资的情侣吗？一对偷情的人。他们发现了什么玄奥的秘密呢？灵还是肉？

我知道自己很不明智，本该安命知足，注目当下，不再猜疑。或许幸福就在于能够自我约减。但我甘愿如此。我真希望那些信不复存在。还有她。我做到过忘怀一时。唯有松树、大海、阳光、阒静。睡在我身旁的丈夫。"如果我自杀了，他将再也不能如此安睡！"

您说过："……是一种严重的神经衰弱，纵使一束光线的变化也能令您的神经系统失衡。"现在，罗赫尔，您理解我的病因了吗？九月度假回来，我去了"我们的"咖啡馆，为了细细重温初次相逢，为了荼毒自己的心灵。我再次去了她的住处，为了从外面张望，为了自苦。树木开始变黄了。我回到了曾经生活过的公寓，三个月真正的生活：没有忧虑，没有猜忌，信心满满——对他，对自己。

---

① 法国一处著名海滩。

我的日记:

有时,我真心渴望被人深爱,可那个"人"只能是我们幸福时光中的马里乌斯。

我对艾尔薇拉说:"今天下午我会回来晚些。马里乌斯一到,就告诉他有人给他打电话。"我已经事先把我的小衣箱存到了车站,里面装着我们在威尼斯买的黑纱裙和鞋子。马里乌斯进来了。艾尔薇拉立即说道:"有您的电话。"

"我去接。"

我真想久久地将他凝望,然而却几乎没有时间看他离开餐厅的背影。我毫不迟疑地抓起他的公文包,逃出了家门。留在我身后的一切都已不存在,无论是家,还是丈夫。尽为乌有。

我在莱旺德旅馆十二号房。我是昨天半夜到的。房间里原本有人。直到今天早上我才住进来。趁着等待,我可以散步、书写。就像做了几次短暂的休假。我看到了那条紫藤路和他的别墅。我知道那是他的,因为围栏右侧的一个水槽上刻着他漆金的名字。死前,我躺在床上,竭力想在这现代主义①的氛围中听到相恋男女的声

---

① 十九世纪末二十世纪初兴起的一种艺术风格,加泰罗尼亚的现代主义独具一格。

音。我认识那个女人的嗓音，而他的嗓音对我来说再也熟悉不过。她念着"吾爱"——马里乌斯常要我在黑暗中这样说，为了能够想象话是出自她的口。床头板上雕有两枝纠结的百合。两枝硕大的百合。衣橱的顶端、椅子的靠背上都雕有百合。我运气不错，身边有把石榴红色的天鹅绒面座椅，颜色已经褪尽，扶手有些蚀蛀。我坐到椅子上，阖起眼睛。腿上搁着全部信件。全部。包括原先的三封。拿着公文包离开家门时，我笑了。现在我也想笑，开朗地笑。一切都让我发笑：他们，我，我可悲而老套的自杀。别人的折磨催促着我们自我了断。我腿上搁着信，在木雕百合丛中一人独坐，心里有种近乎堂皇的恨意。为了死，我穿上了黑纱，还有那双珍爱的、后跟嵌着绿宝石的鞋。

我站起来，朝镜中望着自己：镜子被我填满黑暗。我的新娘礼服，空空荡荡，仿佛一团扭曲的云朵，伴随着一束新鲜的玫瑰，缓缓地、缓缓地经过光滑的镜面。接着，我重新出现在镜中，我，才是真正的幻影。那幻影想道："这姑娘的死是个遗憾。"

我把信都读了一遍，一封接着一封，按照顺序，逐字逐句。都很荒唐，跟爱情本身一样。其中一封谈到意大利、佛罗伦萨、在比萨神圣的几日，还有威尼斯。我笑得多么痛快……如同课堂上受了窘，却猛然发现老师系着脏领带或者露出一脸饥色。我的蜜月旅行是来朝觐这块爱的圣地，还有米兰、科莫湖、比萨、佛罗伦萨……哦！我忘了威尼斯。诸位，那满载往事的水并不是透明的，不，诸位,而是如同一块蛋白石,扭曲着自鉴之人的面容。我不是在编造。去意大利吧:带上情人,带上妻子……人人都会找到自己的镜子。诸位,如斯逝水,入照世人。

罗赫尔,当你收到这封手书和这包信件,我已经死了。请把信还给马里乌斯,一封也不缺。告诉他,其中包含了一个二十岁姑娘全心的轻蔑。不,不必明言,他会感受得到。我知道这些信会让他觉得烫手。如我所愿。

爱

"真不好意思,您刚关门就又叫您打开,可是我下工以后,就只有您的商店顺路。我往橱窗里看了好几天了……一定会让您笑话,我这把年纪,满身泥灰,在脚手架上来来往往,累累巴巴……让我擦擦脖子上的汗,水泥灰钻进肉皮儿,混上汗就会刺痒。好了,我是想……您橱窗里什么都有,就是没有我想要的……可能是您没摆出来,因为摆在外面不好看。您这儿有项链、大头针、各种各样的线。看来这些线能让女人欢喜得发疯……我小时候常玩我妈的针线笸箩,用毛衣针把线球串在一块儿,还喜欢拿线球转着玩儿。我一个大个子却玩这些,叫人笑话,不过,谁都知道,这都是命里带的。今天是我老婆的圣名日,她肯定以为我不记得,不会送她礼物。我想买的那样东西,有时候商店把它放在一些大纸箱里……您觉得我送她一串项链儿好不好?不好,她不喜欢。结婚的时候,我给她买了一串酒红色的玻璃珠项链。我问她喜不喜欢,她说'是,很喜欢'。可她一次也没戴过。要是我问'项链你怎么不戴'——偶尔问问,免得她烦——她就说不爱穿戴得太多,而且戴上以后会觉得自己像个玻璃柜台。让她改主意,老天,别想。小拉斐尔——我们的大孙子,生下来就满头头发,两只脚都是六个指头——他把项链拿去弹弹珠儿了。好了，我看我在耽误您的工夫，不过有些事儿真是让老爷们儿为难。我吧，您可以叫我去买吃的东西，不管买什么，我不觉得挎篮子丢人；相反，我喜欢买肉，卖肉的生下来就跟我们有交情；我也喜欢买鱼，那卖鱼的爹妈当年就向我的爹妈卖鱼。可如果不是买吃的……我就跟个白天的猫头鹰一样找不着道儿。您给拿拿主意，送她什么好？……送两打儿线球？……各种颜色的，特别是黑的和白的，总用得上。我可能原来猜得对，可是谁知道！她没准儿会把毛线都丢在我头上。得看她的心情，哪次要是气儿不顺，就把我当娃娃看待……结婚三十年，一男一女……我总说，都是过分迁就的毛病。不过，当然，一块儿睡了这么多年，见了这么多生生死死，天天一块儿吃面包……送她几条缎带？不好不好……一条针织的花领儿？……唔，针织的花领儿。我觉得差不离儿……送她条针织花领儿。原来她有条玫瑰花儿的，有瓣儿有叶儿，就是没刺儿。我老是说笑，叫她缝在一件外套上。可她现在很少打扮，一味只顾家里。她是个顾家的女人。您是没看见，她把整个家都弄得铮亮……碗柜里的杯子，我的娘！我看她一天能拿手巾擦上三遍。她把杯子全放在桌上，拿的时候好像杯子都没沾手，然后，来啊看我的，用手巾在杯子里转着圈地擦。擦完了再把它们放回去，一个挨一个，就像一排戴大帽子的兵。还有汤锅底儿，干净得简直不该用里面做饭，而是用外面……家里什么都透着干净。我一到家，您觉得我该干什么？拿报纸，听广播？……对啦，对啦，阳台上已经预备了一盆晒好的水，她逼着我拿肥皂从头抹到脚，再用喷壶把我冲干净。她裁了一条布帘子，绿白条儿的，挡着我不叫邻居看见。到冬天，我洗澡得在厨房。洗完了，她就忙着收拾流得满地的水。要是我头发长了点儿，她就骂我。她每个星期都给我剪指甲……哎呀，对了，咱是在说针织花领儿，我不知道……送她几团打毛衣的羊毛线？……我可不知道哪些线用得上……这么热的天儿买毛线，还给她找活儿干……您让我念念这些盒子里的字：镀金纽扣，银纽扣，骨质纽扣，黄铜纽扣，磨砂纽扣，梭结花边，儿童衬衫，彩花袜子，衣服纸样，梳子，头纱。好，好，我看得拿个主意了，要不然您会把我赶出去的。咱说了这半天，我心里有点儿底了。您知道我真正想要什么？我想买条女人的裤衩……长一点儿的。底下带褶边儿，褶边儿上有条带子，带子穿过网眼儿，两头打结儿。您有吗？……让我说出来可真不容易。我老婆能高兴得要命。我要趁她不注意放在床上，好让她大吃一惊。然后我跟她说'去换换床单吧'，她肯定觉得奇怪。她去换的时候就会看到裤衩。哎哟，盖儿卡住了，这些大盒子都不好开。好了。白费了半天劲。我最喜欢这种褶边卷得厉害的，就像起泡一样……带子是蓝色的？不好，不好，粉红的才喜人。不会一拉就断吧？……她成天忙活，没一刻闲工夫……怎么也得有衬布……我觉得挺结实，而且您也这么说……这料子是棉的吗？手工看起来挺好。她自己会细看。她不会一声不言语，不会。她会说'合意'。这就行了。她话很少，可句句说在点子上。这是多大号的？我的娘，现在我可真糊涂了。您把它展开……您不知道，她胖得跟个小南瓜一样，腿能顶上人家的腰围。这是最大号的了？跟娃娃服似的。这要是她二十岁的时候穿，肯定跟手套一样服帖……可是我们都老喽。可不是,您说有什么法子?我也没办法。问题是别的东西我觉得她不会喜欢。她总是愿意要有用的东西。现在您说我怎么办?我总不能空着手去见她。要不我去拐角的点心店买点儿什么……不不,肯定不像回事。干活儿的男人哪里有工夫顾得上这些讲究……"

蝾 螈

我穿过柳荫，来到芥菜地，屈膝跪在湖边。许多青蛙一如往常地围拢上来。每次我一来，它们就钻出水面，蹦到我身边。等我开始梳头，那些最大胆的青蛙便来磨蹭我那饰有五根穗儿的红裙子，要不就拉扯我满是花边和褶纹的衬裙。湖水渐渐变得惨淡，小山丘上匍匐的树木越来越黑。可是那天，群蛙一跃回到了水中，将水镜打得粉碎。当水面复平，只见他和我脸挨着脸，两个倒影似乎正从对面望向我们。我佯作不惊不惶，默然起立，镇定地走过草地，当发觉他尾随而来，便停住脚步，回过身去。万物俱息，一带星光溅落天边。他停了下来，离我尚有些远。我不知所措，却陡然心生惧意，于是拔腿而逃。我发觉他仍然跟在后面，而且越追越近，便停在柳树荫下，背倚树干，而他怕我逃走，便张开臂膀迎面站立。然后，他注视着我的眼睛，将我向树上挤。我发丝凌乱，被夹在他和柳树之间。我觉得胸膛在疼，骨头似乎要被压断，但我咬紧嘴唇，忍着不喊出声。他把嘴探进我的头发，落吻之处犹如火燎一般。

第二天，他到来的时候，山丘上的树木已经全黑，但草茵中依然残留着日光的暖意。他再次将我拥到柳树上，张开手掌捂住了我的眼睛。蓦然间,我如坠睡梦,柳叶似乎在向我倾诉,我却捕捉不到它的含义。当叶语渐渐轻缓,终于不可复闻,我心头惶惶,舌尖冰冷,向他问道:"你女人呢?"他说:"我的女人是你,唯有你。"我的脊背压在那同一片草茵上:每次梳头,我总要将它轻轻地踩踏,为了从折损中闻到草香。唯有你。而后,当我睁开眼睛,只见面前垂着一条金色的发辫,那是他的女人,正弯着腰,两眼空空地望着我们。她注意到我的目光,便扯住我的头发,低声说道:"女巫。"但她随即松开了手,转而揪住他的衣领。"给我走,走,走。"她不住地说,连推带搡,把他带走了。

我们再未去过湖边,而是在马厩、草垛和树根盘错的森林中相会。自从他被女人带走那天,村里人开始对我视而不见。我路过的时候,有些人会偷偷地画三个十字。几天后,人们见到我就躲进家里,将房门紧闭。我开始听到一个字眼:女巫、女巫、女巫。它四处追逐着我,似乎随风而起,从光影中自现。每家每户都关着门,我走在街头,仿佛身处一座死村。我从窗帘之间看到一双双眼睛,目光总是冰冷。一天上午,我费了很大力气才打开家门。那道门天长日久,已被阳光晒裂了缝。门的正中央挂着一颗驴头,两眼中各插一条嫩树枝。我把那颗沉重的驴头取下放到地上,不知如何是好。两根树枝渐渐枯萎,与此同时,驴头开始腐烂,脖子的切口是整团乳白的蛆虫。

另一天,我发现一只断头的鸽子,胸前凝着黑血;又有一天,一只胎死腹中的羊羔和两只老鼠耳朵。当不再挂死动物了,他们开始朝我扔石头。晚上,石块敲得窗户和房瓦震震有声,每块都有拳头大小……再后来,他们开始结队游行。时入初冬,一天,空中云团奔走,游行队伍缓缓前进,其中夹满白色和暗红色的纸花。我趴在地上,从猫洞向外张望。当队伍即将来到门前,在风声、祷告和幡幅声中,我的猫受了火把和圣歌的惊吓,想进屋却差点儿没看到我,便大叫了一声,把腰弓得像座桥。队伍停了下来,神父祷祝,童子唱歌,风斜吹着火把。执事来回走动,红红白白的纸花散乱四周。当队伍终于散去,圣水还没有干。我于是出门去找他,却四处不见踪影。马厩、草垛、盘根森林,我一一寻遍——森林的路我已熟记在心。我总是坐在那条朽如白骨的最老的树根上。那晚,我刚坐下,豁然醒悟:自己已经无所期盼;我面对着过去而生活,面对着他而生活;他在我心中,犹如根生于地下。第二天,有人用粉笔将"女巫"写在我家门上;当晚,在我的窗户底下,两个男人为了让我听到而故作高声,说应当趁小就把我跟我妈一块儿烧死,说我妈在村人睡觉时化身鹞鹰,又说早不该用我去拔大蒜、捆麦秸、扎苜蓿、到劣质果园摘葡萄,而该把我烧死。

  一天晚上,我似乎在盘根森林边看到了他,可当我走近,他已逃掉了。我不知道那究竟是他,还是我对他的渴念,又或是他在树林间寻我迷踪时所留下的身影——跟我一样,将森林走遍。他们叫我女巫,他们给我创痛,却不是他们所愿造成的那种伤痛。我想念湖水、芥菜地、纤细的柳枝……没有绿叶的冬天阴沉而平夷,唯有寒冰、严霜和冷月。我不能乱动,因为冬日里什么都显得扎眼,而我不想被人看见。当冬去春来、树木抽出了喜滋滋的嫩叶,在村子的广场中央,人们已堆好了砍斫齐整的干柴,准备点火。

村里四个最老的男人来找我。我不肯跟他们去，在屋里高声喊"不"。于是又来了几个年轻的男人，每人一双赤红的巨掌。他们用斧头劈倒房门，要把我拖出去。我继续呼喊，咬了其中一个，因此头上挨了一拳。他们攥着我的胳膊和腿，如掷木柴一般将我掷上柴垛顶端，然后捆住了我的手脚。我被扔在那里，裙子掀着。我回过头，只见广场上满是人，年轻的在前，年老的在后，孩子们站在一边，手持橄榄枝，身穿新做的礼拜服。我正望着孩子们，却看到了他：身边是他的女人，深黑的衣裳，金黄的发辫，一手勾着他的肩膀。我转过头，闭上了眼。再睁开时，两个老头子手持火把走上前来，孩子们开始唱《被焚的女巫》。曲子很长，等歌唱完，老头儿说因为我在作祟，点不着火。于是神父手持满满一钵圣水走向孩子们，命他们把橄榄枝浸湿，扔到我身上。很快，我全身盖满了带着嫩叶的橄榄枝。一个伛偻而没有牙齿的老太婆笑了一阵，走开了。片刻之后，她带回两只柳条筐，盛满晒干的石楠枝。她让老头子们把枝条撒遍柴垛周围，而且亲自帮忙。火点着了，升起四道烟柱。随着火苗升腾，似乎每个人的胸膛中都长舒了一口气。火焰追逐着黑烟越蹿越高，透过那道火幕，我将一切都看得分明；隔着火幕，男人、女人、孩子，个个都是一道快活的黑影，因为我在燃烧。

我的裙边已经焦黑，我感到火已烧到了腰间，还有一簇火苗不时地燎着我的膝盖。绳索似乎已被烧断，这时，不知发生了什么，我的牙齿格格打战。我的手臂和双腿越缩越短，仿佛蜗牛被人碰过的触角一般。在头部下面，脖子和肩膀之间，我感到有什么在逐渐伸展，戳着我的身体。火焰噼啪作响，树胶在融化……只见围观的人群中，有些正擎着手，有些在奔跑，和那些尚未挪步的人撞在一起。篝火塌了半边，火星轰然四溅，当散落的木柴再次燃起，我似乎听到有人说："是只蝾螈。"我开始在火炭上慢慢地爬着；尾巴沉甸甸的。

我脸贴着地，手脚并用地前行。我贴着墙壁，向着柳树爬去。当我转过街角，稍稍扭头张望，只见我的房子烧得像支火把。街上空无一人。我靠近水井，从火焰中穿过房子，向着柳树、向着芥菜地匆匆而去。爬到另一边时，我回头去看燃烧的屋顶。正张望间，第一滴春雨落下，水珠硕大而温暖——是那种下过之后便会蛤蟆成群的雨——随即雨点纷纷，起初徐缓，而后越来越疾，很快，遍天的雨水倾注而下，浇灭了火焰，腾起一团巨大的烟雾。我一动不动，直到夜色浓黑、目不能视，才重新爬行在泥泞和水洼之间。我喜欢将手陷进那软烂的泥巴，但是却因为双腿别在后面感到疲惫。我真想快跑，可是不能。一阵雷鸣吓得我僵在途中。随后，趁一道电光，我从石块间看到了柳树。我紧吸一口气，爬到湖边。我爬过尘土化作的泥泞，找到了沉睡在水底的淤泥。我蜷起身，藏进两团根须里。此时，游来了三条小鳗鱼。

不知过了一天还是两天，清晨时分，我慢慢离开了水底，只见云翳密闭的天空下高耸的群山。我跑过芥菜田，在柳树根旁停下。新叶尚未抽芽，但是春芽已显出了绿意。我无处可去；若是不留神，草屑会迷进眼睛。我在草丛中睡去，直到太阳已高。醒来以后，我捕了一只小小的蚊子，又在草丛间捉了会儿昆虫。最后，我回到泥塘，假装睡着，于是便来了那三条爱闹的鳗鱼。

一天晚上，明月满轮，我决定到村子里去。空气中草香流溢，绿叶已在枝头招摇。我沿着石子路前行，谨慎万分，因为最微不足道的事情也会令我受惊。当来到自家门前，我稍做歇息，只见残砖断瓦，满地荨麻，还有蜘蛛编织不倦。我转回身，来到他家的菜园前。在蜀葵旁边，挺立着几株向日葵，即将垂下圆形的花盘。我穿过黑莓篱笆，从门底钻进屋里，却没想过为什么，似乎是有人在要我做这做那。壁炉里的炭灰尚温，我在上面趴了一会儿，又把整幢房子转了个遍，最后在床底待了下来。我累极了，一觉睡去，连他们天亮起床也没看见。

我醒来的时候，地面上布满黑影：又是夜晚。他的女人拿着一根蜡烛走来走去。我看得到她的脚和一截小腿，下细上圆，套着白裤袜。然后我看到了他厚实的脚，脚腕上堆着蓝袜子。只见两人的衣服掉在地上，我感到他们坐上了床。他们的脚垂在床边，互相挨着。他抬起一只脚，一只袜子落了下来，而她双手扯下了裤袜。然后我听到盖毯子的窸窣，还有轻轻的话语。又过了许久，四周已经漆黑一片，一道月光射进被十字窗棂分成四格的玻璃窗。我爬到月光前，正好停在十字底下。我开始为自己祈祷；我的身体尽管尚未死去，体内却已没有一丝生气。我尽心地祷告着，因为我不知道自己是否尚且算个人，或仅是只小毒虫，又或是半人半兽。我祈祷，还为了知晓自己身在何处，因为我时而以为是在水下，可一入水又觉得是在地上，总拿不准自己究竟在哪儿。月光已尽，他们俩醒了。我重新藏到床下，开始用毛絮搭窝。很多个晚上，我在窝和十字架之间往来。有时，我离开屋子去柳树旁。每当待在床下，我总是倾听。一切都没有分别：唯有你。一天晚上，毯子拖到了地上，我便攀着褶皱爬了上去。我钻进床里，待在一条腿的旁边。那条腿一动不动，死了似的。他们略一翻身，我被那条腿压在了下面，动弹不得。我憋得要死，所以奋力地呼吸，并且使劲用脸颊推那条腿。我很小心，以免把他们惊醒。

　　一天上午，她在打扫屋子。我看到扫帚和白色的裤袜。完全出乎我的意料，金色的发辫竟然垂到地面，扫帚伸进了床下。我赶紧躲避，因为那扫帚似乎是冲我而来。突然，我听到一声尖叫，又见她的腿奔出了屋门。她拿进一根燃烧的火把，将半个身体探进床下，想用火燎我的眼睛。我手忙脚乱，不知何处逃生，只觉得两眼昏花，四处跌绊：床腿儿，墙壁，椅子腿儿……也不知怎么，我逃到了外面。我来到饮马池，躲进了水中。可是两个小孩子看见了我，便去找来两根竹竿，开始搅动池水。我转过脸，将头伸出水面，双眼死死盯住他们。两个孩子丢下竹竿逃走了，可是马上又召唤了六七个大些的同伴，开始一起朝我扔石头和泥土。一块石头击中了我，打折了一只爪子。在纷纷掷下的石雨中，我几乎没有掩护，害怕极了。可我终于逃走了，躲进了马厩。他的女人手执扫把来找我，几个孩子等在门口，不住地叫嚷。她对着我点点戳戳，想把我从草垛的角落里逼出来。我两眼昏花，内心绝望，在水桶、门扇、装野豌豆的口袋以及马蹄之间跌来撞去。其中一匹马因为我碰到了它的蹄子，奋然立起，而我则扒住它的蹄子不放。这时，我受伤的爪子上挨了一扫帚，几乎被连根折断。我嘴角里流出一股乌黑的汁液，可是还有余力顺着一道缝隙逃走。逃走时，我听到扫帚的抽捣声依然不断。

当我逃进盘根森林时，已是夜色深锁。我映着半边新月，从一团荆棘底下爬了出来。我迷路了。折断的细爪并不疼，可是只一根筋还连着。为了不太拖拉，我不得不总擎着那条胳膊。我有些蹒跚地爬过树根和石块，一直爬到那段我上火刑以前时常坐的树根；我爬不过去了，脚下一直在打滑。我一步步爬向柳树，爬向芥菜地和水中我那淤泥的家。风吹着草木，扬起干枯的树叶，卷走路边花朵短小晶莹的花蕊。我在一截树干上蹭了蹭半边脑袋，慢慢地，终于来到了湖边。我钻入水中，满身疲惫，仍然擎着那条胳膊和折断的细爪。

在月光下的粼粼水波中，我看到那三条小鳗鱼游了过来。我看得很不真切，它们彼此纠缠，时而交结一处，然后分开，好像不牢靠的绳结。最小的那条游到我身边，咬住了我的断爪。爪中渗出几点汁液，在水中宛若烟雾。那条鳗鱼不肯罢休，慢慢地撕扯着，一边拉，一边看着我。见我略有分神，它便执拗地狠拉了两三下。另两条在嬉闹，身体扭得像要拧作一股绳。咬我手的那条猛一用力，把筋骨完全扯断。它叼着我的手，瞧着我，似乎在说：是我的了。我闭了会儿眼睛，再睁开时，那条鳗鱼还在，在阴影和缕缕颤动的光线之间，嘴里衔着我的手：一小把紧凑的骨头，外面蒙着一点黑色的皮。不知为什么，我眼中突然看到了石子路、我家里的蜘蛛，还有垂在床边的腿——有白色和蓝色的袜子垂下来，就像他们正坐在水边；但袜子里面是空的，如同在漂洗，随着往复的水流来回摇荡。我见自己在那个投下黑影的十字底下，身下是五颜六色的火焰，噼啪作响却烧我不着……当这些景象历历如在眼前，鳗鱼们正玩弄着我的那一小块，将它丢下又捡起。我的细爪在鳗鱼之间来回传递，张着五指，好像一小片飘舞的树叶。我似乎同时置身两处：既在泥塘，身旁有鳗鱼；另有些许，处于不知所在的彼世……鳗鱼终于玩厌倦了，爪子被阴影吞没……那是一道死亡的黑影，随着水中的尘埃逐渐扩散，日复一日，日复一日，散入泥塘的一角，散入永永饮此水的草丛和柳树那干渴的根须。

一瓣白色天竺葵

　　芭尔比娜死在一个和煦的夜晚，死在残星和升起的海雾之间。我不得不去餐厅打开朝向内庭的阳台门，让空气在门和临街的窗户之间流动，因为死亡，带去芭尔比娜的死亡，将室内充满了败花的朽气。芭尔比娜待毙之时，我坐在一张矮凳上，借一道烛光，不住地望着她。从她生病的第一天起，我就这样看着她，夜夜如此，直到受不住困意。我挨着她高烧的体热躺下，看着她那双杏眼。她的眼睛对我视而不见，闪亮犹如黑暗中的猫眼。那股病热令我感到有了陪伴。她的久病让我不得不紧闭门窗，病热已在屋内充满了潮气，墙纸也开了胶。芭尔比娜临死时，脸颊和掌心都瘦得没了肉，膝盖上那曾经令我心狂的肉窝儿也不见了。当她由于窒息而几乎把眼眶撑裂，我趴到她身上，啜走了她最后一缕气。我偷走了她所剩无几的生命，想把它据为己有。我嘴里含着那刚刚断气的生命，去打开了阳台门，因为我发觉死亡久留不去。天井里，阳光和雾气迷蒙如幻，在我和那迷幻之间，一瓣白色的天竺葵飘然而过。临街的窗栏里的天竺葵是红色的，属于我；朝内庭的围栏里的天竺葵是白色的，属于芭尔比娜。看着那瓣花，我想起自己盼着芭尔比娜死有几个月了。一发现她闭上睡眼，我就会把她弄醒。我不让她睡觉，为了能尽快了结她。只要听到她呼吸稍微平静，我就慢慢地起床来到衣柜前，登上一把半高的椅子，取下一只藏在柜顶的喇叭。

很久前的一个上午，当我正敲打着大理石制作天使的发卷，一个高个儿女人走进店里。她非常瘦削，鼻子很长，嘴唇燥裂，歪扭的头发上戴着一顶用鸟儿做装饰的帽子。她领着一个穿水兵服的小男孩，孩子怀里紧抱着一只金光闪闪、饰有流苏和红绦的喇叭。这位女士来为她丈夫的坟墓定做一块灰色大理石碑。在名字和悼词的上方，她想要三朵汉白玉的菊花：要排成一线，彼此相连，第一朵略高，而第三朵比中间的略小。她要得很急。店主说要让我搁下天使，立即着手凿她的碑，但菊花不要浮雕而要凹刻，扎成一束，因为浮雕会显得花朵是被扔在了石头上。那女人走后，店主对我说天使的活儿急，比什么都要紧。我便继续凿发卷。每天晚上回到家，我总要对芭尔比娜说我在独自做一个天使，因为有一次店主告诉她，我是个糟糕的石匠，单靠自己做不出一整尊石像。菊花女人来那天，跟她握手的时候，我发现小男孩把他的喇叭搁在了一块半完工的跪像旁边，就把它拿走了，因为我喜欢，整个金光朱艳。为了免得芭尔比娜打听是从哪儿弄的，我把喇叭藏到了衣柜顶上，从此便没再放在心里。直到一天晚上，芭尔比娜正睡着，为了惩罚她的罪，我把椅子搬到衣柜旁，登了上去，摸黑取下了那只喇叭。我先轻轻一吹，再更用力地吹了一声，于是那种声音响起：半是呻吟、半是呼喊、半是来自冥世的音调。我听到芭尔比娜翻身，便把喇叭放回衣柜上面，再小心翼翼地钻进被窝。从那天开始，只要芭尔比娜一睡着，我就把喇叭吹得如同呜咽。头一回这么做的次日早晨，我乐呵呵地盼着芭尔比娜醒来，以为她会跟我说起那让她半宿没睡的奇怪声响。可她从没提起听到过喇叭声。当她在餐厅和厨房间来回，我看着她的身影，想用目光洞穿她的后背，窥伺她最隐秘的心事。在她头脑中另有一个小头脑，其中收藏着她所有的秘密。

后来，她病了，卧床不起，总是用纤细的嗓音呻吟着"我很累，我很累"。一天晚上，我望着她，听着她安稳的呼吸——大概同树木的呼吸一样，突然，她张开嘴巴，吐出舌尖，用舌头和嘴唇模仿了一声喇叭。我不耐其烦地灌进她耳朵里的东西，从她嘴里冒了出来。

她死后，在片刻之间，那干瘪的面颊似乎重新变得丰盈，嘴唇重返年轻的模样，她的身体似乎只是在休息……这些奇迹发生时，我还没去开朝天井的门。在变化发生的同时，我注意到躺在床腿旁边的猫：它看到我吸取了芭尔比娜的最后一口气。我揪住猫的后脖颈，把它扔得老远，可没过一会儿，它又回到床腿边，跟没挪过地方似的。趁尸身尚温，我给她换了衣服。我先把她脱光——她身上的衣服从生病开始就一直穿着，显得她很难看，但是连睡觉的时候我也不许她换衣服——突然，面对她百合般白皙的腿，我竟赞叹不已。我抚摸着她的膝盖，揉动着外皮，而那只猫大概以为我们在游戏，所以也伸出爪子，碰了碰我的手指。穿戴梳理完毕，我给她合上了眼，将她的双手交叉放在胸前。她本来一只手攥着，我费了很大的劲儿才把它打开。最后，我慢慢地合上了她的嘴，心里很难过，可不知为什么，同时又掺有一种狂喜。我走出房间，以为猫还留在她身旁。其实它跟在我后面，因为天竺葵花瓣飘落的时候，它立起来，想扑住没落地的花瓣。但我个子高，半空把它接住了。那片花瓣形如一颗牙齿，味道好像乳牙。我和芭尔比娜初次同床时，她口中正是这种味道。我回过神的时候，已经攥着扳手来到芭尔比娜身旁，在拔她的一颗门牙。牙根深固，以至于当牙齿随手而出时，我还以为扯掉了整个下颏。我将牙齿拾起，挺干净的。我舔掉牙根上的红迹，把它装进了衣兜。这一切都落在猫的眼中。从那天起，我不再叫它的名字"咪球"，而一直叫它"阔斯迈"，因为"咪球"这名字是芭尔比娜在阔斯迈①送猫给她的时候取的。我一边决定改叫它"阔斯迈"，一边心怀敬意，撩起了死去的芭尔比娜的裙子，没错，毕恭毕敬。我好像再也无事可做似的，只顾反复摸她的肚子，从肚脐直到尽头。然后，我觉得阔斯迈该出门上班了，便拉下芭尔比娜的裙子，脚后跟着那只猫，走到街上。我把芭尔比娜的死讯告诉了阔斯迈，他于是脸色变得无比苍白，因为他觊觎芭尔比娜由来已久，可芭尔比娜从未属于过他，将来也不会。他的血褪了颜色，变得像水一样淡薄。因为阔斯迈和芭尔比娜彼此相爱。

当殡仪馆的人来给棺材焊上盖子，我看着火花，心想其中便是地狱。从葬礼回来的路上，我进了一家酒馆，要喝杯红酒活活血。离开时，我灌满了红酒，衣兜里揣着芭尔比娜的牙齿，于是眼前开始出现一个蓝色的梦。猫在我的腿上蹭着后背，绊了我一下，我痛快地朝它一脚踢去。月亮、星辰、龙头里淌出的水，一切都是蓝色的。我睡意沉沉地坐在桌前跟猫说话，告诉它芭尔比娜很快将不过

---

① 阔斯迈，男子名。

是堆骨头，而我给她穿着下葬的那身粉红的新裙子——是她做了用来打动阔斯迈的——不出一年，就会裹着一堆白骨，白得就像那块凿着天使——发卷端正、双翼舒展——的大理石。我把牙齿拿给猫看，它瞧了瞧，闭上眼睛，伸了伸胡须，过了一会，又瞧了瞧。它的眼睛是蜜色的，被一条黑线从当中一分为二。我每天晚上都给它看那颗牙齿，直到有天它伸出了爪子。当时我弯下腰，想把牙齿凑得近些，而猫倏地一伸爪子，结果牙齿落到地上，滚进了一个角落，让我费了很大工夫才找到。我揍了猫一顿，把它塞进一只枕套里打，然后在那颗牙齿上钻了个孔，拴上一根粗线绳。我总是拿出牙齿悬空摇摆，逗着猫玩儿，而它靠过来，想用爪子去碰。玩着玩着，一天，猫张嘴把牙齿吞了下去，好在还有一截线绳垂在外面。我试着说好话，让猫平静下来，然后想拉线绳取出牙齿，可线绳由于摩擦和沾湿了口水，终于断了，而牙齿留在了猫肚子里。这只猫在吃奶的时候由阔斯迈送给芭尔比娜，无论家里、庭院、阳台，总跟着她。

  我因为弄没了牙齿而绝望，便出门到了街上，想看那些蓝色的星星。猫在我身边，和我一样上下张望。我回到家，关上房门，来回踱步，边走边说"阔斯迈爱芭尔比娜""阔斯迈爱芭尔比娜"。现在芭尔比娜死了，我喜欢她的死，我喜欢，我喜欢。他俩别想互相拥抱，因为当中有我刻石匠——给天使做发卷，吹着藏起的喇叭让芭尔比娜发疯，慢慢地送了她的命，又把她埋进了土。她嘴里缺了牙齿，身穿那条粉红裙子。裙子是有一年春天做的，当时她星期天上午常去听弥撒，总是戴一条极细致的面纱，面纱上绣着星星点点的黑箔片，她想从阔斯迈窗前经过时让他看到，因为他临街的窗户上摆着粉色的天竺葵。

我买了一条浑身是鳞的鱼，用西红柿和西芹煎着吃了。我把鱼头给了猫，把鱼身中间又宽又硬的骨头倒塞进了它的嘴里。它要是想把刺吐出来，就会挨扎。猫马上开始上蹿下跳，想把鱼刺弄出来，可它跳得越凶，鱼刺就往它喉咙的粉肉里扎得越深。几天以后——那只猫很顽强——它跳啊吐啊都无济于事，便咽了气。像给芭尔比娜换衣服一样，趁它身体尚温，我用剃须刀片剖开了它的肚皮，在肠子的一个角落里找到了那枚牙齿，和先前一样白。我用肥皂把牙齿洗干净，用手指反复摩挲把它擦亮，然后等到天黑，出门去把猫埋了。此后我每晚都出门，想知道那蓝色星光的幻觉会如何结局。我沿着马路一直走到农田，四周已没有民居，路灯光线迷离，向前方延伸。贫陋的菜园里，种着被毛虫啃光的卷心菜和被蚜虫扼杀的芸香。路灯的光也是蓝的，不是我把它们看成了蓝色，而是它们自己变蓝了。我一次次地问别人，他们看星光是什么颜色，看那时有圆缺的月亮又是什么颜色。每个人都先把我瞧上一会儿，似乎觉得我的问题古怪至极，然后说星星和月亮的颜色就像灯泡，而自来水就是水的颜色，废什么话。我还在凿大理石。店主做完了天使，我也做完了它的发卷，而且已将石碑备好。现在我正给一个死去的小姑娘的卧像做裙子上的褶皱。起头的几条褶被我凿歪了，店主便说："自从你女人死了，你干活儿更不像样了……"他这么说的当晚，我走得比往常更远，过了菜园、过了葬猫的地方、过了卷心菜和芸菜地。最后一盏路灯是蓝色的，我不停地朝它扔石头。夜色浓黑，我扔了几个小时的石头，终于打中了，碎灯泡掉了下来。于是我靠着路灯坐下，面对黑暗，独自一人。当第一颗星星升起，远处楼房窗中的灯火尽已熄灭，从夜的浓黑和野地的气味中传来一声猫叫，一声，又一声，越来越近。从高高的灌木中，悄无声息地钻出一道影子。那是一只硕大的猫，几乎有三只猫加在一起那么大。我本以为它的瞳仁会蓝如星光，没想到色如蜂蜜——陈年的蜂蜜，还被一道黑线从中分成两半。猫从我身边走过，绕着路灯打转，在我的膝盖上蹭了三四次后背。我站起来往回走，猫跟在我身后，可走到第一片菜园的时候，我回过头，却发现它已经没了踪影。

第二天，我一边给夭折的女孩儿的卧像凿裙褶，一边不断地往外吐大理石的灰。我不但想着蓝色的光，还惦记着那盏没有灯泡的路灯和那只猫。晚上，我又来到那最后一盏路灯下。能听到疯狂扰攘的蟋蟀军团在唱歌。大猫又回来了。它不是来自荒地或者草丛，而是正撞在我的面前。它蜜色的眼睛紧盯我的眼睛，身体比幽冥般的夜色还要黑。它每天晚上都会来。我背靠路灯坐着，一边看风扬起落叶一边等待，它会在我的手边突然出现，石头一般纹丝不动。我给它看芭尔比娜的牙齿，并且成了习惯；而它一看见，就来蹭我的腿，嘴里不停地呼噜，蜜色的眼睛瞧着牙齿。最后一夜，猫已经在等我。我从兜里掏出牙齿，在掌心里掂弄着，但是猫并不去看，而是围着路灯打起了转，好像一根绕圈儿的绳索。它一圈一圈地把我绑到路灯上，缠啊，缠啊，越缠越紧，似乎要把我永远绑住。我的心思飘飘荡荡，越过菜园，越过通向墓地的路，然后在田地和没有灯泡的路灯之间徘徊不回。我看看眼前的夜色，期待它变成蓝色，一片一片，从北到南。我脖子上套着绳圈，一截舌头伸在外面，只见夜晚的蓝意逐渐变得柔嫩，就跟芭尔比娜绣在桌布上的星星一样，对啊，芭尔比娜是个绣花工，不但绣蓝色的星星，还在枕套和毯子上绣花枝一般的字。夜色的蓝正如那些线绣的星星。蓝的，蓝得仿佛芭尔比娜的眼睛。我与她相识的时候，人家叫她蓝眼姑娘。而直到此时我方才记起，她的双眼便是这般的蓝。

阿妲·丽丝

阿妲·丽丝慢慢地数着余钱：所剩无几。少得不够满足她对孤独和宁静的渴望。她必须回到那个她暂即暂离的世界，去等待载来军官和海员的船只。不过，军官们很少踏足那条回响着阿妲·丽丝步伐的街道。它的狭窄，以及贫房之间封闭的空气让他们头晕。

阿妲·丽丝赤着脚在屋里踱步。她把钱包放在床上——是张单人床。窗户敞着，朝向一片被曙光碾碎的沙滩。昨晚，对面楼房阳台的玻璃上闪映着月光；从尼尔森路的街角数起，第二座楼房的屋檐上坠下了一颗流星。连着八天，阿妲·丽丝一到天黑就打开窗户趴在窗台上，想的不是在时光中消逝的青春。阿妲·丽丝尚有一对过于年轻的嘴唇，还不到勉力回忆青春的时候。

狭小的房间内一时充斥着浴室的水声。水流下是一双手臂，接着是一张双目紧闭的脸，然后一头黑发甩动，在墙壁上溅下点点的水滴。

阿妲·丽丝会做什么样的梦呢？

她觉得自己的身体很没用。今天没有一个男人把她紧搂在胸前，没有一个说她的眼睛令人心醉。今天是她去码头游荡了一圈，心怀一种对未知海域的愁绪。挨着被水染绿的礁石，泊靠着一艘战船。船首的旗帜被风吹得哗哗作响，海水随风荡漾，将光线引入自己的深处。

当阿妲·丽丝返回旅馆的小房间时，咖啡馆已经打烊。夜碎成了雨。

阿妲·丽丝重新默数剩下的钱。算上小费，仅够她独自生活五天。感到自由正从她身边逃离，她向黑夜伸出手臂，张开手掌，任凭无声的雨滴敲打在掌心。在她的想象中，手心里每颗水滴都化作一艘航船。她趁着起锚给它们取好名字，还有一艘是她自己的名：疾速、火焰、未知、阿妲·丽丝……这些小船会航行在每一片天空之下，航遍每一片海。一座座孤单的岛屿在等待着它们，岛上也有像阿妲·丽丝一样的女子，她们做着白日梦，嘴唇上带着给水手的吻。

不过此时，阿妲·丽丝已不再光着脚在房间里踱步，而是把头伸到了窗外，望着她那些不即海水、航行于半空的船。她存钱是为了能够不时地一人独睡，而不必在意老港口的礁石边停泊着演习的战船。

她在一块褪色的小地毯上擦干双脚，以免弄脏床单。由于夜晚闷热，她什么也不盖地躺在床上，心中回想一个爱过她的领事。他当时要去一个更热的地方。达喀尔？那是个高大的黝黑男子，正值四十壮年，一口洁白的牙齿。他一连爱了阿妲·丽丝三个晚上。他提议阿妲陪行的时候，假如她没说"不"而说"好"，谁知道他的爱还会持续多久呢?

她或许会有一栋装有细条遮阳百叶窗的房子，一个黑人女佣，还有一台有很多音乐的留声机，几时想听就几时听。

"不，"她当时回答，"百叶窗让人没法做梦。……有个女仆又能做什么呢？"

"你会得到爱。"男人叫道，依然醉心于那双善良而不驯的眼睛。一连三晚，那双眼睛映在他的眼里，令他疯狂。

"我不想要。"

"那你想要什么？"

"水手们。"

阿姐·丽丝撒了谎。她倒不是不爱埃德伽、拉乌尔、埃斯代万和吉姆：吉姆会拉着手风琴唱忧伤的歌曲，还带着"玛丽亚·克拉拉"，那只爬到人后背、惹她讨厌的小母猴。但说到底，她爱的是将自己缚在陆地上的大海。她没敢问达喀尔有没有海，但感觉不会有。假如去了内陆，比起港口，她会更加怀念在静水边的漫步。

睡觉前，她看了一会挂在床前的地图：是她的祖国。有时，她会做梦般地用食指描过代表河流的黑色条纹。吉姆把地图送给她的时候，向她解释过"经线"和"纬线"的含义，而且他碰巧也要去达喀尔，所以告诉阿姐那里离海很近。

阿姐·丽丝睡不着，跟从前一样，那段心事不请自来。她一心回忆着她真心爱过的那个男人。忽然，她自哀自怜起来。在那几年之前,她还未曾独自出海旅行,未曾在异国留宿,也还未见过水浪拍击被侵蚀的礁石。如今,这个男人正执掌着他们国家的命运。而在他默默无闻的时候,她不叫阿妲·丽丝,也尚未学会在男人面前宽衣解带。她曾把自己的生命放在那个将自己唤作"爱人"的男子的心上,并把自己的命运交在他的手中。

阿妲·丽丝回想着已成过去的往事。她悄然无声地重新编织着朝霞和炎夜,还有当枝头的风吟遏住心跳、感官因之抖擞时那无名的狂热。

那个业已邈远、曾将一生交到一只手里的姑娘让她觉得可爱、可钦而可敬。那姑娘曾拥有一道灼热的灵魂,而今,她看倦了那些一见便难再相逢的眼睛,因为总是从中看到自己。

"阿妲·丽丝,你在看什么?"

"你的眼睛,水手。"

她徒劳地寻找过,那另一双被命运从她身边隔开的眼睛。

"你看得我心慌,阿妲·丽丝。我睡觉的时候不想被你的目光压着。"

"你怕我瞧出你的秘密?"

"你在这儿好好待着,像海一样……"

埃德伽躺在床上,把她扁平的手掌按在自己黝黑的胸膛上。在指尖压过的地方,现出一个个白色的圆。

"别怕,水手,你的眼睛不是我想要的;凭你天生的那副牙齿,也别想要我。"

过了一会儿,埃德伽穿衣服的时候说道:"我要结婚了,阿姐·丽丝。我的新娘就在对岸。你的发际降下夜晚，而她的发间升出太阳；许多男人吻过你的胸脯，而她的宛如玫瑰待放。"

这番话令阿姐·丽丝苦痛。她觉得受了轻蔑，血液在心头凝而不流。她的小手抓起埃德伽的胳膊，用力地捏着；澄净的眼睛凝望着他，仿佛要令他着魔。

"水手，你将对阿姐·丽丝非常思念。而我所牵挂的则是从你身上寻不到的一切。许多男人见识过我又怎样，此时此地你岂不正将我拥有？你的爱人叫什么？"

"她叫什么无所谓……"

"不愿说没关系。现在我也不再想知道。"

"她叫玛丽亚·黛莱萨。你所引以为傲的，她则谦卑以待。"

"玛丽亚·黛莱萨？……哦，她永远成不了阿姐·丽丝。一天，当你在海中独航，飘风会带去我的名字，骇浪会带去我的发香，风停水静，是我的抚摸。明知你永远不会属于我，我亦曾将你抚摸。你可知道？时年越久，你就会越发眷恋那所未知、所向往、所未曾拥有：空气、明澈的星光、航船驶过的海洋……你会有家园和儿女……玛丽亚·黛莱萨听到你的归歌，便会将家门敞开……然而某一天，处于深海之中，对我的回忆会如一道伤痛将你折磨。为了同我共度宵夜，你会愿意付出全部生命。水手，我是人所呼吸的一切……"

如今心思明澄的阿姐·丽丝想把她遥远的过去化为当前。埃德伽给她来信说，玛丽亚·黛莱萨已经生了儿子，而且哺乳以后，她的乳房凋萎了。

水手都会结婚。

那又如何？

不是每天都有从对岸来的新船吗……？很多船只已变得老旧而疲于同风暴交接。时光究竟在流逝，但阿妲·丽丝却执着地活在一些回忆中。为什么，既然对此种生活已经这般惯常，随后却又感到孤独，惧怕偷走一切的时光？

她要攒下钱，而且不再是为了几天的独处。她要回国。她会重新把自己的一生交到那个爱过她的男人手中，任由命运安排。她会讲述自己的经历……可她怎能讲得出？过往的事情连她自己也不尽明了。

"我眼见时光流逝，"她会这么说道，"时时天天年年。你的目光教我无处可寻。一次，我不肯去达喀尔，以为那里是内陆，生怕你眼睛的颜色离开我的掌心。后来，一个水手朋友告诉我那儿有港口、巨轮和海员……你我相逢，两人来自何方？来自何清，来自何浊？我芳华尚短，情窦未开，怀抱许多从未实现的梦幻。我来时有过不为人知的情事，但我依然爱你，重返你的身边。许多男子认得我，见识过我皮肤的颜色……这便是我的命。我将它付与你的鼻息……如果你不要……"

阿妲·丽丝会带着一颗赤裸的心回到他身边。她把分秒的空闲都投入几段往事，又能为自己的自由做些什么呢？

起床了。她一夜未曾合眼，眼窝陷得那么深，令人凭空乱想。她走去关上百叶和窗扇，将白天留在屋外，留在已是喧沸杂沓的广场里。她把屋内变作夜晚，而夜间的女人更美。她站到镜前，却感到一种难言其故的羞耻，便停止了审视。曾经的话语和甜美的过去，足可令她动情。她双手交叉，死死攥着头发，在房间里踱步。"我要让我的声音化作你灵魂的和风，我发色的黑变成你心中的绿荫。我将手持玫瑰，吻你的双唇。在我洞黑的眼中，你会发现蓝色的路径，那是你的目光照进……当你双手遍抚我的身体，会发现我所有的美。你的一切所欲都将成为我的渴求……"

阿妲·丽丝开始收拾衣服；撕掉了几封热情的来信：那是一个军官，每一行都叫她"女神"；还有一张明信片，也是个军官寄来的，但她想不起是谁。从行李箱的布囊里，她还找出一本多年未读的诗集。

动身，她已下定决心。当夕阳斜倚船桅，她的足迹已无处可寻。唯独想到此，她才会感到心痛。

阿妲·丽丝伸展手臂，想掬一抔无浪的海。可船头太高，她只好死心。

于是，她凝望地平线，一阵战栗。船长从旁边经过，夸赞她头戴的花朵，又邀她共赴船室同饮一杯鸡尾酒。她微笑着拒绝了，说浓烈的沥青气味让她头晕，她需要空气和清静。

船沿着孤零的海路航行。船身两侧的泡沫慢慢地消退。一朵云团在天边迅速扩散，令阿妲·丽丝的双眼如见梦幻，而船长预言风暴将临。

阿妲·丽丝坐在一盘缆绳上，点燃了一根香烟，想念了一会儿那些尚未升起却被云层遮起的星辰。海风嬉戏着她的嘴唇。凄凉的警报声抽打着空气。阿姐·丽丝想起玫瑰花，一片黑影重现脑海，那是令她铭记的一艘艘威严的航船……

云变得多么黑！……狂风骤起，风暴一触即发。

"阿姐·丽丝！离开甲板！"

舵手眉头紧皱，只顾看着前方。阿姐·丽丝坚定地拒绝了。船长再次来到她身边。

"我曾拥有过你一夜……"他边说边把嘴唇贴近阿姐浓亮的头发，"你住的街很安静。现在我迷失在你的沉默和对你双手的渴望中……我还得重新要你。"

"若想如此，你得夺去我的梦。"她心不在焉地回答。

"我将吻你赤裸的双肩，方能平息为你剧跳的心。"

她惨然一笑，电光在她的牙齿间闪动。

"请阻止你想爱的心，并让它远离于我……"

"我依然爱你。我会静待你把梦给我，直至全身赤裸……你不见我的梦，那 夜，被我留在了南十字星底？"

这时，海浪开始翻腾。最莽撞的一道浪撞碎在船头，水珠溅在阿姐·丽丝的前额和睫毛，然后流下。阿姐·丽丝扔掉烟卷，转过身，坚定地正视着船长。

"假如我是花，你尽可采摘。但我不是，船长。你的船会带我寻回那对我从中发现了生活的眼睛。因此，你永远不会了解我。将你的船从风暴中解救，让它机警地面对冬雾。"

狂风抽打着一切。船头低伏，一团泡沫舔到了甲板。船长的号令震荡着黑夜，掌控着局面。阿妲·丽丝将消沉藏起，贪婪地呼吸着危险。她紧握栏杆，双手疲惫已极。海浪呈现在她面前，似乎整片汪洋都要涌入她的身体。

漫长的一夜。船底机房里的填煤工人都已筋疲力尽。海水频频冲刷着甲板，卷走了一名水手。

操舵员双手血污。

阿妲醒来时叫了一声。她赤裸地睡在曾经拒绝到来的地方。床边一张椅子上堆着她湿透的衣服。船身在柔和地摇荡。海面大概已经平复，航路重现。

阿妲·丽丝一时想不起自己的去向，也不知为何身处此间。难道她的梦把她留在了海上？这时，她听到甲板上有脚步声，在船室的正上方。接着，脚步越来越近，顺着阶梯，沿着走廊……她坐起来，腿露在床外，并且处子似的用床单罩住自己颤抖的胸脯。

脚步停在门前，令她心悸。脚步停住了吗？一个熟悉得令她不敢相信的声音问道："阿妲·丽丝，你在睡吗？"

她该回答吗？

"天已经大亮，而我们迷失了方向。我不为自己，而是替你过意不去。"

他把沉默当作回答，走了进来。他赤着上身，头发垂在疲惫的前额。两人的目光不期而遇，都吃了一惊。

"阿妲·丽丝，你眼中是什么？它们被暴风雨变得绿而蓝，像海水一般变幻……闭上你的眼睛！"他厉声恐吓。

她并未顺从，而是奇怪地瞪着眼，嚷道："船长……你夺走了我的梦……"她的声音平直，没有伤感，然而带着一腔责备。

他脸色变得苍白，从头到脚都在颤抖，心中猛然现出一段回忆，在昼短夜长的一天。

因为无话可说，阿妲·丽丝又看起了从雨滴中冒出来的那些小船，每只都有她取的名字：疾速、火焰、未知。无意间，她又加了一个：南十字。

当阿妲·丽丝的梦想正在死去时，船长亲吻着她的膝盖，轻巧的手指移去了床单，却没有触到她的肌肤。

"如果我夺走了你的梦，能让我为你充满回忆吗？休息吧，阿妲·丽丝，趁你现在双眼纯净。让我亲亲你的膝盖……你在哭吗？"

阿妲·丽丝的眼中闪出了清亮的泪水。如果尚能思想，她大概会为深不可测的海水或者沉入深海的众多心灵哭泣。但话语如此分明，让她辨不清垂泪的原因。随后，当云团在地平线的起点上消失的瞬间，船长问阿妲·丽丝："你原本要去哪儿，做梦的姑娘，假如不是向我而来？难道你会思念别人？除了我，还有谁曾给你留下眷恋？每天早起我的心都在想你，如今既已重逢，我不会得而复失。你要去哪儿，人鱼，假若不是海？而我就是海。"

"我本要……"

"向我而来！"

"不。我原要去……噢，你说我要去哪里……告诉我，我为何登上这艘船的舷梯，又为何是昨天……"

"是今天！放眼大海。你的回忆从此开始。今晨我曾将你搂在心间。你原来戴的花因此凋萎。现在我迷失于你，所以必须求你将我解脱……"

阿妲·丽丝没听懂，男人便俯身靠近她的脸。

"我为你焦灼，阿妲·丽丝。我无言向你倾诉，唯可给你温柔和开启你心灵的热情。现在睡去吧，宛如一汪湖水。我有手臂，是为了将你拥抱，我有嘴唇，是为了将你亲吻，我的万般欲望俱倾注于你……阿妲·丽丝……你何不伸手将我抚摸？难道摸一下也不肯，阿妲·丽丝？"

她双手摸向他的前额，将他的头发拢到后面。甫一离手，头发便再次垂落。她的手默默移向管脉流走的脖颈，又稍停在肩头，继而移开，然后被一颗剧烈跳动的心牢牢钩住。

潮水将一具水手的尸体抛上一片荒凉的海滩。他睁着眼，胸前文着一只锚，时时随潮水汩没。

黑夜中

"我怎么会在这间屋里?"我突然自问。可是答案被思想否定,并随同另外一些答案化成了乌有。

"看见了吧?"萝吉坐在我怀里叹道,"我家的窗户只是装饰,既不透光也不透风……"她又神情自若地补充道,"知道吗?我生来只为了在夜里生活。"

我趁夜色来到这座仅有一室的房屋。我不知道怎么会来到这里,大概得说不是走来的。你们会明白……不过,就算我跟你们解说路途有什么用?跟找不着道的人解释,只会越说越糊涂。这是片陌生的地方,却阻挡不住我们眷恋大炮的轰鸣。谁能够在这里想象,更不必说发现这个梦中才有的姑娘?我向萝吉解释什么是打仗,可她听不懂。更好,没有必要让她难过。

你们会以为我那时疯了。我曾见过许多战友倒下,另一些身负重伤,一边失血一边呻吟,有一个失去了眼珠。战斗结束时,正值夜幕降临。已经一连三天,人们在不停地葬埋死者!当第一颗星辰亮起时,杀气已经消退,凄凉苍白的天空被云翳笼罩,那颗星辰也被吞没。不知如何,也不知为何,我迈开脚步。"你去哪儿?"一名战友问我——每当我们心烦意乱、渴望独处时,身边总有这种人。我和他在战壕里肩并肩地待了两天两夜。他冲锋杀敌时所呐喊的"祖国、理想、自由"把勇气传染给我。有时为了不再听到他的声音，我心中甚至起过杀意。"你去哪儿？"我没回答。我们在同一地点死守了一夜：大家连肩并肘，看呆了的眼睛已视而无睹。纵使几口烈酒也提不起我们的力气，而只能勾起紧张和回忆。对，回忆。如今连回忆也没有了。那是一种彻底的疲惫，一种身同禽兽的感觉。所有愿望似乎只汇成一个：睡眠。但我的回忆很固执，卷土重来，占据了我被阴影笼罩的思绪。有时，一个男人会对爱情怀有无尽的渴望，有如精神错乱。你投身爱情时，满以为自己所寻觅的已经降临，随后便会感觉上当。这种经历我们谁都有过。在我，曾经是一场灾难。热情越高，结果越糟。你们瞧，有人说我是个勇士，而我觉得那是胡说，只有吃一堑才能长一智。勇气如果源自对生死的蔑视，就没有多少价值。我的命就是这样，对梦想失望了。我们过日子，或多或少如同机械，知道自己有一颗心或者一股巨大的热情，却不敢展示，因为……我把话题扯远了。那一夜，天色越来越黑，我走啊，走啊……连日的射击和震耳欲聋的爆炸令我神志模糊。我们寸土也不曾退让。

然而此时，我把战争全部抛在了脑后。

我停下脚步，闻听有河水淙淙，截断去路。流水虽不可见，却清爽袭人。我吸取着水的芬芳，直到发觉全身濡湿。水声单调，抚慰着我病恹的神经。夜色时渐时浓，习习微风伴水而起，随风颤抖的树叶与河流声相应和。我靠在一棵树上。连撮儿烟也没有！天空上覆着云层，我眼望流云，伫身不动。我心想："有人生，须有人死。"悟出这么个愚蠢的道理，我笑了。荒唐的思绪随即纷至沓来：我能令河水改流，令山丘移位……顷刻间，一个心念让我回过神：这是什么河？为什么会在这儿？据我所知，这一片俱是荒毁的土地。我在这片国土上历行千里，却从未找到一草一木，那么这棵树从何而来？还有我凭枝头的风声所辨识出的这一切？这绝非幻景，我可以肯定，因为脸庞和胸膛正迎受着水的凉意，并继而感到全身遍盈水气。

为了确认自己身处真实，我继续向前。河水时刻伴我左右，无论我如何转折也未尝离我须臾。不甚稠密的恶草牵牵绊绊，阻挠着我的步伐。此时，我遇到一堵高墙：那是她的家（当时我并不知道）。一面由树干做成的高墙；另有三面，也一模一样。最先见到的三堵墙上各有两扇窗，最后一面墙有扇小门。

我绕房子转了一圈：窗户没有棂和百叶，但是亮着灯光。所以我向屋内望去，里面有个微笑的姑娘。她正坐着，我的目光停在了她的双手，却看不到她拿着什么。听我跟你们讲讲那姑娘……这有什么意思？要是我说她很美，你们或信或不信，谁知道呢？反正她真的很美，尽管美丽不是一个姑娘的全部。后来，当把她紧搂在怀里，感受着她在我胸前爱的喘息，因她的发香而陶醉，我可以说，她的眼睛和嘴唇美得叫人亲爱不尽。

什么能真正令你们疯狂？或是谈吐，或是顾盼，或是微笑……难以言传的东西最好还是搁下不谈……或者等到哪天我们无话可说的时候再提。

姑娘站起身，走向门口，从我眼中消失了。她走出屋外呼吸，任夜气充满肺腑。

欲望将我引向她,她看着我,并不惊惧。她的嗓音,在我听来,甜蜜犹如大恸之人的苦尽甘来。

"来……"

我们一同走进那个我后来时常忆起的房间。微光黯淡,气氛柔和。

"坐吧。"她指着一把低矮的椅子说道,"现在,我想要……"她继续说着,并且孩子似的坐到我腿上,"我不想要光亮,只要夜间的明朗……"她用双臂温柔地绕住我的脖子,将嘴唇贴在上面说话。

"我似乎一直在等你,越过时间的源头,在我尚未等待的时候……"

我想起遥遥已往的几桩爱情,只觉那都已不是爱情。我想起旧恨和种种不安,但它们渐渐离退,令我心境宽适。我很想知道她为什么在那儿,父母是谁,在哪片天空下出生,在哪片国土上成长;同时又怕破坏这虚实难辨的一切,尽管我把姑娘搂得那么紧,我的心甚至能感到她的心跳。她一直在等我,而我始终渴望她这样的姑娘:柔情似水,令我神志安宁,在我为她付出身体之前,已然贯入我心灵的深处。

我们对面的墙上有幅年历,日期都标着十字。她注意到我的目光,解释说:"知道吗?我一直在数日子,每晚都数,不知道哪条路会把你带到我身边。我宁愿那是星辰之路。"

"我沿希望之路而来,将沿回忆之路而去。"

"回忆是什么?"这个问题似乎令她害怕,所以我没回答。她的嘴唇寻觅着我的嘴唇,我不知道世上有什么比她的吻更甜蜜。

与她分别时,离去的是我的身体。我的心不能同行,因为它没有丝毫意志,成了被拘禁在萝吉灵魂中的囚徒。

那天战火暂歇。我们清点了战果。必须巩固新占据的位置。傍晚时分,敌机出现了。我卧倒在地,心里想念着萝吉。为什么偏是这个名字?这不是她告诉我的,我对此深信不疑。我意识到,她正成为我最大的牵挂:她是我生命的所在、目的和伴侣。她已深深地在我心中扎根,占有了我的灵魂。跟别的女人我从未有过这样的感受。可是,真有她这个人吗?

和昨天一样,天空依然阴云密布,暮色饱含着一种扎心的凄凉。萝吉……我为什么会对这么个古怪的名字心生眷恋?萝吉……我感到自己深爱着她。这是真正的爱,或许只有置身死地才会爱得如此强烈。

"萝吉……"我粗鲁地将她抱住,"萝吉……"我在她那安着小窗的房子里找到她。"听着……你知道什么是死亡吗?我来到这里是为了打仗。"我用对孩子的口吻说道,"我必须保卫我的国家,保卫它意志的自由。"我借用了战友的思想以及他讲话时所怀的信念,尽管我的怀疑主义经常取笑他。我是因为想冒险而上战场,是由于需要一个新的环境,是为了逃避我所厌恶的自己。只要能感到自己这无用之人能够派上什么用场，任何事情我都会投身。我贴着萝吉的脸，为自己的话语及其真诚感到吃惊，在她的眼睛里，我看到了战争。"战争艰难而残酷……多么幸运！能有你的臂抱，听到你的声音！"我又莫名地绝望，"战争摧毁一切，一切，一切！"语气随即变得极其温柔，"有一天，我可能会死，但是无所谓！无论发生什么事情，你将永远属于我……就算全世界都反对我，我也不会害怕……因为他们不知道我多么爱你……"我不知讲了多久，醉心于自己的言辞，而她用眼睛吸取着我的话语。可是，前日的小姑娘现已变作一个女郎。她空灵的美丽复又化作人身。我所有感官都在渴望她。她凝视着我闭不拢的双眼。"或许明天我就回不来了……"她没听懂吗？"你是我今生唯一的珍宝……我的过去、我的未来全部掌握在你的小手里……"对她的渴望令我的手不知不觉搭上了她的腰间，慢慢地，终于触到了我嘴唇所贪恋的乳房。

我们彼此献身。伴随着她的气息，我咂摸到一个字眼，同万物一样古老：生命。这个词从她口中吐出，含带着全部激情和全部意义。生命。

当她在我的胸前喘息，我念着她的名字，此时，晨晓将临。

"萝吉……"

"尽管敌人负隅顽抗，我军已占领了新的据点。"

士兵们在前进，他们的服装同土地混成一色，刺刀在阳光下闪耀。部队进驻之处原是一座村镇。一匹死马阻挡了去路，队伍只好散开。士兵们都远道而来，将家园置于身后。他们虽然来自四面八方，但为了到达这里，都曾渡过江河，迈过长路。此后，如果尚且生还，他们便成了男子汉……士兵挤满了狭窄的街道，得选择地点临时扎营。镇里昨天火幕接天，今日遍地废墟沉寂。日光清明，天空蓝澈。被俘的敌兵大半失血而死。

我感到肩膀一阵剧痛，就像有人在用刀来回地撬动伤口。照顾我的护士是名中年女子，面色赤红，帽子似白不白，其中溜出一绺介于黄白之间的头发。看得出她医技娴熟。她告诉我，她总是被指派到离先遣部队最近、最鲜血淋漓的医院里。她探了我的脉搏，手按我的额头（一只满是硬茧的手），举止间分明透出一种男子气概。怎能在这种境况中保持精力和镇定？肩膀疼得令我几乎要诅咒上帝。但我咬紧牙关，想起了萝吉。我已经多少个小时没能想她了？今晚我要溜出去找她。我现在简直要哭了，因为……突然记起了昨天：我想去找她，便溜下了床，跳出了窗户。夜色很明亮，能看到我落脚的地方。我只要爱人的一吻便已满足。不必温柔，但要热情，无穷无尽，就像在那最后一夜。在这个悲惨的房间里，我回忆着她远方的身影，跟她说话："我受了伤，倒下了。我没找到你的屋子。我知道你是唯一的，就像这片生我的土地，独一无二。我不会再认识比你更好的女子，我认识过的女人都无法跟你相比。我想同你单独相守，在你我气息交融时聆听你的声音。我轻唤你的名字，紧紧挨近你的唇却不敢触碰。我会向你诉说一切，都是些你听不懂的话。你为了理解，眼睛会睁得很大。你会给日期标注十字，不是为了所应来，而是为了所将往。我思念你的身影，尽管它总是那么鲜活。这几夜抵得上我一生所有的夜晚，它们将你带给了我。

我能看到你的房屋、无声的寂静、你的脚步和你那萌生梦想的眼睛。我愿!"心念一动,你已在身旁。

我死于天明。我一心要去找萝吉,所以扯掉了绷带,伤口随即绽开,裂得更深。我从未想过自己的身体里居然有这么多血。肩膀不再那么疼。最初是光线渐渐暗淡,事物慢慢失去色彩。眼前的墙壁和墙上的弹孔(这间医院本是镇政府,不久前曾为一场卓绝的战役做过战场)汇为一片。"一切都在逃去。"当时我想,"很快我将离开这里。这样我便可以随意旅行,因为地面上不会再有障碍,比如此刻挡在窗前、令我无法靠近的床腿;如果窗户关着,还有在墙上撞破头的危险。"然而这时,我的双脚却发生了一件怪事:它们正在消失。两只手也是。我听到汩汩的声响,是血液在疾速挣脱脉管的囚牢。一阵困意袭来,强烈得好像我从未有过睡眠。我想一直睁着眼睛,想看看事物会不会随光明一同回来,却只是徒劳。当我以为自己已死,我已经成了死人。

一条床单将我全身蒙住,我感到扑来的气流。围着我的人在说些什么,我没去听,因为没有心思。

后来众人离去,留下我这孤零零的死人。然而我能听到最细微的响动,而在我桀骜不群的心中,有唯一一滴血液尚存。我因而得以遣散万念,任心意而周游,可是缕缕心念落落而归,因为离去时带着铭刻至深的"萝吉",是名字引导它们回归。

四周的夜多么黑!

突然,清晰可辨的战役之声响起。榴弹炮的呼啸、爆炸时掀起的尘柱。一个勇敢面对枪弹、疯狂挺进的士兵的嘶吼。他的喊声牵动着其他士兵。战壕是榴弹炸出的弹坑。机枪吞吃着成排的子弹。射击过多的步枪几乎要炸裂。一个士兵倒下，又有一双站了起来。

而一切归于宁静。

汩汩的水声徐徐地传来。河流在我身旁。它卷带着许多无用之物，历历进入我的眼中：树木、摇动树叶的飘风、充溢我胸臆间的清泠……

夜与雾[1]

……假如我们这里这些人能够找个肚皮钻回去,恐怕有一半会被踩死在那些抢先的人脚下。一个暖和、黢黑而严密的肚皮……

以前我常说:你得装死。那时我还没注意到自己已变成了一道影子。如今风照旧在刮,别的国家里照旧有树有人。比起馋吃的,我现在更馋人。就在我开始糊涂的时候,它们差点儿没把我的脑壳在墙上撞个稀碎。这里的人越多,我越欢喜。一种打心眼儿里的、说不清道不明的快意。梅耶尔死了有段时间了,一身臭。人人都在发臭。所以,我刚才说我馋人。人睡觉,起床,洗手,知道马路给人走、椅子供人坐。人嘛,都是干干净净的;想方便就找个角落,或者关上门,免得被人瞧见;随身带着手绢;关起灯来做爱。可是那梅耶尔总有没完的尿。起初它还说句道歉的话,带一嘴荒唐的口音:"这不是我的错。"[2] 后来就连话也不说了。它睡在我的铺位上。

---

[1] 本篇取材于"二战"期间的集中营生活,描述纳粹专制下人不为人。不仅受害者如此,参与体制者亦然。唯此之故,本文中第三人称一律用"它"。
[2] 原文为法语。

第一天晚上,当我发觉腿肚子上湿漉漉、暖乎乎的,一股邪火直冲脑门,我于是拿起勺子戳中了它的喉咙。我使出了浑身的劲儿,它的喉咙在我耳边格格作响。它突然用膝盖在我肚子上一顶,我胳膊一松,放开了手。

我是一九四三年三月十四号在波尔多被捕的,然后蹲了六天的法国监狱,挨了七次揍,直到见血。

小时候,我家有只鱼缸,里面有三条红金鱼。我经常一连几个钟头盯着它们看。它们似乎从来不会撞到玻璃。我想:"它们要是看不见有玻璃,怎么猜得到并且及时转身呢?"一天下午我自己在家,我爸在上班,我妈到医院探望一个背上长痈的朋友去了。我来到鱼缸前,捞起一条鱼。鱼在我手里拼命挣扎,张着嘴,又圆又亮的眼珠几乎要瞪出来。那条鱼一边的脊梁上有块白斑,另外两条则是全红。我把它放回水里,等觉得它缓过来了,便又把它捞起。放回去,捞出来,我不断地做着试验,直到它死去。我是想看鱼的反应,所以捞着玩儿,并不想把它弄死。

我被它们从监狱里提出来,又关进去。提出来是为了揍我,关回去是为了让我养好伤,然后再打。

所以,在这个集中营里,我特别高兴自己身上没有白斑。有时我很怕白斑会长出来。当时假如有面镜子,我就能安心了。我会每天早上照照,而不必麻烦上下铺的邻居。

"认识吗?"① 它们拿一张画像给我看:是个年轻姑娘,一只眼

---

① 原文为法语。

睛几乎被一绺头发完全盖住。"完全不认识?一点儿也不认识?畜生!"① 其中一个用两根手指,铁钳一般捏住我的鼻子,边捏边拧。"不用装傻,猪猡……说实话。"② 它来了劲。我忍受不住,抓住了它的手,便觉得肚子上猛挨一击,接着是一阵拳打脚踢。"你不认识这只母鸡?老实交待!"③

假如它们都静待着不动,就不会死那么多。真该告诉它们:"存些力气。"可如果说了,死的就会变少。那个梅耶尔,我没少让它溜达!"过来晒晒太阳,来吧。走路的风能弄干你的裤子。"它信以为真。那傻瓜没意识到,它在营里越是走,尿就越多。假如我能让所有人都多走动,时间就不会要这么久。这一堆人,这堆垃圾会逐渐化掉,可那么一来就只剩我自己了。它们就会瞅上我。我会变得显眼。它们要是早点儿把我晾出去,没准还更好呢。

一天,一辆卡车运来了一车病号。没有暴虐,只是让它们晾着。病号们下车以后,被下令坐成一排。听不见它们走路,白茫茫的雪掩盖了脚步声。天空低得伸手就能摸到,乌云密布,又灰暗又沉重。病号在外面坐好以后,便没人再去理会它们。到了早上,还有七个活的。冻冰的尸体挺好看,挺干净。其中一个盘着腿,手捂着眼。比利时佬把胳膊从它右膝的空当里伸过去,对我说:"你提另一只把手。"我们就这样把它送上了死人堆。回来的时候,只见

---

① 原文为法语。
② 原文为法语。
③ 原文为法语。

它的头在雪地里划出了一道沟。有几个还挺沉。

……病号车还不来……或许不来了。它本该在同天下午到达。

我初来的时候,集中营像个天堂。宽敞的大门和戒备塔让它看上去像座城堡。可到了里面……入口处有几间木屋,坐落在一个小广场的四周,刷着嫩绿色的漆,还带花盆。当然,不是给我们住的。走过一道缓坡,它们做的第一件事是没收一切随身物品,一切。然后把我们赤条条地带去洗澡。我当时后脊梁上还有肉。水要么冰冷,要么滚烫。分发服装得等一个小时:裤子和条纹衬衫。然后,活命吧。吆来喝去。"猪猡!狗屎!"① 活命吧!

你要是想看黑纱睡裤,能在妓女们的营地里找到。还在修隧道那会儿,我常想象我们哪天晚上前去打劫,用黑纱做成旗帜,再去周游世界,好像一群列队的影子。那是文艺的残迹。就在那时,我想起了画像里的姑娘。我记得很分明,好像认得她,而且还不只是认识。窄脑门,长鼻子,鼻翼很宽,圆睁着眼睛,很活泼,薄薄的嘴唇,皮肤黝黑;还有那绺垂在左眼上的头发……有时候,我在隧道里会突然感到一种不安。就像那天在侨民署,我把钱包落在了桌子上,下楼时一阵阴郁的不安提醒了我……有时正推着车厢,或者正用铲子掘地,我会突然感受到它。我揣着这种没来由的不安,天知道过了多少日子,有时甚至喘不上气。一天晚上,我终于找到了原因,是画像里那绺垂在眼睛上的头发。真讨厌。我心生一股冲动,想把头发往后撩,让她的脸露出来。那张面孔是我所见的最后

---

① 原文为德语。

一件人世之物。我并不想抚摸她的前额。只是一个简单而荒唐的愿望：撩起那绺头发，重新别到耳后。

从此我唯一的渴望便是呼吸从小山上吹来的风。那是一股纯净的空气，似乎带着花香，让我想起某个星期天的下午，在河边，在灯芯草之间……此一时，彼一时……先前我还洗漱，尽管天气冷，晚上睡觉仍然脱去衣服，而且还在意跳蚤。有了空闲，我就会趴在地上，手拄着头，观察草叶和蚂蚁。在这个由木头、铁轨和水泥造成的天地之间，它们是唯一的活物。而今，想起树林间逆光下显得透明的嫩叶、照在水面上的阳光、花朵、爬在草茎上的蓝金色的小虫以及湿软的苔藓，我觉得全都无用、油腻不堪，像一场热带的疫病，像雪色一样灰白，随即一阵恶心让我嘴里充满口水。

梅耶尔死后，我把它在床上存了两天，让别人都以为它还在生病，这样就可以吃它的汤。它死了，晚上倒不多久讨厌，因为它不尿床了。说到死人……我头冲着那间堆有一两百具尸体的营房，已经睡了好几夜，中间只隔着几块木板。第三天，事情被比利时佬发现了。它一句话也没说，可放饭的时候，它抢走了梅耶尔的罐子，然后直盯着我。我气得全身发抖，对它说道："你这个贼！"它一边把罐子送到嘴边，一边继续盯着我。我扑了上去。一顿棍棒把我俩打开。它满嘴是血，而我的脸肿了三天。我上床的时候，看见梅耶尔已经被带走了。我心里涌起一阵无尽的悲哀，差点儿哭出来。自从被人钳住鼻子拉出了光明世界，那是最后的余音，是纷繁而堂皇的情感的最后一次悸动。当时，我还会偶尔想起："如果能从这儿活着出去，会成个什么样呢？我会一直领着一队死尸打转。我的儿子都会长着一双饿殍的巨眼，枯瘠的胯骨之间耷拉着怪模怪样的阴茎。"

L'amor che move il sole e l'altre stelle ①……"我的儿子，来吃饭，快来，汤要凉了……""换上鞋，我的儿子，受潮不好，长大了会腿疼。""把牙刷了……"②

"你们看我啊！"斯陶博喊道。那是在一次清查以后，它因为吞下一颗钻石，被打了一顿。"你们看啊！"斯陶博哀号着。它一丝不挂，全身抽搐，那幅惨象犹如末日降临。它的牙齿被一拳打落，像烂熟的梨一样从嘴里掉出来。它踱来踱去，挠着胸脯。有三四个从床上瞧它，抻着脖子，露出阴阳不定的面孔——最禁不住饿的都是这副模样。斯陶博大概以为会天门大开，它的耶和华会有什么示谕。它跪倒在地，说"我受不了了"。它在隧道里被吊死那天，排在第二位。队列前进的时候，我看见它右边的裤腿一直裂到膝盖。它微垂着头，好像不知道死期已至。

"梳头，我的儿子，梳头……"我自己没头发。

有时我想："你是怎么挨到如今的？"有的想活命，就活得下来。有的认为有出头之日，也活得下来。离开这里，为了什么？有

---

① 意大利语：移转太阳和星辰的爱。为但丁《神曲·天堂》的最末一句，也是全书的结尾。
② 此句涉及集中营生活。汤水是营中唯一的膳食；很多人没有鞋，因而死于足部感染引发的疫病；刷牙是指纳粹在集中营内强制使用氟化水。氟化水可以白齿，但能造成慢性中毒，影响大脑。纳粹以此暗中达到加强控制、灭绝囚徒的目的。

的想出去重操旧业，它们要么是抵抗分子，要么是共产党……可我不是共产党，也从没做过什么：既没炸过火车，也没干过什么任务。或许我并不恨它们①……所以最初那些天对我来说才会更加难挨。比起挨揍，饱受冤枉的滋味更让我痛苦。那种焦虑似乎是在肚子里，似乎只有我发现了这个明显的错误，而且没法让别人察觉。出去为了复仇……复什么仇？找谁复仇？一天，我被喊去帮忙从卡车上卸汤桶。天气冰冷，我等车的时候把手抄进了裤兜，于是它扬起手臂要打我的脸。它大概二十岁。我心想"你要有儿子，也就这年纪"，一面看着它，一面等着挨打。我不知它说了句什么，可它慢慢地垂下手臂，突然朝别处吼叫起来。我感到一阵令人寒热交织的羞耻。先替它，后替自己。它从我眼里看到了什么？它甚至可以把我的眼睛挖出来！我唯一所能恨的那个——不是梅耶尔，我从没恨过梅耶尔——连它的面孔都不认识。就在看画像那天，它大概正在隔壁的办公室。后来，它打开门，对我瞧也没瞧，跟正在动手的那个说道："听着，你：别吵这么厉害。"②恨连长相也没见过的人可不容易。

挨打的时候，疼的就是最初两下。如果打在头上，有时就是第一下。捂好脸。昨晚的炮声让一些人兴奋。"走啊，走啊，"波兰人发烧似的对我说，"结束了，结束了。"它的牙齿在打战。"走……啊，走……啊。"③是啊，炮声应该很近。昨天我们集合了五次，很

---

① 指德国纳粹。
② 原文为法语。
③ 原文为法语。

多被带走了。在那个油腻、涂着蜂蜜、万事皆定的世界里重新开始……开始什么？不。进来最初几个月，我总想着出去和冤枉大白的那一天。可后来发觉，我想出去并非是有心，而是出于一种要有所期盼的本能。以前，我生活的视野总是很窄：学科考试，兵役期满，公务员竞考，战争结束。这是一种逃避，急于逃向未来，逃向死亡。在这儿，我已经逐渐沉入这无限的疲惫，心平气和。或许，死亡在了结生物以前便早已安驻其中。似乎在令它们受伤。不起眼。跟东西一样不起眼。眼睛看东西只会瞄个边儿，一扫而过。就像画像事件中我所痛恨的那个无面人，对它来说，我跟件东西没两样。

找个肚皮钻回去，蜷起身子，打着瞌睡，四周是潮湿的暖意。在这儿，在这个角落里，阳光稍微暖和些。几天前，两个看守在这儿发现了一个藏匿者，一顿棍棒将它打死，然后叫我用小车运走。我的胸腔差点儿被撑破，胳膊几乎被重量扯断。我认不出是谁，它一脸凝干的血，地上一摊乌黑。捂好脸。如今，为了搜人，它们每天要到这儿来上两三趟。可是它们在等什么？它们今天在等什么？风吹动着草地，大概还是挺冷的。气流应该吹得动那绺头发。她大概会不时地把头发向后撩。它们在等什么？可能我来得太晚，或许主意拿得太迟了。或许我应该当天下午或者第二天就来。我并不知道，它们其实离得很近。开始两下最疼。蜷起脑袋，藏好脸。然后，管它呢……

千元钞票

"这种穷日子我受够了!"

她穿上起了毛的旧大衣,一把拽开了家门。对门邻居正在往门口的镶木地板上涂蜡。等她注意到,邻居已经看见她了。

"你今天真漂亮……!连眼影都涂了……"邻居跪起身子,呆呆地看着她,"……还做了发卷……我要是有你这头发……很费工夫吧?"

"不知道。我要去看我的朋友伊萨贝尔,她病得很重。"她一边说,一边转了两圈门锁上的钥匙。尽管黄昏已近,天色却分明得令她吃惊。她突然觉得两腿发软,似乎意志要离她而去。……可是她决心已定,谁也阻止不了。第一个从她身边走过的男人吹了声口哨,停下来打量她。"我眼影涂得太重了,大概像个……我要的就是这副模样!"

当时罗什舒阿尔大道上行人寥落。在敦刻尔克路的拐角处,和往常一样,是苏珊娜跟她的卖花小车。她正在用透明的纸张包装康乃馨。"别让她瞧见我化妆成这样!"心思刚落,苏珊娜已经抬起了头。

"您好啊,不想买朵花吗今天?"

她真想把整车花都带走。康乃馨应该是新采的,扎成圆束的帕尔马蝴蝶花似乎在等待那些穿戴灰衣礼帽、蒙着面纱的太太把自己买走,带进清洁、明媚、有天鹅绒座椅的房间,然后死在玻璃花瓶里。

"过会儿,等回来的时候。"

她把钱包紧攥在怀里。有人在跟着她。从一面橱窗玻璃上,她看到刚才那个吹口哨又回头看她的男人。她想另找一块玻璃,好把他看得更清楚。她停下脚步,心跳不已,不知怎样才能观察他而不被发觉。装作眼睛难受。眼影涂得太多了。

"能请您喝点儿什么吗?"

尽管觉得不舒服,她还是看清楚了:是个年轻人,很瘦,穿一件华达呢大衣,戴一顶绿礼帽。她没回答,仍旧走路。到了皮加勒广场,她穿过马路,往广场中央走去,在一座报亭前看了一会儿杂志,然后走到地铁口,倚着扶手立住。正当她以为已经甩掉了那个口哨男人,却突然看到他正在过马路。所有的男人都看她。她很精神地一甩头发……于是听到一个灼热的声音在耳边响起:

"跟我来吧?"

她紧盯着对方的双眼,盘算了一番,低声然而坚决地说道:"五百。"

一阵寒战传遍她的全身。她眼前一片昏黑,腿上有条肌肉在不住地颤抖,头也在疼。男人挽住她的胳膊,暗暗地轻声道:"你值双倍。一千……!"

她把钱包紧攥在怀里。她嘴唇上没了口红,有些苍白。她狠劲一摇头,甩开额前的头发。她眼望着蝴蝶花说道:"我要一小束。最后面那束。最漂亮的。"

苏珊娜微微一笑:"您自己拿吧。"

她不好意思地伸出手去,将花拿起。旁边有两束白色的康乃馨。苏珊娜用透明纸把花包好,花朵于是显得更加神秘。她从钱包里取出了那张千元钞票。苏珊娜看了看,说:

"不知道我有没有这么多钱找……"

苏珊娜把蝴蝶花交给她,接过钞票,平放在群花上,然后开始在钱包里来回地找。

"不行,我钱不够。我去趟面包店,马上回来。"

在等待的同时,一位女士站到了花车前。

"康乃馨怎么卖?"

"我不知道。请等一下,卖花的去换零钱了,马上就回来。"

那是位中年妇女,圆鼓鼓的面颊,化着嫩粉色的妆。

"今天的花挺新鲜。要是帕尔马蝴蝶花有香味儿,我就买了。可我儿子,您不知道,他痴迷康乃馨。您那束很漂亮……挺贵的吧?"

她想等苏珊娜回来的时候再回答。那位女士挠着脸颊,端详着那张钞票说道:"您这钱是假的。瞧,从这几条细纹能看出来:应该是更深的暗红色,而且发蓝。您如果知道是谁给的,还可以退回去。"

她把蝴蝶花放回了原处,摆在那一大堆白色康乃馨的旁边。苏珊娜对她说："没关系，钱您改天再给……花您拿走吧……"

"不，不，谢了。"

她把钞票握在手心里，走得很快。一股酸液从胃里涌上喉咙，呛得她合起了眼。她把嘴闭紧，深吸了几口气。进到家门，只闻见屋里有股煎油的气味儿，大概是从天井传来的。她把钞票装进信封，再用四颗图钉固定在衣柜最底层的抽屉下面。她摸了摸脸颊：烫手。她凝视着墙壁：此前从未发觉墙纸的竖条花纹形状隐约好像天鹅。腿上的肌肉又在跳了。"现在做什么？"忽然，她躬下腰，一把扯下信封。她点着煤气，把钞票的一角递到火上，直到点燃。她捏得那么紧，手指生疼。然后，她去门厅脱下大衣挂好，开始做晚餐。用不了多久，丈夫就要回来了。

奥尔良[①]，三里路

每次她问"奥尔良还远吗"，男人就感到一股无言的怒气冲上喉咙，接着喉头发痒，禁不住咳嗽。不过，这样倒省去了回答。两人正进入一座村镇。在一栋房屋前站着一群人，于是他们穿过马路，凑上前去。

"这是什么镇？"

没人理会他俩。人们围着两个男人，都很不耐烦。两个男人穿着短袖衫，正在分发葡萄酒。那是间被人遗弃的小酒馆：整座镇子都一样。从隔壁的窗户里飘出黑烟，带着火药味儿。

"拿瓶子，他们给酒……给地窖里的酒，都不要了，酒会坏。最好取点儿。"[②] 跟他们说话的是一个中年黑人，个子挺高，穿着挺讲究，西装的衣领上别着一朵罂粟花，仅有一片花瓣，其余的已经被风刮没了。

"你瞧那行李箱。"妻子给了丈夫一肘。

黑人提着一只猪皮箱子，簇新而小巧，锁扣在阳光下闪闪

[①] 法国城市，距离巴黎以南一百二十公里。
[②] 此人不甚通当地语言，词句多有错误，译文仿之。

发亮。

"闭嘴,女人……让他听见……"

"你难道还怕他能听懂……"

丈夫朝黑人高声问道:"您知道这镇子叫什么吗?"黑人抬起手——干燥的皮肤,极长的手指,浅白的掌心①——向上指了指。在一根柱子上挂着张牌子,上面写有镇名,字母乌黑发亮:阿尔特奈。

"还有酒,谁还要?"两个男人从地窖里进进出出,裤子和鞋都被红酒浸湿了。一个女人端着一口汤锅走上前来。

"瞧我找到了什么……街角上那家门被撬开了,厨房里什么家什儿都有。好像刚被主人抛下没多久,酒精炉上的牛奶还在往外淌呢。"

"你们没东西装酒吗?"黑人问那对初到的夫妇,"没有?我去找个瓶子或者罐子……"他恭敬地来到两人身边,脸上带着微笑。他伸出手,似乎想把箱子交给夫妇俩保管,可一转念,中途僵住,又把手攥紧了。那箱子跟他的身体相连,似乎是胳膊的延伸。然后,黑人镇静地离开了人群。他走起路来像一堆破烂,似乎关节都断了。其中一个分酒的男人走出地窖,又装满了一只酒瓶以及最后来的女人的汤锅,然后告诉大家酒已经分光了。

"飞机!飞机!"众人齐齐往天上看。天空清澄,净无纤云,湛蓝恬美为法国所特有。四下一时了无声息,仿佛十几个聚在一起的

---

① 黑人掌心肤色较浅,与手背相比判若阴阳。

人被魔法变没了踪影。能听见轰鸣，但是还看不到飞机。

"看……那儿……那座高屋的烟囱，就在烟囱顶上……"一个须眉花白的老头子，指点着对面房屋的烟囱。五个银点儿突然闪现，并且越来越大。

"进地窖，都到下面去！"

"我拖不动腿了。"

"你们别怕。不是冲着镇子来的……从昨天晚上开始，他们在轰炸奥尔良……他们只是路过。"

发动机的声响渐渐逼近，飞机已经大如燕子。男男女女开始走下地窖，人人面色沉重，默默无声。他们目光呆滞，仿佛死亡已经降临到了他们眼中。酒窖里酒臭难堪，地面湿泞。先前有人从一只盛满的酒桶里取酒，忘了关阀门。分酒男人来到的时候，酒桶已经空了一半，地上都被淹了。那些从光明的街道上来的人，觉得地窖如同没有天空的黑夜——末日之夜。一个孩子哭了起来。从楼梯口射进一缕阳光，当人们的眼睛适应了黑暗，只见两边有成排的酒桶。忽然，地窖顶部开始摇晃，似乎要塌下来。一道猛烈的气流，席卷着灰尘和噪音冲进地窖。孩子止住了哭，好像呼吸的空气被掐断了。女人在尖叫。一个男人的声音颤巍巍地说道："别慌，别慌，别慌……"四周恢复了安静。又远远地听到两三声爆炸，没那么猛烈。一个男人冒险走了出去。过了一会儿，楼梯口探出了他的脑袋。

"炸弹落在马路中央，炸了一个洞，装下我们绰绰有余。"

人们都出来了。日光刺眼，太阳似乎更明亮了。一个脖子上骑着孩子的女人在哭泣。

"喂,走了。"

"我渴死了,好像嘴里全都是火药。"

"等到了奥尔良,就不用再担惊受怕了。"

"还很远吗?"

两人走过一条条街道,忽而向左,忽而向右,直到村镇广场。广场中央有个饮水池,没水。大概轰炸切断了供水。几棵梧桐树,高大茂密,叶色浓绿,在经过日晒的土地和教堂的正面投下泛蓝的阴影。教堂旁边有座酒馆,比先前路过的那座大些。"突然间一片红色……"① 波纹铁门已经断裂,脱出了门轨。他们走到里面。柜台一角有只花瓶,插满尚且新鲜的雏菊和矢车菊。脚下是碎玻璃,酒架上一瓶酒也没有。桌椅大部分都已损坏,四脚朝天。看不到完好的杯子或镜子。通过酒馆尽头敞开的门,可以看到一片菜园。右侧,在正午的阳光下,在一片生菜地旁,有一株雏菊,花盘圆满硕大,蜂群萦绕。他们回到大厅,从柜台下面的一个架子上找到半瓶茴香酒。两人将酒饮尽,好像喝水一样。

"肯定不伤身体吗?从昨天早上开始,我们什么也没吃……"

"就这么点儿,别担心。"

公路两旁是绵绵的麦田。麦穗低垂,饱熟几乎开裂。一阵轻风拂起,田中金涛盈盈。太阳斜照入雾霭,颜色如赭,将景致全都染为暗红。从麦穗间时时显出几枝罂粟花,屹然不动。公路上满是不

---

① 原文为法语。

知往哪里去的人群。有马车经过，满载着家具、箱笼——里面全是饥渴的家禽，还有床垫、厨房的家什以及劳作器具。

"能搭上我们吗？"

车夫们的回答都一样："我的马不行了，已经拉得够多了，而且没白没黑地走了一个星期。"他们徒步而行，不时地抽打着牲口，催促它们继续前行。

"我们两天没吃东西了……"

"这是打仗。"

车夫眉头紧皱，面容强硬，驾着一车的财产继续赶路。

公路另一侧有辆抛了锚的军用卡车。

"要我帮你们一把吗？"

一个穿着短袖而赤脚的士兵看了他们一眼。

"哎，你，把扳手递给我！"从卡车底下伸出来一只手臂。

"扳手？"

"在车座后面，包在一只口袋里。"

"哪儿？"

"包着口袋，车座后面。"

"啊……我还以为你说……你出来，瞧瞧发动机……"于是喊叫的士兵钻出车底，露出头、身体、腿，然后一打挺站了起来。是个金发青年，眼睛蓝如精钢，手脚都极长硕。

"如果我帮忙，能让我们搭车到奥尔良吗？"

从车底出来的士兵将他打量了一番。另一个说道："我是无所谓。可是，我们也不知能不能开到……现在这头河马搁浅了。我们的汽油只够再走两公里，德国人应该已经开进阿尔特奈了。你们最好往前走，尽可能别耽搁。"

人群突然喊了起来，拉车的马都停了下来，竖起了耳朵。公路上扬起一片闷响，混杂着话语和惊叫声。

"怎么了？"

"没事。这群傻瓜大概看见飞机了。从来错不了，他们一喊，飞机准来。瞧吧……我已经看见了。不过是架侦察机，折腾我们一上午了。你们小心，因为它会扫射。"

随着夫妇二人离奥尔良越来越近，公路上的人越来越多。他们来自邻近的各个城镇，从每一条路，无论是大道还是小径，都有逃难的人拥来。公路是一道缓坡，两侧远远地都有房屋。

"过不去了，过不去了。"一个男孩儿喊道，骑着自行车朝阿尔特奈的方向而去。

"为什么过不去了？"

"他们刚把桥炸了。奥尔良一片火海。"

"别听他的。奸细！他是个奸细！他是个奸细！"

"到处在着火。"

"没错，没错，四处着火。今晚他们在不停地轰炸。"

可是人群车辆继续前进。公路两旁的房屋都已空弃，门窗洞开。有些屋顶被炸破，露出了梁木和麦秸。在一座房屋的门口，一个老妪坐在矮凳上，身穿黑衣，头裹布巾。

"我们该救救她。"

"看来她是在透气，跟太平的时候一样。"

"她死了。都闭嘴,她死了。"

赶路的众人都朝她注目,低头去看她的脸,一边说道:"她死了。"

奥尔良出现在地平线上,灰暗而渺小,戴着一顶烟雾的冠。

"要是不坐一会儿,我就再也走不动了。"

两人坐到排水沟里,看着人流经过。一辆马车上,绑着一架缝纫机,一张床垫上坐着四个小孩子,圆圆的脸颊上含带忧愁。几匹马,嘴上覆着黏厚的绿沫,拖动着这个小小的天地。

"我们偏又赶上黑天,而且不知道有哪里可去。"

一道恹恹不动的暮光开始垂下,公路的沥青尚留有日温。两人起身继续赶路。公路中央站着几名士兵,挂着刺刀,将人车的巨流导向一条右边的小路。

"走完这条路,你们会看到通往图尔的公路。今天上午奥尔良的桥梁遭到轰炸,已经不能通行。向右吧,向右,桥梁都已经中断了。"

路上经过一些严整的菜园,种满蔬菜,土壤黝黑厚实。众人垂头丧气,步履迟缓。每个人都在迈步,却不知为什么。忽然,人群挤向路的一侧。一队从殖民地来的骑兵。一匹马撩起前蹄,绝望地嘶鸣。

"在电线杆旁躲好,抓牢,别被人推倒在马蹄底下。"

菜园中传来蔬果的香气。几株向日葵垂着头,好像在沉睡。一个人倒在地上,双手癯肿,脸上盖了一块蓝白方格的手帕。手帕和他的衬衣襟上染着血迹。

"闭上眼,别看。"

"我要倒在地上了。我不行了……"

"咱一遇到座房子,就进去过夜。"

"德国人进巴黎好些天了。我亲眼看见的,凯旋门上插着十字旗。"

"进了巴黎?德国人?"

"对,对,他们在巴黎。"

"你应该想说,是在阿尔特奈。"

"这都是那些睡眠不足的人编出来的。他们绝对进不了巴黎。"

"只要他们别在图尔等着我们就行……"

"咱们的部队不会答应的。"

"瞧吧,咱们的部队。"说话的男人指了指三名彼此扶持、行走艰难的士兵。他们赤着脚,没有武器,肩章也已摘去。

透过一片密林,可见一栋住宅。村郊一座隔绝的住宅。四周是人块手掌一般平整的田地。屋前有片花园,栽满了马蹄莲和玫瑰,玫瑰枝头还留有六月的残花。树木则是椴树。在靠近公路的栅栏旁边,有一堵夹竹桃的围墙,开着红红粉粉的花。可闻一股浓郁的忍冬和女贞花的芳馥,似乎滞留在花园的围栏中。房屋右侧有一片矮株的梨园,延伸广远,看不到尽头。住宅有两层,面朝奥尔良。后面有车库、晾衣棚、各种器具和成堆的劈柴。房檐下有一座日影钟。映着奥尔良的火光,二楼阳台的玻璃开始泛红。

夫妇俩到时已是黑夜。他们推开院门,门扇吱扭作响。两人慢慢穿过花园，以免被树绊倒。一只猫从他们腿间窜过，妻子心脏一绷，接着又狂跳起来，她感到一股热流穿过脖颈涌上前额。

"走吧。"她拽住了丈夫的衣角。

"放开我。"

他们来到木门前。前庭高敞，门上一对狮头扣环。他推了推，门没动。他固执地用肩膀顶了顶。整座门一阵摇晃，但是没开。

"木头发胀了，但是我们会进去的。你瞧着吧。"

"我帮。"

两人几乎跳了起来。在他们身后，一道恭顺的人影斜下身，开始用肩膀奋力地撞门。门突然开了，他们几乎扑进屋内。

"我也进。腿不能走。累，累。"

罗卡①划燃一根火柴。黑人的牙齿和眼睛在火光中闪动。

"找开关。"

"没电。"

由于潮湿、垃圾、烟雾和腐烂的食品，房屋里浊臭令人欲呕。火柴熄灭了，罗卡又点燃一根。桌上有一只盛着烂肉的盘子和几个高级红酒的空瓶。房间很宽敞，应当是餐室。壁炉台上几只铜锅反射着幽幽的磷光。在一个内嵌三色堇的水晶球旁边，有张年轻情侣的画像：男的身着法国军官制服，女的穿一袭白色连衣裙，手持一束小花。

"我饿。我去找，可能有好东西。"

---

① 丈夫的名字，此时出现略显突兀。

当只剩下他俩的时候，妻子紧张地抓住了丈夫的胳膊。

"他是阿尔特奈的那个黑人。"

"他让我害怕。"

"挺面善的。你想上楼去看看有什么吗？"

"我们要是在楼梯上撞到他怎么办？"

"你就别担心了。走不走？"

他们上了楼。可以看见整座奥尔良城都在着火，火焰仿佛直等到晚上才开始肆虐。明亮的火光照亮了室内，不用火柴就可以走遍所有房间。一个小房间里，在蒙着针织布的床边上有一摊闪亮黏稠的污迹。

"有人在这儿过了一夜，晕倒了。"

接下来是两个很大的房间，由一道暗门与小房间相连。暗门上贴着和墙壁相同的壁纸。

"听到了吗？是大炮在交火。一刻不停，而且越来越响。"

"那个黑人呢？"

"大概走丢了吧。"

"更好。"

"他那箱子里装着什么？你没留意吗，在阿尔特奈，他去帮我们找瓶子装酒的时候，本想把箱子交给我们。"

"他做得没错。要是得在炮火底下行动……"

走廊和房间的门都没有锁。两人躺到了床上。床腿断了，床垫向一边斜着。

"你觉得我们能在这儿歇息吗？"

"就算是荆条编的床我也能睡。你看着吧。"

"听见了吗?"

"什么?"

"飞机。你听,离得很近。要不是离得非常近,我们就不会在炮声中听得到。"

红色的亮光环绕着奥尔良,一团震荡的光晕舔舐着天空,一条火舌时时蜿蜒腾越,然后剑一般直插入群屋顶上,便神秘地消失在巨大的熔炉中。很快又生出另外一条火舌,更高更明亮。

"那是飞机在投掷炸弹。"

屋子一震,敞开的窗户砰然关闭,只听得一阵玻璃的碎响。

"捂上脸,捂上。"

他从床里伸出手,在地上摸了一把。床边都是玻璃的碎屑。炮火继续你来我往,无息无止,无止无息。

"我很饿死,可是什么不找到。"

他们没听见黑人进来。他就站在床边,好像一道游魂,行李箱的镍锁在火光的映照下闪着翕乎不定、或红或绿的光。

"你最好去睡觉,别再想吃的了。"

"我不要想,但是手这里……"他的箱子掉在了地上,发出叮当一声沉沉的金属响声。黑人躬身拾起箱子:"手这儿痒,不让舒服。"他在床腿边坐了下来,整张木床吱吱作响。"我叫威尔森。小孩儿,我摘棉花在美国。爸妈是穷。我是有钱人的仆人。败仗的时候,我自己在巴黎。老爷太太度假。"

"隔壁房间有张床。"

"我就一个人，害怕……让我睡觉在你们旁边吗？……在地上……靠近你们……"

夜晚似乎因星辰、声响和火光而陶醉。房屋前面人群车马不断。

"我搬餐室的家具在门后，别人不要进，讨厌。"

天气很热。花园里的树叶一动不动。黑人立在他们前面，在床和窗户之间。他们看着黑人，黑人看着他们。一阵风的叹息令一抹树影在墙上起舞。

"你站着也许会送命的。"

"威尔森想睡在你们旁边。"

"随你的便，但是别再出声了。"

黑人躺到地板上，离床很近，怀里抱着箱子。罗卡在床垫和床头桌之间的空处摸索着，结果摸到了一只酒瓶。他闻了闻，里面还有些泛了酸的红酒。他等了好一会，直到黑人睡着。等他似乎进入了梦乡，罗卡悄悄地喝了几口，然后把酒递给了妻子。爆炸的轰鸣似乎已略微平息。睡意开始袭人。妻子靠近他，耳语道："看他的箱子还在不在。"

"在。"

"可能装着珠宝……"

"睡你的觉吧。"

"我睡不着。我对这个来路和身份不明的男人不放心。你听见啦？"

"你要是和我一样困，就不会想这些蠢事。睡觉。"

黑人突然立起，一边叫嚷，一边在房间里来回奔跑。

"怎么了，你怎么回事？"

"我们最好把他扔到窗外去。"

"别嚷了！你怎么了？"

"哎，哎，哎，有老鼠。房子有老鼠，大倒霉。它从我的脸上过，很慢很慢，从我的脸上……好像威尔森死了，虫子开始吃我……吃脸，吃鼻子……吃心。老鼠啊……"他站在房间当中，呜咽起来，摇晃着身体，从左到右，从右到左。他低声地哭号，接着又发出一声叹息，仿佛一只夜行的野兽。"我爱静，很多静。声音吓人。我想回去美国……"

瘫痪[1]

尔须知有死，佛斯汀娜，然后沉默，

死如吉尔伯特，吞下了他的钥匙。

——保尔-让·图莱《逆韵诗集》[2]

我在字典里查了"顶针花[3]"。"您系心于花卉"。"系心"是个难听的字眼。一种花为紫色、花形如顶针的植物。洋地黄苷。不对。花为紫色，不对。有多种颜色。天蓝色的也有。我从衣柜里取出衣服，一件件扔在地上。要想提前几分钟赶到诊所，就得抓紧时间，然后我会坐在候诊室里沙发旁的座椅上，一边端详画中的岩石、树木和羊群，一边安心休息。也就是说，我不愿赶到的时候紧紧张张，

---

[1] 译按：本篇思绪纷繁，时序错杂，对于人、自由、男女、情爱等问题多有追问。为保存原文风貌，译者尽量保持了原有句式，标点也较少更动。本文句读缭乱，颇不合常规。但人于思想之中，又何曾使用标点？读者若能超越客我，勿作局外之观，便可体察文中人之心意。

[2] 保尔-让·图莱（Paul-Jean Toulet, 1867—1920），法国诗人，《逆韵诗集》(又译《反韵集》）为其代表作。

[3] 学名"洋地黄"，有毒，花冠状如顶针，故名。洋地黄苷为其提取物，医学上用作强心剂。

而且心里还……天蓝色。如果穿红色，会像个……还有条黑裙，或许最得体，可穿起来瘦。在巴塞罗那，有一次，一个医生给我看病，没让我脱去外衣。当时很热，就像今天，我平躺着，他一面按我的肚子，一面不时地问我疼不疼。我穿的是条蓝白相间的丝裙，《天方夜谭》中那种深浅不一的蓝。长袖，但衣袖上方有两个洞，露出赤裸的肩膀。那见鬼的蓝衬裙能在哪儿呢？如果找不着，我会不踏实。还得淋浴……在下面的搁板上？我走起路来脚疼，躺在床上把脚来回扭的时候也疼。不过静坐毫无感觉。得告诉他我腿上每根筋都疼……假如顶针花一色都是石榴红的……日内瓦。顶针花。成排的叶片。是日内瓦原生的品种吗？虽然还是夏天，公园的草坪已开始焦枯，树木开始泛黄。一座树叶、绿径和园圃的城市。园中英芳似乎自生自华。似乎合于自然之道，极为难得。清水芙蓉。我是加泰罗尼亚人……不是吗？我属于地中海。人鱼、海豚和众多的尤利西斯。百里香，迷迭香，山丘上的杜松豆。金雀花和荆豆的国度。薰衣草和茴香！我许久没穿那条蓝衬裙了……找不到就只好穿红的，那要成个什么样子？我会告诉医生他非常和蔼，因为事实如此，而他会很高兴。让一个人高兴并不麻烦。假如我突然问他："您喜欢顶针花吗？"他或许从未被人这样问过。一滴血。我坐在病床上，腿垂在外面，医生会坐在一旁，让我把手放在他的膝盖上……棉花上蘸点儿酒精，涂在我的指尖，然后拿起探血针，噗！他会一边注视我，一边下针。我会忍住疼，努力保持面容纹丝不动。我会不露声色地喘口气，于是医生拿一只小试管，从另一头抽取血液，直到半满。他站起身，往试管里加某种试剂，然后走进办公室，同时告诉我可以穿衣服了。鞋，衬裙，外套。我会立即走出来，坐到他桌前的靠椅上，会有电车经过，以及一辆辆自动车，也就是说，一辆辆的汽车。下午渐渐过去，医生会对着光亮观察盛有我血液的试管，还会再加一点儿试剂。百分之七十。我踏进浴缸，匆匆涂上肥皂，然后冲洗，镜子蒙上了雾气，香皂味儿在弥漫。我刷过牙，急急忙忙地梳了头发。穿上衬裙。打电话叫了一辆出租车。科尔纳宾。车从科尔纳宾车站始发。我下楼等候。司机关上车门，我从地址簿里查看了目的地的门牌号码，因为我一向记不住。然后头开始晕。一丁点儿。很轻微。和小时候闻到电车里的油漆味儿的感觉相同。丁零丁零……格拉西亚大街上的梧桐树。加泰罗尼亚广场上飞舞的八哥。蹿向暮空的尖角和圆环。翅膀和鸣叫织成的狂乱。博纳诺瓦广场旁边的火鸡塔。下了桥，走近教堂。去买支蜡烛，直直地竖在右边，别让它滴蜡。点燃以前揪一下蜡芯儿①。咱们走着下去②，电车里气味难闻……丁零丁零……电车从我们身旁经过，驶向阿根廷共和国路。买张报纸，看看广告和讣闻③。蒙布朗克桥。萨雷布山④很难看，有片片的秃斑。但是山顶雪冠的景致阴阳不定。庄严的峰顶，孤立的雪冠，空中掠过飞鹰的黑翼，狂风和暴雪。一座变幻无常的山：雾气缭绕，时远时近。阿尔沃河上的雾气将水陆连成一片。绝望之人的桥梁，那里阿尔沃河与罗讷河清浊交汇。人从桥顶

---

① 此指教堂中的许愿烛。
② 伯纳诺瓦区地势较高，去市中心路都是下坡。
③ 老年间上年纪的人或有此习惯。
④ 桥和山均在日内瓦。

跳下，着底时便已丧命……自杀的念头使我兀自珍重起来。我在车里坐直，看着日内瓦如何经过。"Je pisse vers les cieux bruns, tres haut et tras loin, avec l'assentimente des grans heliotropes.①"出租车转了个弯，把我甩到了车门上。我该怎么解释心头的不安？还有这想要嘶喊的欲望。他对我所做的事不太好。Boulevard des philosophes②。我下楼梯必须一只脚在前，夜里起床喝水得扶着墙走，因为我的脚……很糟糕。紧张不是好事。

几天的静坐对我毫无帮助。加盐热水浴被我弄成了咸汤，也没把我治好。适得其反。我再也不会好了吗？生命是如此脆弱，能够平稳地走到终点实属不易。我索求甚少而给予很多。假如是我弄错了又自命不凡呢？我自认为不会骗人，欺骗这种事情……我生来不是骗人的材料。我下车付了钱。走到里面。惨淡的台阶，老旧的电梯。护士是个年轻姑娘，很小巧，帽子底下溜出一绺麦黄色的头发。她目光专注，语音徐徐，一字一顿，似乎在逐个掂量。她用词恰当而确切。我已经到了候诊室，室内挂着画，画上是岩石、树木和羊群。我掀开窗帘张望街道。顶针花。腰里的皮筋有点儿松，衬裤在向下滑。我尽力向上提了提。我对着沙发上方的镜子照了一会儿，取了本杂志后坐下。日内瓦，据统计，是欧洲汽车最多

---

① 引自法国诗人阿蒂尔·兰波的诗《晚祷》：经大株天芥菜的许可，我对着棕色的天空小便，尿得又高又远。
② 哲学家路。

的城市,还是世界上降雨最少的城市。我听到另一侧有关门声。我伸直腿,把脚慢慢地来回转动。疼。我很沮丧。撇下杂志,无心再取另一本。我感到心灰意冷,因为想起他对我所做的举动,以及他说他没做,而是我有成见。愁绪如同一只巨兽,盘踞在我心底,令我无法呼吸。万事皆不可知,我不愿知一事。请打破这沉寂!街上往来的车辆还嫌不够。还需要更剧烈的喧嚣来祛除这将我吞噬的愁绪。我带给他的所有伤痛……都是故事。一切都是故事和虚构,以及乱弹琴的兴致。我不该自寻烦恼。什么都不足道。今天重要的事情,两三年以后还有什么重要?丝毫不重要。因为,我,已是半百之人。刚好过完了半辈子。以前,电车的秽气让我恶心,到家以后必须闻古龙水,有时还得在床上躺躺。与佬马皇家茉莉①相比,顶针花算什么?还不是顺着藤条爬上墙头?在圣吉尔瓦西区中心,半空都是点点的白星,直到露台顶端②。趁早晨空气清爽,去买东西。每天早上,在化工制品店门前,那条多毛而悲哀的狗总在,主人让它以为自己被一条隐形的绳索拴在一根隐形的竖桩上,它一动不动,确信自己被主人拴住了。清晨,花园中的花朵闭合着,大概它们以为夜晚仍在继续。草木假如长眼睛,就会发现夜晚已经不知去向,而且自己已被阳光染成金色,再过不久,太阳就会变得讨厌。我摆出一副像样的表情;入口的门已经关闭。现在,

---

① 茉莉的一种,也称西班牙茉莉。佬马一世(Jaume I)为十三世纪阿拉贡国王。
② 此处主人公回忆在巴塞罗那的生活。圣吉尔瓦西为巴塞罗那市区之一,白星指丁香花。

251

他，还有护士，应该在整备物品：丢掉棉花，更换纱布，给剪刀和镊子消毒……他洗过手会来找我：他个子很高，白大褂一尘不染，面带微笑，举止安和。请讲。我脚疼，用过的办法都不能镇痛。他是拉法埃尔的一个同事介绍的，初次登门那天，给拉法埃尔诊脉的同时，他抬眼看到我在水彩纸上画的女人像——我乱涂一气，弄湿了几块抹布，画纸也湿透了。那是什么？一条鱼？不，是个女子。他一面继续给拉法埃尔诊脉，一面笑弯了腰。我又给他看了我另外的作品。我就座的时候，好像束腰的皮筋断了。要是那样……我会僵在走廊里，不是由于瘫痪，而是怕衬裤掉到地上，得夹紧双腿。我真想笑，以致发出一声轻喊才能忍住，同时用手捂住了嘴。这是什么？一个女子？不对。是条鱼。不对。是个女子。蓝、紫、粉红。头是一个三角，半边脸上画着不时被湿布擦断的线条。我陪他去浴室洗手，他边擦肥皂边低声对我说："我认为您丈夫没病，他是装的，为了跟您待在一起。"我没说话，当他走出门外，我照了照门口的镜子。一个朋友有天曾对我说：你让人弄不明白。说不清你是怎么回事。如今，我虽不知道什么在改变，但已经渐渐看出了端倪。牙齿不那么白了？面部皮肤斑斑点点而先前不是？爷爷曾说，你们注意了吗？这孩子的眼白有些泛蓝。如今我的眼白既不白也不蓝，而是有点儿象牙的颜色。有几条血丝。什么叫充血？这不是充血，只是随来随去的血丝。我的意思是，它哪天出来了，哪天一好又消失了。假如我红细胞正常……我一向贫血，总得补铁。颈间的肌肉已经稍稍挪位，厌倦了从初啼开始就所在的位置。造反了，脖子上的肌肉。你怎么了？我迎着光仰起脖子。我一笑就会面容挑起，可如果是现在这种情形，为脚疼而担忧……你是怎么了？他的目光令我抬手捂住了脖子。那天，他在洗手，我听他说要某种什么消毒剂，便走上前去。您说什么？他冲洗着双手，半转过身，低声说道："他没病，他这么做是为了跟您待在一起。"等他离去，我走上阳台，见他站在汽车旁，将公文夹扔上车座，然后举头仰望，向我挥手道别。我关上了阳台门。在窗户后面望了一会儿满是斑痕的萨雷布山。这个医生很和蔼。你该送他一幅水彩。就那张，一窝鸟雀把嘴撑得巴掌长，几乎要从两边撕裂。与其说是鸟，更像海豹……我告诉医生脚疼，要约个时间让他给看看，当时他还没说起拉法埃尔为了和我在一起而装病求医。我还说自己带病已有两个月。不过有件事我没讲：我们去找他其实是因为我和拉法埃尔吵了架，他一夜没睡，结果没去上班，所以需要一张医生的证明为缺勤开脱。

"您喜欢顶针花吗？"我喜欢您现在的样子，如此系心于花卉。"God, first, planted a garden.①"我完全离得开花卉。我完全可以不需要花。对面各家的阳台上摆满了花瓶；主人晚上把它们拿到外面，以免枯萎。还有种着白色牵牛花和红色天竺葵的花箱。当天色灰沉风雨欲来，还要白上加白。在楼下的花园里，园丁们正弓着腰不停地打理花木。这其中犹有深意……此中之意其实更加深刻。我觉得。比简单的心动要深刻得多。想起自家的花园，那么简陋，却是

————————
① 弗朗西斯·培根语：上帝，首先，栽培了一座花园。

满园花卉，我的喉咙便拧成了结。家中的花朵……以及那次嫁接，我把一枝寻常的玫瑰嫁接到一株名贵的品种上，结果要了它的命，那根独枝吞食了所有的养分①。极力深入其中，这不可捉摸却在某处悸动、名为灵魂的东西。人乃万物之灵。自我名状以活其心脑。为王之人，为虎之人，为狮之人。为人之人。若万物无外于人，则我亦人。然男人尚全于女人，因其肋骨皆为己有，女人则成于男人之一肋。女人牵于男人，系于男人，乃一肋骨，抽自男人之肋、男人之骨，女人尽属于男人，合于男人，隐于男人②。人自临世以来所难免的生之悲剧。战争。革命。人心云壤，兽行，亲爱③。死亡喙喙，借蠕虫之力剔离骨上余肉，虫白而无睛，蠢蠢互相踏藉，冒于眼眶口齿之间，舌腭此时皆为乌有，美齿之红龈亦不复存。为人，为是人。我之爱花如上帝之爱的无上显现。阴阳参半。造化者。相辅相成：苹果各半而相连……我不知道在自言自语些什么。在这个季节，花瓶里插满菖蒲，骄骄如盛开的剑。或许确有深爱它们的人，我是说花卉，而像我这样的花大概很少，每逢阴天欲雨，便现在这样念念有词，什么丁香、山茶、火鸡涎、熊耳花④……又

---

① 译按：此嫁接一事同后文大有关联。
② 圣经故事，见《圣经·创世记》。西语 hombre 一词，既为男人，亦偏代人类，而另立 mujer 一词指女人。故作者云女合于男、隐于男。
③ 译按：私揣作者之意，爱本无善恶，唯人赋之，更借爱之善名造无穷罪孽，如战争，如革命。此异异同同之爱，虽禽兽亦晓为之，人悟不及此，则行同禽兽矣。
④ 火鸡涎为西名，我国称为狗尾红，即红穗铁苋。熊耳为苦苣苔科下属植物。

或者侥马皇家茉莉。还有缘楼而上、遮住雨篷的小星丁香。加冕的菊花、大丽花、香柠檬、珊瑚石榴的狂花,以及百花丛中头一枝:杏花。白玫瑰花朵精致,日本杏花孕育着坚实的杏果,焦黄色的杏仁的胎座。当归。肉身之后,肉身之中,众花即我①。哦,你,我曾如此深爱的人……你在想什么?我哭了吗……有多少人以催泪取乐!是何种支配和胜利的滋味!我迟迟方才省悟。纯粹的现实,我的现实,是断掉的皮筋此刻会让我在走廊里跌倒。我既为花,所以他令我融并于此,令我疏忽于此。我刚开始播放克鲁采②的奏鸣曲。我并非身处医生的候诊室,我出言不假思索,内心波澜不兴。书写。书写却无法随心应手地传达这纷杂无伦的感受。未染的生活无人可及。意欲,尝试。演习。最为狡猾的苏人的扰袭战③。无。留声机中的奏鸣曲和待写的纸!我在谈自己。又几乎没在谈自己。等到某个极其聪慧的人发言:她所要的作家的各种才能,我们都已经给她了,可她做不到……主啊,她多么坦言无隐……她只会落得两手空空。我什么也给予不了。我不停地谈论自己却一无所云。我即瘫痪④。然而,落得两手空空是因为没人道得出真理;而

---

① 译按:作者对于既成之男女社会一向多有批判,于本篇拷问犹切。译者臆见,主人公此处以花自喻,众花虽各有千秋,皆终于果,而果实无花之美,唯取花之用。女人如花,是以可哀。花终于果,果中犹有花在,故云肉身之后,肉身之中。
② 克鲁采(Rodolphe Kreutzer, 1766—1831),法国小提琴演奏家、作曲家。
③ 苏人为印第安人的一支。
④ 译按:此处似作者自白:虽追迹前贤,终一无所得,因而彷徨无奈,乃自喻为瘫痪。

且真理稍纵即逝。如水流而不滞。克鲁采的奏鸣曲让我想起初读托尔斯泰。这等心灵的震颤。我掷笔倾听。天气炎热为真。我在听一首奏鸣曲为真，阳台的花箱里种着牵牛花和红色天竺葵为真。这是在日内瓦。我是我而非他人，此亦为真……把手一转，门打开了，医生向我问候，做了一个手势，要我穿过整条走廊走到他的面前，皮筋虽然断了，却没出什么事。我走进办公室。电灯的罩子是绿色的。桌上有只瓷质的手，手心平摊，象征友谊。房间一角有个插着红玫瑰的花瓶。七朵。我没时间多看，医生坐到桌子后面，读了我的病历，抬起头，于是我解释了脚的情况。我的脚不听使唤。已经两个月了。我告诉他我用过的所有土方。他没笑。很严肃。是个瑞士人。他讲话的同时，我扬起头，望着阳台上的光，一片天空，隔着阳台玻璃的一小片天空，很小的一片，色如莱芒湖。医生的手搁在桌上，病历上标有我的名字，还有我的签名。我说自己的右臂曾经半瘫了四年，当时我连名字也写不了，因为既拿不起笔又没有打字机，除此以外我没得过重病，只在法军撤退后在利摩日做过一次大手术，操刀的是名老医生，白胡须，蓝眼睛，能够把我的一切看透……多么遥远……一切都在远去。我不知道自己对医生说了些什么，他看着我，我便问他还想不想知道更多的事情。他没回答。我本可以矫揉作态，谈谈花瓶里玫瑰的香气，花瓣的质地。"Une rose d'automne est plus qu'une autre exquise.①"可是几步开外小提琴霍然激

---

① 引自法国诗人奥比涅（Agrippa d'Aubigné, 1552—1630）的《悲歌集》(*Les Tragiques*)：秋天的玫瑰更加香气浓郁。

响，因为一个不拘一格的人①曾在五条横杠上乱涂一气——我本可以说五线谱，但我不是那么说话的人：五条横杠。是的，瓶中的玫瑰确实香气浓郁，名为夜玫瑰；是的，医生不言不语，与我达成了一种奇怪的默契。一个男人和一个女人。贞操带本是一种天真的防范，正因为男女间会突然建立起的这种暧昧……无形无影但就在此时此地。犹如蝴蝶翅膀上的磷粉一般不可捉摸。我感到需要倾吐，滔滔不绝。我好不容易才喜欢上日内瓦。起初，没有卢浮宫，没有博物馆，没有古老的街巷，没有宽阔的马路，我无聊得要死。普罗尼路。我在巴黎扎下了不知多少年的根。卢森堡公园，诸多位圣明的法国皇后……圣女克劳蒂尔德②缺一根手指，我不知左手还是右手。从镶在日光里的白袍顶端传来了一个声音，当时我正说到萨雷布山难看，激怒了他的一腔爱国情怀。不过如果从山顶看去。在山顶所见的景色举世无双。魔力消散。这首奏鸣曲不再给我灵感，反而使我厌烦。太过于动听了。让这狂野的小提琴停止。不，当我对医生说萨雷布山是世上最丑，并不是有红玫瑰的那天。是奏鸣曲令我动起笔来。我咬着牙关：打字机卡住了，我将它松开。我……我们人到十二岁就停止了生活③。因此我对花尚残有热情。不可理解。一切都不可理解。愚蠢的男人。围绕着老弱的母亲，从孩提到学校到大学；第一个女人，生活，我们茫然无措。裙裾翩翩。挽起

---

① 指作曲家克鲁采。
② 法兰克国王克洛维一世的皇后。
③ 译按：盖谓人至十二岁时青春始动，男女之心渐起，从此各入吟域，不复天真自由。

手臂①，于是咱们结婚吧。我太太怀孕了，俗套上演：子女重于一切，父亲应该死而后已，母亲也一样。为了子女，为了一个永远将你吞噬的小生物，人人丧命。小心翼翼却再次怀孕，或许这次是个儿子，因为咱们已经有个女儿了，然后旁人说：瞧，多好，他们已经有了一对儿女，还要再添个女儿。胡须变硬，头发变少。来方补药？治得了谢顶吗？大腹便便，裁缝只好改尺寸，肚皮耷在裤腰上。儿女俱已成年，都度暑假去了，现在我能得点儿清闲了。儿女取笑父亲，父亲变作老头。一个男人可能会目不能视，口不能言，由于痛风而动弹不得。然而据说一个男人的欲望没完没了……见一个女人走过，然后再死。没错，也有堪称模范的丈夫和敬爱双亲的儿女……我喜爱花。你真是啰唆！别再说你喜欢花，别再说你停在了十二岁，说得仿佛你死了，死的时候肌肤柔嫩，齿如编贝，水亮的碧眼中借着一分绿树的茏葱。I honour you, Eliza, for keeping secret some things. 现在提起斯特恩②做什么？是在不善掩饰地表明我是个阅读斯特恩的饱学之人。他的书我从未通读过一本。无论是给艾莉莎的书信、《项狄传》还是《伤感之旅》……但是或许说谎让我快活，或许我喜欢斯特恩。难说。另一番思绪另一番柔情。

如今我喜欢上了日内瓦和光秃秃的萨雷布山；在日内瓦郁闷多

---

① 此指男女初见，女子伸手予男子亲吻为礼。
② 劳伦斯·斯特恩，爱尔兰作家。引文出自其著作《致艾莉莎信札》（*Letters from Yorick to Eliza*）。

年以后，如今我已领略了这座城市。也正在这时，我对医生说萨雷布山很丑陋。我们走进诊室。橱柜里摆放着手术器具，一只玻璃罐装着棉花球，磅秤，病床……我脱下外衣。黑衬裙！我耳边至今还能听见自己的声音，解释着在走上克卢佩特公园时脚是怎么开始作痛的。一阵刺痛扎入脚踝，仿佛一块玻璃碎在里面、碎屑扎进了脚筋。不会的。这应该是痛风，而我不过是紧张而已。然而，我没告诉他，在走上公园的同时，我整个人，我全身的皮肤——看得见的和遮起来的——都在颤抖。我的紧张在左脚上累积，到家时已经步履蹒跚。你怎么了？我不知道，大概是扭了脚，很疼。我没在意。就像身上时而出现一块瘀青，我方才知道自己磕了一下，因为出了块瘀青。已经很久了。我原以为会过去，可是越来越疼。一家正骨师的地址。足弓扁平，按摩，难闻的白色药膏，一个朋友告诉我药膏应该是黑色的，以碘为基本成分。我为此担忧。胖了五公斤。我想减掉。脚疼这段时间，我自暴自弃，吃了许多甜食。您不知道我多喜欢下午喝杯茶……几块思康饼。他看着我，没开口。不，不。我估计在一个月内能够把这多余的心事放到脑后。我不知道……缺少毅力……请您躺下。闭上眼睛。他用食指的指甲划过我的脚背。脚没有反应。他用小锤敲了敲我的膝盖，腿没动。另一条腿相反，随即弹起。他让我走了几个来回。窄小的衬裙令我纠结：似乎自己更胖了。他让我双臂前伸向下蹲，在后跟还没着地的时候起来。我做不到。一滴血。他用探血针扎了我的指肚儿。这是我第一次不能自已，露出一脸古怪的表情，嘴巴略一抽动。他注视着我的眼睛，摸了摸颈部的腺体。给我量了血压。我没问一句话，什么也不想知道。他去了办公室，我穿衣服时听到他说：只有四十五。是红细胞的百分比。我一面拉上外套的拉链一面走进办公室。他往试管里加了一点儿试剂。摆弄着我的血液。又说我血压也不好。他写药方。突然抬起头。我们会做一个能量疗法以便尽快解决这一切。一副镇痛剂，大量维生素。红外治疗。大量维生素B。他会给我一个正骨师的地址。我不想穿鞋垫。他拧起眉，看着我，错愕溢于言表，目光凝重。我们站了起来。他一手搭在我的肩膀上。忽然，他止住脚步，我也不得不停下。我想见您丈夫……我们握了握手。在走廊尽头的对面墙壁上有一幅日内瓦地图。但如果自山顶俯视……护士为我开门，我走上街头。光照强烈。太阳高悬。炎热的下午。三个星期后我得再来。我害怕过马路，因为这个国家的汽车都开得犹如绝望，仿佛人人都要误点似的。要是脚不这么疼，我会顺路走走。别做任何傻事？医生说过，别做傻事。此前紧张的其他表现都不是疼痛。我真想穿过堡垒公园，去看看藤萝覆盖的城墙和城墙上几位宗教改革的先生。日内瓦：鹰和钥匙①。我乘出租车回到家。我想大喊。进门以后，深吸了几口气。我躺到床上，回想着街道上的光明。腰在疼。书房里的光亮有所不同，因为房间是朝东的。我点燃一支香烟。得去药店买补给。医生跟你说了什么？没什么。那你是什么病？不知道。痛风。我准备晚餐去了。我们在阳台上用餐。空气变得浓厚，萨雷布山笼上了一层雾。你知道什么是顶针花吗？不知道。看到灌木丛后面的那些颜色了吗？那是顶针花。你怎么知

---

① 为日内瓦市徽上的图案。

260

道？因为形状像顶针。我在他注目别处的时候看着他。我知道这很冒险，因为正在他顾的人总会察觉别人在看自己。然后我将目光移向湖面，正有一叶白帆经过。你放过唱片了吗？我写作的时候，克鲁采的奏鸣曲。我无心听音乐。此时此刻，我对五条横杠上的小圆点儿没有兴致。天色由明转暗，所有的路灯同时亮起。我拿起一本书再次倒在床上，普鲁塔克①的"灵鬼学"。碗碟明天再洗。我起来找东西……再次躺下。从医生那儿回来，我进厕所第一眼便看到那条蓝衬裙，放在熨衣筐顶上。我读道：

> 彼哓哓之角鸦，寿九倍于韶华之人；鹿者，四倍寿于角鸦；鹿尽三生，乌鸦始老；凤凰犹九倍于乌；然我等更十倍于凤凰，吾为神盾宙斯之女，鬈发鬖鬖之宁芙。

我睡得很糟。醒来时满腹愁郁，而这种感觉表明了我应当做的事：走。否则我会死。心死。上午，当我独自一人，我将柜里的衣物装满了两箱。我带走的不到 半。得去药店。首先得治好这只病脚，否则，如果找不到人提行李，我就连火车也上不去。我平静地把处方读了一遍。我会去药店的，不过要先洗脸。药店离家不远。

---

① 普鲁塔克（约 46—120），罗马时期的希腊作家，以《希腊罗马名人传》一书闻名于世。

宛若柔丝

不记得是哪一年，九月底多风的一天，我第一次走入这片绿草墓园，并非因为这里葬着我的亲眷，而是为了感受墓地中宁和的气氛，尤其是为了躲避生翅的风曳动我的衣裙，吹迷我的双眼。我爱的亡人，虽然每天目睹他在墙壁上的面容，却完全不能同他做伴。他的兄弟们在老家有一个墓穴，所以把他归葬了原籍。那里地处遥远，要去得坐火车，我没那么多钱买票。而且我眼力不济，所以日后钱会越来越少。我只有下午能去干活儿，而且总有一天，将再也不能登门缝纫。

墓园中没有街上那么多尘土，不过四周还是被生着双翅的风吹得瑟瑟发抖。不知是从哪座墓龛，一只花圈被吹落，花朵尚且新鲜；另有一小束花滚到了我的脚边。我徜徉在塑像竖立的坟茔之间。其中一座像间小屋：圆形的，带屋顶，覆盖着藤蔓，周围是几株老得吓人的仙人掌。我撇下那座墓，又因为想起了什么，便停在一条最隐蔽的小径中央。不经意间，一股风犹如巨翅一挥，险些将我推倒在地，幸好我抓住了一棵树的树干。疾风吹过时扬起落叶，呼嘘作响，仿佛在笑我。方才驻步道中，我在想：尽管土地颜色不尽相同，但普天之下都是土地，既然同为土地，那么此时我驻足的墓场就同我可怜的亡人沉睡之处同是一片。这一领悟令我宽慰。我从树旁走开——那是一株极其虬曲的橄榄树，因受八面之风翅翼的吹打而枝条欹斜、伤痕累累——树侧有座极简单的坟墓，碑石已被日光和夜间的潮气消磨，似乎被遗弃了。我立即对这座墓心生喜爱，探手去摸，要把它据为己有。在石盖和立在后面、刻着死者名姓的墓碑之间，生有一丛绿草，开着黄色的小花，花色明艳，仿佛上了釉似的。我可怜的亡人会喜欢。小花形色历历，在我脑中挥之不去：从每一缕阳光中、从一个姑娘的黄围巾上、从旗幅的金色条纹间，我都能看到它们……我把这件事情告诉墙上的脸：每当灯光熄灭，它就从一团胆汁色的污斑中凸现出来，先是眼和嘴，再是前额和面颊，凡是多肉的部位，都会出现得迟一些。它兀自在那儿，半隐半现，不烦不扰，让我看见也不会惊声逃走。有时，我会哭。那张脸便扭成一副古怪的模样，右眼淌出一滴颤莹莹的泪珠，片刻后，泪滴脱眶而出，顺着脸颊滑落。可是第二天白天，我在墙上却什么也看不见。

"我不喜欢有人来这片圣地吃东西。这是最后一次！"我此前不曾看见过掘墓人。从大风那天开始，大概过了一个多星期，我习惯了每天都去墓园。看来掘墓人很快便注意到我。我因为不想浪费时间回家吃午饭，曾坐在墓边吃面包和巧克力，但只有一两次。掘墓人身材短小，皮肤多皱，推着一辆装满树叶的小车。我瞧着他，仿佛没听见，于是他咕咕哝哝地走了。我一点儿也不喜欢这个人。我摆弄着新生的幼草，总算用黄色的小花遮住了碑文。要是办得到，我早就把碑文抹掉了，因为它们令我无法一厢情愿地相信：我所爱的亡人,我的亡人,是被埋在这里。我不时地带去花束,时大时小。街角上的花店主已经认得我了,虽然我从未要求,但他总是用银纸把花裹得很漂亮。我俯下身,将花摆放端正,然后走到橄榄树旁,一手揽着树干,一面望着花束,一面祈祷。说不上是祈祷,因为我从来念不出整段的祷文,一只苍蝇飞过便能让我分心,或者任何别的东西,即使不会动的。有时我会想,墓中那素不相识的死者,当他呼吸、穿衣、走在路上,该是个什么样子。有时我跟耶稣说话——当我初次看到他的镂像,便心生爱慕。然而想起圣灵,我总觉得好笑,因为跟一只鸽子① 你有什么可求的呢?"我的耶稣啊,帮助我买得起花,并且不要让掘墓人呵斥我……"这个白皙而温良的青年趁父亲在制作箱橱器具,赤脚周游了世界②。有时,我不跟耶稣说话,而是热切地想要知道远方的天空该是何种蓝色。到了晚上,望着墙上注视我的面庞,我会揭取一片蓝天,铺展在自己身上。

冥日③临近,距离一个星期的时候我停止前往墓园,因为园中乱作一团。到处是扫墓的家属,为可怜的亲人送上一束束菊花和百合。我念念不忘,寝食难安,仿佛被人塞进了井底,不见天日。我常梦见草坪、仙人掌上色如钢铁的刺,还有两侧柏树成列的甬路。当我决定重回墓园,脚上简直长出了翅膀。刚踏上小径,我戛然止

---

① 鸽子象征圣灵。
② 青年指耶稣,父亲即约翰,是木匠。
③ 每年十一月一日和二日。

住脚步，带去的花束落在了地上。我认不出我的坟了。有人用一种黑不黑灰不灰的洒金漆重新描过碑文，石罅中的草也不在了，石板上落着几片待枯的黄叶。我拾起了其中三片，攥在手里，不知所措，近乎机械地走近橄榄树，在树旁哭啊哭啊直到天色昏暗。我难以挪身，似乎只要一走开就会遭殃，可我的眼睛刺痒得厉害，身上又冷。迈腿以前，我环顾四周：一切宁谧而轻盈，而我每条腿都有一阿罗瓦①那么重。当我正担忧地自言自语"大概守园人已经给大门落锁了"，只听柏树顶端一阵翅响，仿佛有只大鸟被树枝缠住了腿，想逃却挣脱不了。很快，起风了。

我睡得很糟——被褥、胳膊、墙上的脸，一切都让我心烦。我起床时比就卧前还要疲惫。但我决心不被吓退，我要在墓碑的石缝里重新栽上开黄花的草。墓园中还有我没走过的路，应该长满了那种草。等到草势长高，我再用它遮住碑文，而雨水也会逐渐把漆色洗去。出乎意料的是，坟墓上摆着一束花，鲜丽如同清晨，每朵都是粉色。我抱住橄榄树急促地喘息，只觉得肺里缺少空气。原先静穆的天空悄然布满了乌云，当雨滴落下时，我一面提防不被守园人发现，一面拾起那犹如蛇穴的花束，把它扔进了灌木。

我寝食难安。我在不同的时刻前往墓园，想遇见那个送去鲜花、将我的草拔掉的人。当我正要认为并无此人、一切都是守园人作怪时，十二朵扎着缎带的白菊出现在碑石之间，令我心烦意乱。我半跪在地上，倚着橄榄树，忍住哭泣，咽下眼泪。我只买

---

① 西班牙的一个重量单位，相当于十一点五公斤。

得起一朵花。不知过了几个小时,我发现已经很晚了,因为天空犹如一张森然的巨口,而在那巨口前面,难道是一道影子,一只伸展的翅膀?它微微活动,却同夜色相混合,以致我终于告诉自己,那是错觉,眼前的景象并非真实。因为自从我生活在绝望中,一心念着被夺走的坟墓,便没再见过墙上的脸。它大概一夜都未存在过。那张脸不在墙上,而是在我心头。我那可怜的亡人不会记得我,他不能。是我,是我在想念他。为了稍稍振作,我近乎高声地说道:"是梦。"翅膀和我,皆在梦中,俱为虚幻……一对翅膀真的在我头顶拍响,令我把头缩进了双肩,一道气流吹散了我的头发。"我被锁在坟地里了。"虽然不知何处下脚,我在几乎黑不可见的路上紧跑了起来,总以为自己会直接把牙齿磕掉。园门关着。在振翅声和黑影之间,伴随着不知来自何处、令枝条呜咽的劲风,我心怀同死人宿夜的恐惧,抬眼望天,祈求恩恕。仰望间,门轴唧唧响动。有谁——不见其人——打开了园门。"谢谢你,我的耶稣。"

整个晚上,我备受煎熬,苦苦思索是否应当再回墓园。结果,拂晓时分,一架灵魂的马车出现在我眼前。马车向月亮飞去,曾经作恶的灵魂想要登车,马上就坠下,而善良的灵魂瞬间便遨游在天堂的绿原,挥动着长在额头一侧的一扇翅膀,匆匆吃下福草。到了上午,我恹恹如病,在家里痴痴地徘徊,不知在做什么,不知在找什么,也不知想要什么,只觉往事如麻,无从寻觅。没粥可吃:烧焦了。当无法再忍受同生命的争斗,我在令人生畏的时刻走出了家门。整个内心正把我带向那我所不欲往的地方。我沿着街道快步前行。途中我想深吸一口气，鼻孔中却填满了沥青的浊臭。四周一片阒静，我本该察觉有人跟在身后。虽然听不到脚步声，但我身后有人，对，没错。那是七个孩子，高矮差不多，闭着眼睛，蜡黄的脸。我如果向后伸手，便能摸到他们。相距最近的是七岁时的我，穿着带小口袋的围兜和黑色的羊毛长袜。行至墓园门前，四下无声，我再次吸进一口气而后吐出，觉得心神安宁。

看得见守园人窗内的灯光，大门已经半闭。我尽量缩小身躯，挪进了墓园。本应朝右走，我却转向了左边，得绕一个大圈并且经过堆有朽烂花环的角落。但这样不必穿过柏树甬路，否则会被守园人看到，他会说出些什么话来，我想也不愿想。来到墓旁，我站住了。小孩子已经不见了，那种巨大的孤独令我心痛了片刻。无论纤纤的草屑还是凄凄的落叶都静止不动。一切如此优柔，竟令我目不暇接。终于，我向前敞开臂膀，低声自语：全都是我的，不但围墙间这片往生者的花园，或其中的深处，直到最深的树根，还有那无人识其终始的倒覆的天空，天边临海之际一撇银钩，将天染作黄色。那些菊花已经没了踪影，但是地上有什么东西贴着墓石，长而黑，阔如我的手臂，闪着熠熠的幽光——那是一片羽毛。我尽管极其向往，却不敢碰它，因为这么大的羽毛令我既稀奇，又害怕。什么鸟的翅膀或者尾巴能够长得出这样的羽毛呢？我屏着气，弯下身，看了又看，直到忍不住伸出一根手指摸了几回：柔软如丝。"把你插进花瓶该多么好看。"我对羽毛说。当我正要把它拾起带回去，一阵羽翼之声伴随着一股巨大的气流霍然响起，将我震到了橄榄树干上。接着一切都变了。那是天使，浑身漆黑，高踞在墓碑上。树枝，树叶，空中的三点星辰，都已经属于彼世。天使岿然不动，好像不是真的。然后他侧向一边，摇摇欲坠，动作十分轻柔。是为了将我催眠吗？他摇摆起来，从左及右，从右及左，从左及右……当我认定他会无休止地摇下去，有如一声嘤咛，他凌空跃起，然后飘然落地。当他离我仅有三步远，我拔腿而逃！我着魔似的奔跑，绕过一座座坟墓，跌跌撞撞地经过草丛，心头强忍住尖叫的欲望。我以为已经将他摆脱，便停了下来，手按着胸口，免得心脏跳出胸腔。耶稣我主！他在我面前，比夜晚更加高大，全身好似云雾，双翅颤颤，巨若风帆。我和他对视了许久，噢，许久！好像两方都中了魔。我目光不离天使，伸出一只手臂，而他一挥翅膀将我逼退。"走开。"我听到自己愤愤说道，那嗓音简直叫我认不出。我再次伸出胳膊。他又将翅膀一挥！我终于发疯似的嚷起来："走开，走开，走开！"当第三次伸出胳膊，我碰到了一株仙人掌。不知用了什么办法，我迅速蜷身躲到了仙人掌后面，而且确信没被天使看到。那一抹月痕已上中天，似乎从两侧喷吐着火焰。

　　我匍匐在地上，爬虫般拖动着身体，拄着两肘，摩着肚皮。到处钩钩挠挠，不知什么刺划破了我的衣衫。我想留在窸窣作响的草坪上，从此一睡不起，却不知何时才是尽头，也不知能否离开这里。我绕来绕去，来到了柏树底下。有一股温热的橘树花的苦味，是从哪儿来的？我头晕目眩，闭起眼睛，想要那天使死。在最近的一棵柏树下，我拨开扎人的树枝，待了下来。我胳膊被拍得很疼，脸颊被一株仙人掌划破，正淌着血。在路的另一侧，天使监视着我。他沉寂如死，周身环绕着星光。我不再动弹，疲惫胜过了恐惧。

现在是半夜，还是我梦以为半夜？我可怜的亡人在远方哭泣，因为我已将他忘记，但在一轮白如石灰、如同月亮般的太阳后面，有一个声音，说我的亡夫就是那个天使，而且坟墓里空空如也，既无残骨，也没有僵死之人的回忆。不必再买花，无论大小，也不该继续以泪洗面；只应该笑，直到我也成为天使……我想喊叫，告诉那隐藏的声音，我不喜欢翅膀，不喜欢羽毛，不想做天使……但我喊不出。那声音命我注目。一团低垂的雾气在墓地中弥漫，仿佛为所有交叠双手躺卧的人盖上了一层毯子，并让我心中充满安宁。一股不同的气味飘来：仅在星光下生长的草和蜜。我已不在柏树旁，而是身处一小片被坟墓环绕的空地。那个天使，翅膀垂地，正坐在一张木头长椅上，似乎生来便在等我。记得我当时想："他这样随意拖动翅膀，羽毛会脱落，然后散失在园中。"雾气越发白而凝重，令我双腿冰凉。上前，不是雾，是我。我顺着一道结霜的斜坡向前滑动，不由自主地走向那时刻注目于我的天使。当我一接近，他纵身而起，头顶触到了月亮。草的气味变成了渐渐将我掩埋的黑土的味道。是那种无论栽下什么都能生长的黑土。在坟墓和朽叶之间，可闻汨汨的水声，可见一线难以辨别的光亮。天使渐渐打开双翼，此时我已在近前，已感到他的温柔与我的温柔相融……我永远不会明白当时我为何那么需要庇护。天使大概猜出了我的心意，用翅膀将我笼罩，毫不用力。我为了寻找那丝一般的感觉,将翅膀摸了摸,便永远留在了他的中间。我似乎身处无地,又囚困其中①……

---

① 译按:译者管见,前言天使为其亡夫,此处又言死于天使怀抱,可见该女子虽死亦须附于男子方得安宁。"囚困"一词用意在此。盖因彼时之社会,无论宗教、政治,多成于男子,女子处其间,性情不免沾染、受禁于男性,难得天真自由,至死不能脱其窠臼。本篇所描摹之情景即为一例。读者若回忆《瘫痪》一文,当可领悟作者的思想及其所求之"自由"。

译者致谢

谨在此缅怀于我深有教益的诸位译界先辈；同时感谢多次为我指点疑难的 Virginia Estaciones 女士。最后，感谢将我养育成人的母亲。

元柳

2015 年 12 月 30 日

于巴塞罗那

"Blood", "Threaded Needle", "Summer", "Guinea Fowls", "The Mirror", "Happiness", "Afternoon at the Cinema", "Ice Cream", "Carnival", "Engaged", "In a Whisper", "Departure", "Friday, June 8", "The Beginning", "Nocturnal", "The Red Blouse", "The Fate of Lisa Sperling", "The Bath", "On the Train" and "Before I Die" are all taken from *Vint-i-dos contes* (Twenty-two stories).

"Ada Liz", "On a Dark Night", "Night and Fog", "Orléans, Three Kilometers", "The Thousand Franc Bill", "Paralysis" and "It Seemed Like Silk" are from *Semblava de seda i altres contes* (It seemed like silk and other stories).

"The Salamander", "Love" and "White Geranium" are from *La meva Cristina i alters contes* (My Christina and other stories).

99读书人

SHORT CLASSICS
短经典精选

短经典精选系列

走在蓝色的田野上
〔爱尔兰〕克莱尔·吉根 著 马爱农 译

爱，始于冬季
〔英〕西蒙·范·布伊 著 刘文韵 译

爱情半夜餐
〔法〕米歇尔·图尼埃 著 姚梦颖 译

隐秘的幸福
〔巴西〕克拉丽丝·李斯佩克朵 著 闵雪飞 译

雨后
〔爱尔兰〕威廉·特雷弗 著 管舒宁 译

闯入者
〔日〕安部公房 著 伏怡琳 译

星期天
〔法〕伊莱娜·内米洛夫斯基 著 黄荭 译

二十一个故事
〔英〕格雷厄姆·格林 著 李晨 张颖 译

我们飞
〔瑞士〕彼得·施塔姆 著 苏晓琴 译

时光匆匆老去
〔意〕安东尼奥·塔布齐 著 沈萼梅 译

不中用的狗
〔德〕海因里希·伯尔 著 刁承俊 译

俄罗斯套娃
〔阿根廷〕比奥伊·卡萨雷斯 著 魏然 译

避暑
〔智利〕何塞·多诺索 著 赵德明 译

四先生
〔葡〕贡萨洛·曼努埃尔·塔瓦雷斯 著 金文彪 译

房间里的阿尔及尔女人
〔阿尔及利亚〕阿西娅·吉巴尔 著 黄旭颖 译

拳头
〔意〕彼得罗·格罗西 著 陈英 译

烧船
〔日〕宫本辉 著 信誉 译

吃鸟的女孩
〔阿根廷〕萨曼塔·施维伯林 著 姚云青 译

幻之光
〔日〕宫本辉 著 林青华 译

家庭纽带
〔巴西〕克拉丽丝·李斯佩克朵 著 闵雪飞 译

绕颈之物
〔尼日利亚〕奇玛曼达·恩戈兹·阿迪契 著 文敏 译

迷宫
〔俄罗斯〕柳德米拉·彼得鲁舍夫斯卡娅 著 路雪莹 译

奇山飘香
〔美〕罗伯特·奥伦·巴特勒 著 胡向华 译

大象
〔波兰〕斯瓦沃米尔·姆罗热克 著 茅银辉 易丽君 译

诗人继续沉默
〔以色列〕亚伯拉罕·耶霍舒亚 著 张洪凌 汪晓涛 译

狂野之夜：关于爱伦·坡、狄金森、马克·吐温、詹姆斯和海明威最后时日的故事（修订本）
〔美〕乔伊斯·卡罗尔·欧茨 著 樊维娜 译

父亲的眼泪
〔美〕约翰·厄普代克 著 陈新宇 译

回忆，扑克牌
〔日〕向田邦子 著 姚东敏 译

摸彩
〔美〕雪莉·杰克逊 著 孙仲旭 译

山区光棍
〔爱尔兰〕威廉·特雷弗 著 马爱农 译

格来利斯的遗产
〔爱尔兰〕威廉·特雷弗 著 杨凌峰 译

终场故事集
〔爱尔兰〕威廉·特雷弗 著 杨凌峰 译

令人反感的幸福
〔阿根廷〕吉列尔莫·马丁内斯 著 施杰 译

炽焰燃烧
〔美〕罗恩·拉什 著 姚人杰 译

美好的事物无法久存
〔美〕罗恩·拉什 著 周嘉宁 译

魔桶
〔美〕伯纳德·马拉默德 著 吕俊 译

当我们不再理解世界
〔智利〕本哈明·拉巴图特 著 施杰 译

海米的公牛
〔美〕拉尔夫·艾里森 著 张军 译

对不起,我在找陌生人
〔英〕缪丽尔·斯帕克 著 李静 译

爱因斯坦的怪兽
〔英〕马丁·艾米斯 著 肖一之 译

基顿小姐和其他野兽
〔安道尔〕特蕾莎·科隆 著 陈超慧 译

在陌生的花园里
〔瑞士〕彼得·施塔姆 著 陈巍 译

初恋总是诀恋
〔摩洛哥〕塔哈尔·本·杰伦 著 马宁 译

美好事物的忧伤
〔英〕西蒙·范·布伊 著 郭浩辰 译

一切破碎,一切成灰
〔美〕威尔斯·陶尔 著 陶立夏 译

纵情生活
〔法〕西尔万·泰松 著 范晓菁 译

命若飘蓬
〔法〕西尔万·泰松 著 周佩琼 译

爱，趁我尚未遗忘
〔海地〕莱昂内尔·特鲁约 著 安宁 译

水最深的地方
〔爱尔兰〕克莱尔·吉根 著 路旦俊 译

石泉城
〔美〕理查德·福特 著 汤伟 译

哥哥回来了
〔韩〕金英夏 著 薛舟 译

他们自在别处
〔日〕小川洋子 著 伏怡琳 译

恋爱者的秘密生活
〔英〕西蒙·范·布伊 著 李露 卫炜 译

在奥德河的这一边
〔德〕尤迪特·海尔曼 著 任国强 戴英杰 译

当我们谈论安妮·弗兰克时我们谈论什么
〔美〕内森·英格兰德 著 李天奇 译

死水恶波
〔美〕蒂姆·高特罗 著 程应铸 译

一个自杀者的传说
〔美〕大卫·范恩 著 索马里 译

我的爱情，我的伞
〔爱尔兰〕约翰·麦加恩 著 〔爱尔兰〕科尔姆·托宾 编 张芸 译

蝴蝶的舌头
〔西班牙〕马努埃尔·里瓦斯 著 李静 译

未始之初
〔西班牙〕梅尔塞·罗多雷达 著 元柳 译

子弹头列车
〔加拿大〕邓敏灵 著 梅江海 译